수양산 그늘

내 말을 잘 들어보아라. 난 이제 얼마 살지를 못해. 이 손등에 핀 저승꽃을 보면서, 완전한 글씨에 이르지 못하고 가는 게 서운타마는, 어쩌겠느냐. 사람 목숨이 하늘의 뜻에 있고 억만 겁을 윤회하는 것이 인생이거늘. 내가

수양산 그늘

정강철 소설집

문학들

차례

바다가 우는 시간 09

그들만의 리그 43

수양산 그늘 75

멀고 먼 이웃들 117

운수 좋은 날 159

와이키키 브라더스 195

암행 225

해설 | 이야기꾼의 화법과 반전의 서사 • 최현주 248

작가의 말 263

바다가 우는 시간

지금껏 헛살았어. 나보다 몸뚱이가 더 작은,
소녀 같은 여자애들도 아이를 잘도 낳더니만 난 이게 뭐야.

이메일에 드러난 아내의 푸념은 슬펐다. 불임의 원인을
남편 탓으로 전가시키지 않은 것만도 다행이라고 위안하기에는
편지의 내용이 몹시 뜨거웠다.
오래된 연인끼리 주고받는 밀어가
깊은 우물 속에서 퍼 올린 두레박의 샘물이 되어 넘쳐흘렀다.
내 안에 모든 핏줄이 들끓었고 살갗의 돌기는 분노로 치떨었다.

1

 교도소는 목포에 없었다. 목포 못 미쳐 무안군에 있었는데도 무안교도소라 하지 않고 목포교도소라 불렀다. 게다가 홍기 형 말과는 달리 바닷가와는 아주 동떨어진 거리에 있었다. 내내 상상해 오던 교도소 부근의 항구라는 건 말도 되지 않았다. 나는 형이 쓰다 말았다는 글을 되짚어보며 심란하게 얼크러지는 마음의 가닥을 다잡아야 했다. 형의 글은 첫 장부터 수정이 필요했다. 사내는 목포교도소에서 출소하여 곧장 항구의 방파제로 간다. 먹물을 먹인 야전잠바 깃을 추켜올려 목덜미를 감추지만 먼 바다로부터 불어온 해풍은 그를 가만 놔두지 않는다. 사내는 진저리를 친다. 실제로 홍기 형은 이 대목을 설명하다가 소주를 반 잔쯤 마시다 말고 몸을 부르르 떨기도 했다.
 목포 사람이면서 그는 무슨 까닭으로 교도소 위치를 바꿔놓았을까. 내친 김에 교도소 장면을 아예 붉은 줄로 그어버렸다.

대신 뱃고동 소리와 지붕 낮은 집을 배경으로 삼았다. 굴뚝 세 개가 솟아오른 저 벽돌공장을 바라보며 돈을 벌어야겠다는 포부를 키웠던 소년의 모습으로 도입부를 풀어나갔다.

벌써 일주일이 지났다. 작업의 진척은 없었지만 조급하지도 않았다. 일감을 마련해 준 홍기 형에게 고맙다는 말도 하지 않았다. 일의 성과에 대한 보상을 확신할 수 없었기 때문이다. 일에 대한 의욕도 마찬가지로 미적지근하기만 했다. 이런 작업 공간마저 마련해주지 않았다면 홍기 형의 제안을 거들떠보지도 않았을 것이다. 목포까지 떠내려올지도 몰랐지만 막상 일을 받아들이고 보니 막막하기 그지없었다. 말이 작업실이지 부친에게 상속받은 이 2층짜리 단독주택을 작업이 끝날 때까지 써도 된다는 배려를, 내가 마지못해 수용한 것뿐이다. 유달산 자락에 옹기종기 붙어 있던 집들이 죄다 철거되고 재개발에 들어가기 때문에 곧 헐리게 될 운명을 안고 있다 했다.

또 어딜 가? 자기 시나리오로 만든 단편영화도 하나 없는 주제에, 무슨 얼어 죽을 작업? 국어사전과 세면도구, 몇 벌의 옷가지를 가방에 쑤셔 넣고 노트북을 챙기고 있던 내 등 뒤에 아내가 서 있었다. 왜? 이번에는 소설이라도 집필하시려고? 나는 아내에게 홍기 형 집이 있는 목포로 간다는 말은 끝내 하지 않았다. 늘 그랬던 것처럼 영화 기획사 근처의 여관쯤에서 지내게 될 것이라는 짐작만을 하게 만들었다. 예상했던 대로 아내의 얼굴에서 싫은 기색은 없었다. 오히려 입술을 깨물며 표정 관리를 하고 있는 게 역력했다.

일감에 구미가 제대로 당겼다면 아무 여관이라도 달방을 얻어 작업했을 것이다. 대단한 일거리를 양보하기라도 한 듯 홍기 형이 내게 넘겨준 일은 자서전 대필이었다. 원고료만큼은 하늘이 무너져도 만들어주겠다는 약속을 온전히 믿은 것은 아니었다. 예정된 금액의 절반만 챙겨주더라도 지금의 내 형편에는 감지덕지해야 하겠지만 의뢰인의 신상이 너무 보잘 것 없었다. 신안 출신의 자수성가한 사업가라는데 학력을 비롯한 성장 과정의 이력이 별 게 없었다. 의뢰인이라도 만나봐야 할 게 아니냐는 항변은 쓸데없는 짓이었다. 자신이 맡은 일을 하도급 주듯 내게로 떠밀어버린 게 분명했다. 홍기 형이 쓰다 말았다는 도입부는 정작 써먹을 게 없었다. 숫제 소설을 쓰라는 거네? 뜯어먹을 것도 없는 부패한 고깃덩어리를 덥석 문 심정이었다.

홍기 형이 요구한 기간은 대략 한 달이었고 담뱃값이라도 하라며 선수금을 당겨 주겠다고 했다. 그런데 막상 돈을 받아보니 생각보다 적었다. 계약도 없이 하는 일인 만큼 토를 달 수도 없었다.

여관에서 몇 차례 일해본 적이 있었다. 시나리오 초벌이나 땜빵 작업에 불려갔던 곳이 여관이었다. 숙박비라고 해봐야 달방 얻을 비용도 못 되었으니 그 수준이란 게 뻔했다. 퀴퀴한 냄새 정도야 맡을 수도 있고 누구인지 모르는 정액 자국이 달라붙은 이불을 뒤집어쓰고 잠들 수는 있다 쳐도, 시도 때도 없이 들이닥치는 영화사 직원들의 출입은 견디기 어려웠다. 알량한 캔 맥주나 컵라면 따위를 손에 든 채 위문이랍시고 찾아와 시나리오의 방향이나 진척 상황을 곁눈질하고자 했다. 글발이 한창 올라오는 한밤중인데 만취 상태로 찾아와서는 줄담배를 피워대며 씨부

렁거렸다. 때론 거창하게도 한국 영화의 미래를 고뇌하는 것처럼 들렸는데 결국은 이놈 저놈 끄집어들여 씹어대는 얘기들이었다. 어색하게나마 장단을 맞춰주기에도 지쳐갈 무렵 그들은 냅다 드러누워 잠을 잤다. 역한 술 냄새와 코골이 소리를 견디지 못한 나머지 마침내 노트북을 닫고 밖으로 나가버릴 수밖에 없었다. 홍기 형이 이곳을 내주지 않았다면 지금쯤 아내의 동태를 살피며 싸구려 여관방에서 피를 말리고 있을지도 모를 일이다.

베스트셀러 소설을 시나리오로 각색하는 일에도 절차가 있었다. 어차피 원작자는 따로 있으니 내가 고집할 만한 권리라는 건 없었지만 내 원고는 간택된 첩실처럼 감독에게 넘겨졌다. 또 다른 손질을 거친 흔적은 영화를 보고서야 알 수 있었다. 엔딩 자막 어디에도 내 이름이 떠오르지 않았지만 할 말이 없었다. 윤색된 스토리의 윤곽뿐만 아니라 장면의 구체적 묘사나 대사까지도 내 것임이 분명한데도 엉뚱한 가지치기를 거쳐 이름이 바뀌었다. 맨 처음 참여한 영화의 시사회에 아내를 데려갔다가 엔딩 크레딧만 뚫어지게 바라보던 그녀에게 핀잔을 들은 후로 다시는 아내와 동행하지 않았다. 나는 이름조차도 팔아먹지 못하는 얼치기 무명일 뿐이었다.

글이 써지지 않으면 책을 읽었다. 잠이 오면 잠을 잤고 잠에서 깨어나면 노트북의 화면을 들여다봤다. 잠을 자기 위해 드러누워 있을 때는 노트북을 머리로 들이받아 버리지 않은 것을 후회하기도 했다. 악몽을 꾸다가 마지못해 깨어났다. 그러면서도 가급적 집 밖으로는 나가지 않기로 했다. 정해진 날짜를 맞춰야 했기 때문에 어딜 싸돌아다닐 입장이 못 되었다. 일주일 동안 깎지 않은 수염이 얼굴 전체로 번지고 있었다. 머리가 간지러울 때마다 손톱을 세워 두피를 박박 긁었다. 간혹 아내에게서 문자메시지가 왔지만 답장을 하지 않았다.

아침이 밝았는지 해가 저물었는지, 일상의 따분한 반복에는 신경 쓰지 않기로 했다. 여기에 있는 동안만큼은 쓰는 것과 쓰지 않는 것, 오직 이 두 가지만 살아 있어야 한다고 생각했다. 머뭇거릴 시간이 없었다.

그런데, 모든 결심은 한순간에 무너지고 말았다. 어이없게도 바로 아랫집에서 올라오는 냄새 때문이었다.

2

'걸어서 하늘까지'. 아내가 활동하고 있는 인터넷 카페의 이름이다. 아내는 평소에도 인터넷 동호회 같은 자신만의 관심사에 내가 끼어드는 것을 원치 않았다. 휴대전화에 굳건하게 잠겨 있는 비밀번호처럼 그녀는 자신의 영역을 설정해 두는 여자였다. 나도 역시 아내의 사생활이 궁금해 뒷조사를 해가면서까지 그녀의 행적을 들여다보고 싶은 마음은 없었다. 마찬가지로 그녀가 밤 깊은 시각에 컴퓨터의 자판을 두드리며 무엇을 하는지 별 관심을 두지 않았다. 그녀의 입으로 스스로 말하면 모를까. 달콤한 술 냄새를 풍기며 늦은 귀가를 할 때도 나는 소파에 드러누워 잠든 척할 뿐이었다. 동창생들을 만날 수도 있고 동료들과 회식을 할 수도 있는 일이라고 생각하면 그만이었다. 매일 놀고

먹는 나와는 달리 아내는 직장을 갖고 있는 바쁜 사람이니까.

아내가 인터넷을 통해 동호회 활동 같은 것을 하고 있을 거란 짐작을 하기는 했지만 그 내력까지는 알지 못했다. 동호회 카페의 이름을 알게 된 것은 보름 전쯤의 일이었다. 아내가 다급하게 외출을 서두른 흔적만이 남아 있는 빈집에 컴퓨터의 전원이 살아 있었다. 아내의 부주의를 탓할 것도 없이 그녀가 방금까지 들여다보고 있었음직한 모니터를 얼떨결에 나도 보게 되었다. 예기치 않은 일이었으나, 최근 아내가 벌이고 다니는 행적에 대한 궁금증이 꿈틀거려 서서히 마우스를 움직여 보았다. 그러던 중 몇 장의 사진을 발견할 수 있었고, 그 순간 뜨거워지는 가슴을 내리눌러야 했다.

몸을 움직여 하는 운동이라면 무엇이든 끔찍이 싫어하던 그녀가 걷기 모임에 열의를 내기 시작한 것부터가 의아한 일이었다. 걷기를 모여서 할 게 뭐람? 걷는다는 게 혼자서 하는 일이지, 떼로 몰려다니면서 걷는다면 그게 말이 돼? 식탁 위에 널브러진 맥주병과 안주 부스러기를 치우며 혼잣말을 하듯 뇌까렸을 때 그녀는 기지개를 켜고 하품을 했다. 연작이 홍곡의 뜻을 어이 알꼬? 그러면서 내게 세탁물을 다림질할 것을 요구했다.

걷기 모임에 가야 한다며 아내는 느닷없이 주말 시간에 집을 비웠다. 평소 인색한 구매방식으로 치면 세상의 어떤 여자보다도 강고했던 그녀가 걷기 운동에 필요한 장비와 신발, 의복을 구입하는 데 목돈을 쓰는 걸 보고 놀라지 않을 수 없었다. 그렇다고 그녀가 운동을 열심히 하겠다는 데에 그걸 가로막고 나설 도리는 없었다. 토요휴무를 끼고 있는 금요일 밤이나 토요일 오후가 되면 만사를 제쳐 놓고 집을 나서는 아내를 물끄러미 바라봐야 했다. 충청도 산간 국도나 강원도 오지로 먼 길을 떠난다는데, 십 리도 못 가서 발병이나 나라고 악담을 퍼부을 수도 없다. 일요일 밤이 되어 돌아온 아내는 유격 훈련을 마친 병사처럼 녹초가 되어 있었다. 부르터서 진물이 배어나오는 그녀의 발꿈치를 바라보며 나는 고개를 돌리고 말았다. 이 여자에게 이런 면이 있었던가.

사진 속의 아내는 전혀 다른 사람 같았다. 이름조차 알 수 없는 어느 계곡에서 신발을 벗어둔 채 도시락을 먹다 찍은 사진이었다. 모니터는 까만 어둠의 세상이 아니었다. 여남은 명의 여자와 남자들을 앞뒤 없이 어울려 찍은 사진들이 방향을 달리한 채 넘어가고 있었다. 사진들 밑에는 당시의 배경과 사람들에 대한 자질구레한 설명이 꼬리처럼 달라붙어 있었다. 걷기의 고단함을 나누는 우리 회원님들 좀 보세요. 이름만으로도 반가운 분들 아닌가요? 산길을 걷다가 만난 풀꽃과 지저귀는 새들 사이로 '철의 여인 님'이……. 햇볕을 받아 화사하게 웃고 있는 아내의 닉네임은 '철의 여인'이었다.

철의 여인이라니. 미치고 환장할 일이었다. 나는 거슴츠레한 눈을 열어 사진 속의 여자를 바라보았다. 활짝 웃고 있는 아내는 바로 곁에 서 있는 한 남자의 팔을 꽉 붙잡고 있었다. 남자의 키가 크거나 말거나 그녀의 머리는 남자의 팔뚝 아래에 있었다. 본디 아내의 체형은 남달랐다. 지나가던 사람이 한번쯤 되돌아볼 정도로 왜소한 몸이었다. 초등학생 같은 155센티의 키에 44킬로

그램의 가엾은 몸무게, 알레르기성 비염을 운명처럼 끼고 사는 탓에 코흘리개 어린아이처럼 늘 훌쩍이고 다니는 칠칠치 못한 여자, 달리기는커녕 움직이는 것조차 버거워 운동이라고는 그 흔한 월드컵 축구 경기도 시청하지 않는 여자가 '걸어서 하늘까지'라니, 더욱이 무거운 시장바구니도 제대로 들지 못해 늘 낑낑대는 주제에 '철의 여인'이라고 하니, 이거 참, 기가 막힐 노릇이었다.

물을 마시고 온 사이에 모니터의 화면이 사라져 버렸다. 접속이 끊겼으니 새로운 로그인을 하라고 요구했다. 그녀의 아이디가 순꼬마(suncooma)인 줄 알고 있었지만 비밀번호가 문제였다. 그냥 물러설까 하다가 웬일인지 가슴 밑바닥에 묵직하게 자리 잡기 시작한 답답함이 나를 집요한 남자로 바꾸어버렸다. 그녀와 관련된, 예측할 수 있는 모든 숫자를 맞춰보았다. 별 수고로움도 없이, 771107, 그녀의 생년월일을 입력시키자 거짓말처럼 다시 로그인이 이루어졌다.

그리고는 금세 후회하고 말았다. 수많은 스팸 메일 속에서 꼭 집어 확인된 흔적이 있는 메일은 딱 한 사람만이 보낸 것이었다. 발신과 수신의 교류가 정확히 일치하는 그 대상이 사진 속의 남자라는 사실을 알게 된 것도 그리 어렵지 않았다. 오옥철, 남자의 이름을 확인한 순간, 마우스를 누르는 내 손가락 끝이 부들부들 떨리기 시작했다.

3

 며칠도 지나지 않아 깨닫게 됐다. 아침이 찾아오고 저녁이 물러가는 일상의 시간을 아랫집 여자가 피워 올리는 음식 냄새를 통해서 알게 된다는 사실이었다. 처음 냄새가 올라오던 순간에는 도저히 견딜 수 없어 창문을 닫아버리기도 했다. 하지만 성급하게 닥쳐온 초여름의 후텁지근한 열기를 이겨낼 재간이 없었다. 뿐만 아니라 방 안에 찌들어 있는 담배 연기를 내쫓기 위해서라도 창문을 열 수밖에 없었다. 그 여자와의 미묘한 전쟁에서 나는 이미 진이 빠지고 있는지도 몰랐다.
 잠에서 깨어나 담배를 한 대 빼어 문 채 창문을 열었을 때였다. 어둑한 미명의 햇살이 나른한 기지개를 켜는 시각이었다. 가까운 여객터미널 근처에서 날아온 갈매기들이 떼를 지어 몰려다녔다. 여자는 고춧가루를 풀어 넣은 것으로 추정되는 콩나물국과 방금 주걱으로 퍼냈음직한 밥 냄새를 이층으로 밀어 올렸다. 아아, 흰 쌀밥과 실파를 송송 썰어 넣은 콩나물국에는 김이 모락모락 피어오르고 있겠지. 나는 엉금엉금 기어서 가스버너 위에 놓여 있는 양은 냄비를 열어보았다. 어제 낮에 사가지고 온 육개장 2인분의 국물은 밥풀과 엉켜 형체를 잃어버렸고 쉰 냄새까지 달려들어 도저히 먹을 수 없는 상태였다. 나는 그냥 냄비의 뚜껑을 닫고 말았다.
 점심 무렵에 아랫집 여자는 느닷없이 라면 냄새를 피워 올렸다. 매콤한 기운으로 보아 신라면일 가능성이 농후했고 계란과 파도 알맞게 들어간 것으로 짐작되었다. 아이고, 나 죽겠네. 라면이라도 끓여 먹어야지. 동네 슈퍼를 찾기 위해 나는 산발한 머리카락을 주섬주섬 정돈한 후 문밖으로 나섰다.

이곳에 들어와 지내게 된 일주일 동안, 아랫집 여자와 두 번 마주쳤다. 처음 들어오던 날 1층 현관에서 마주친 여자를 보고, 홍기 형이 말한 그 여자인 줄 한눈에 알아차렸다. 두 사람이 겨우 지나갈 정도로 좁고 가파른 비탈길에 홍기 형의 2층 슬라브 집이 있었다. 영락없는 우범지역이자 슬럼가였다. 동네의 다른 집들은 이미 빈집이 되었는지 대문이 파손된 상태였고 접근을 금지하는 동장 명의의 경고문이 나붙어 있었다. 지금은 하당이나 옥암 지구 같은 신시가지로 도심이 옮겨졌지만, 층층기암 유달산 자락에 옛날 고기잡이 어부들이 맨 처음 모여 살았던 어촌이라고 했다. 오래된 동네라는 이력은 홍기 형이 말해주지 않았더라도 단번에 알 수 있었다. 인근의 서산 온금 지역부터 벌써 재개발이 시작되었다는 얘기도 들었다. 그도 그럴 것이 삶의 터전으로 살아가기에는 여러모로 부족해 보였다. 물 사정이 안 좋기로 유명한 동네이다 보니 우물 파는 것이 금광 파는 것보다 힘들다고 했다. 이곳 사람들이 여길 벗어날 수만 있다면, 출세도 이런 출세가 없었겠구나. 이런 데서 어린 시절을 보냈다는 홍기 형이 대단하게 느껴졌다.

집으로 들어서는 순간, 집 열쇠를 건네줄 때 홍기 형이 했던 말이 생각났다. 젊은이들이 사라진 지 오래된 동네야. 완전 노인 당이라니까. 그런데도 좁아터진 그 집에 신기하게도 어떤 아줌마가 이사를 왔다는데 말이야. 좀 웃기는 모양이야. 대낮부터 술에 쩔은 채로 돌아다니는 건 예삿일이고, 밤마다 남자들이 드나든다는 거야, 결혼한 여자 같지는 않은데, 혹시 빠순이 아닌지 몰라. 왜 동네 할매들은 그런 데 관심이 많잖냐? 출입하는 남자들의 인상착의까지 다 기억해서 말들을 주고받나 봐. 하여간 똘끼 있는 여자인 건 분명해. 홍기 형의 말을 기억하며 나는 스쳐 지나가는 그녀의 외모를 실눈으로 훔쳐보았다. 잘못 봤는지는 모르겠지만 홍기 형의 말처럼 술집 같은 데를 나가는 여자 같지는 않았다. 그러기엔 여자의 나이가 많아 보였고 깊은 쌍꺼풀 수술 자국만 빼면 보통의 가정주부와 그리 달라 보이지 않았다. 싸구려 티가 풍기는 눈썹 문신이나 눈자위의 처진 주름은 사십 대에 접어든 여염집 여자들이 흔히들 갖게 되는 것이었다. 풍만한 몸매를 감추지 않은 민소매 셔츠 차림이 눈에 띄긴 했으나 그것 역시 강렬한 인상은 아니었다. 그녀도 또한 나를 무심히 지나쳤다. 배낭과 노트북을 어깨에 둘러맨 채 입구로 들어서는 나에게 그녀는 눈길조차 주지 않았다.

    정작 아랫집 여자에 대한 관심은 음식 냄새로부터 비롯되었다. 모르긴 해도 그녀는 한 끼도 거르지 않고 꼬박꼬박 음식을 챙겨 먹는 것 같았다. 도로와 멀리 떨어진 주택가인 탓도 있겠지만 사위는 시험을 치르는 교실처럼 조용했다. 낮에는 장사꾼의 확성기 소리나 정체를 알 수 없는 기계음이 들리긴 했으나 밤이 되면 모든 소리들이 뒷전으로 물러났다. 대신에 아주 가까운 곳에서 선명한 소리들이 살아났다. 그릇이 부딪히는 설거지 소리부터 심지어는 누군가의 딸꾹질 소리마저 들리는 듯했다. 그렇다면 청각이 예민하게 살아나야 마땅한 이곳에서 야속하게도 맹렬하게 살아 움직이는 것은 후각이었다. 배가 고플 수밖에 없는 나의 처지와는 상관없이 아래층으로부터 쉴 사이 없이 음식 냄새가 치고 올라왔다.

여자와 두 번째 마주친 것은 어젯밤이었다. 해질 무렵이 되자 맨 처음 올라온 것은 삼겹살 굽는 냄새였다. 아니, 이 여자가 지금 사람을 잡으려고 그러는 거야 뭐야. 허기진 뱃속 밑바닥에서 부아가 치밀어 올라왔다. 그런데 이번에는 간간이 남자 목소리가 섞여 들려왔다. 한 옥타브 높게 들리는 여자의 웃음소리는 시시덕거리는 남자 목소리와 조화를 이루고 있었다. 그럼, 그렇지. 홍기 형 말대로라면 외간 남자를 불러들여 소주잔이나 주고받으며 낄낄거리고 있는 게 분명했다. 차츰 삼겹살 냄새가 사라지면서 겨우 노트북 화면에 집중할 수 있었다. 하지만 그 평온은 오래 가지 않았다. 이윽고 묵은 김치를 곁들인 고등어조림 냄새가 올라왔을 때는 나는 굶주린 배를 움켜쥐고 방바닥을 뒹굴어야 했다.

소주 생각이 났다. 낮에 먹고 남은 김치찌개 국물도 있을 테고, 무엇보다도 저녁 식사를 때워야 했다. 그런데 밤을 새워 작업하고자 결심했던 스스로와의 약속이 문제였다. 술을 마시게 되면 헛된 밤이 되고 말 것이라 생각하니 소주 생각도 저만치 물러서고 있었다. 그랬는데, 어느 순간부터 아랫집에서 이상한 소리가 들리기 시작했다.

남녀가 싸우는 소리였다. 악다구니를 내지르거나 기물을 파손하는 것 같지는 않았지만 여자의 울음소리로 보아 남자의 폭행이 이루어지고 있는 게 분명했다. 생각해 보면 저들은 부부 사이인지도 몰랐다. 방금까지 사이좋게 밥을 차려먹고도 사소한 분쟁의 끄나풀이 풀어지다 보면 대판 큰 싸움으로 번지는 게 보통의 부부였다. 아무리 그렇더라도 문제는 남자의 폭력이었다. 그 순간 내 머릿속에는 매 맞고 사는 가련한 한 여자의 모습이 음습한 기운으로 떠올랐다. 눈에 보이지 않는 모든 것들은 앞장서며 달려드는 상상으로 대체됐다. 뺨을 때리는 것인지, 무엇인가 여자의 몸에 부딪히는 소리가 났고 곧이어 고통스러운 비명이 이어졌다. 아아, 살려 줘. 계속되는 여자의 울음소리에 귀를 틀어막고 싶었다. 나는 허공으로 눈길을 돌렸다. 세간 살림이 빠져 나가버린 빈방에서 얼룩으로 더럽혀진 벽지가 나를 쓰러뜨렸다.

그랬는데, 얼마간 시간이 흐른 후에 들려오는 소리는 그게 또 아닌 것도 같았다. 이건 뭐야? 잠시간의 간격을 두고 이어지는 소리는 분명 또 다른 성질의 것이었다. 숨이 넘어갈 것 같은 여자의 신음은 남자의 폭력에서 기인한 것 같지만은 않았다. 이것, 참. 이게 무슨 꼴이람. 매 맞는 소리와 남녀 간의 교합 때문에 일어나는 교성조차도 분간을 못했다는 말인가. 나는 맥이 풀린 채 상체를 돌려 양쪽 가슴을 방바닥에 붙이고 엎드렸다. 살려달라는 여자의 애원은 이제 전혀 다른 모양을 띠고 있었다. 나는 가만 눈을 감고서 저들이 내는 소리와 연관된 행각을 짐작해 보았다. 밥을 먹다가 싸움이 났고 그래서 남자가 여자를 두들겨 팼으며 그러다 보니 묘한 애증이 엉클어져 갑작스런 정사를 나누게 된 건 아닐까. 그렇게 생각하면 그만이었다. 부부 사이든 불륜

관계든 그런 건 알 바가 아니었다. 어쨌든 저들 남녀는 애교와 교태로 서로를 어루만져주는, 부드러운 사랑을 나누는 게 아니었다. 과장과 교성이 어우러지는 활극 같은 정사를 즐기고 있는지도 몰랐다.

밤이 깊어지면서 모든 냄새와 소리들이 잦아들었다. 바다만이 깨어나 울고 있는지 파도 소리가 먼발치에서 들려왔다. 그랬어도 나는 한 줄의 작업도 하지 못했다. 외우다시피 되풀어 읽던 홍기 형의 메모 쪽지는 덮어버렸고 노트북도 닫아 버렸다. 반바지 차림 그대로 신발 뒤축을 구겨 신은 채 밖으로 나갔다. 진정 소주가 필요한 순간이었다.

여자와 마주친 곳은 대문 앞이었다. 그녀는 팔짱을 낀 채 내가 걸어오는 구멍가게 쪽과는 반대편의 어둠 속을 바라보며 서 있었다. 가만 보니 비탈길의 골목 끝자락에서 등을 보이고 걷던 한 사내가 뒤를 돌아보며 손을 흔들었다. 절반쯤 올려놓았던 그녀의 손이, 사내가 길모퉁이를 돌아 사라지자 가만히 내려졌다. 조금 전까지 격렬한 정사를 벌였던 사람들이란 생각에 이르자 왠지 야릇한 기분마저 들었다. 나는 애써 못 본 척했다. 그녀를 지나치는 순간 진하고 역한 술 냄새가 났다. 갑자기 등장하여 슬쩍 지나가는 남자가 의아했는지, 등 뒤로 그녀의 따가운 시선이 느껴졌다. 결국 대문 안쪽으로 난 계단을 몇 발짝 오르지도 못했는데 그녀의 목소리가 나를 멈춰 세웠다.

아저씨.

정말 나를 부르는 건가, 순간 내가 뭘 잘못했나 싶었다.

저기요. 아저씨.

그 목소리를 다시 들었을 때야 비로소 뒤를 돌아보았다. 나는 일부러 놀란 눈을 뜨지 않았다. 조심성 없이 아무렇게나 던져 버리는 그녀의 말투와 희미한 가로등 아래 푸석푸석한 얼굴에 드러난, 색깔을 알 수 없는 고혹한 웃음을 단번에 알아차렸기 때문이었다.

그거 소주 맞지라? 아저씨 손에 든 거.

나는 그때서야 몇 개의 소주병과 번데기 통조림이 들어 있는 검은 비닐봉지를 든 내 손을 내려다보았다.

이층에 이사 오셨능갑소. 무슨 소리가 자꾸 들려쌓더니…….

가늘고 높은 여자의 코맹맹이 소리가 어떻게든 남을 끌어들이려는 안간힘같이 느껴졌다. 뿐만 아니라 여자가 쓰는 사투리는 외모와 잘 어울렸다. 나는 끝까지 당황한 표정을 드러내지 않으려 했다. 이런 경우, 어찌해야 할 방법이란 애당초 준비되어 있지 않은 법이었다.

이사를 온 건 아니고요. 조금 지내다가 갈 거예요. 한 달쯤 있다가.

나는 여자를 바라보다가 쭈뼛거리며 말했다. 헐렁한 민소매 티를 아무렇게나 걸친 그녀의 옷매무새를 훔쳐보던 내 눈길이 한 곳에서 멈춰졌다. 백열등 아래 드러난 그녀의 목덜미와 어깨 부분에서, 붉은 핏기가 서려 있는 상처를 보았기 때문이었다. 자세히 보니 그녀의 눈자위에 내려앉은 다크서클도 누군가의 폭력에 의한 멍 자국으로 보였다. 가만, 방금 나간 저 남자에게 이런 식으로 맞은 거예요? 하마터면 화가 난 얼굴로 그렇게 따질 뻔 했다. 그녀는 여전히 심상치 않은 의도를 지닌 야릇한 웃음을 짓고 있었으므로 어정쩡하게 서 있을 수 없었다. 난감한 표정을 남겨놓은 채 몸을 돌려 다시 계단을 올라갔다. 그녀의 목소리에는 나이답지 않은 어리광이 배어 있었다. 그런 남자에게 몸을 맡기다니. 내 귓바퀴에는 동물적인 교합 중에 견디지 못하고 터져 나왔던 그녀의 교성이 징징거렸다. 그런데 여자는 기어이 내 발걸음을 다시 멈추게 했다.

뭐, 이 동네가 그라제. 모다들 떠나부렀단디, 누가 이사를 오등가 누가 또 떠나등가, 그런 게 중요하간디? 그게 아니고라. 거 손에, 소주 한 병만 빌려주시면 안 되께라? 우리 집에 소주가 떨어져서…… 나중에 갚아드릴랑께. 아님, 지금 같이 한잔 허등지.

4

살의는 어느 날 한순간에 꿈틀대기 시작하더니 뿌리 깊은 병균처럼 내 안에 잠복했다. 오옥철이라는 남자와 주고받았던 아내의 이메일을 확인한 뒤부터 나는 의도적으로 말수를 줄였다. 낌새조차 눈치채지 못한 아내는 여전히 무기력한 남편을 심드렁한 눈으로 바라봤지만 나는 모르는 척했다. 날이 갈수록 내 머릿속에는 세 가지의 가정이 실체를 띠고 떠올랐다. 어딘가 공개적인 장소에서 내가 죽어버리든지, 아니면 아내와 그놈의 두개골을 한꺼번에 쪼개어 토막으로 살해해 버리거나, 그도 아니라면 아무도 모르는 곳으로 나만 조용히 사라져 버릴 수도 있었다. 모든 가능성은 똑같이 열려 있었지만 결국 나 혼자서 홍기 형의 목포 집으로 떠나와 버린 셈이니, 모질지 못한 성격에 어차피 세

번째 가정을 선택하고만 결과일 수도 있었다.

    ― 지금껏 헛살았어. 나보다 몸뚱이가 더 작은, 소녀 같은 여자애들도 아이를 잘도 낳더니만 난 이게 뭐야.

  이메일에 드러난 아내의 푸념은 슬펐다. 불임의 원인을 남편 탓으로 전가시키지 않은 것만도 다행이라고 위안하기에는 편지의 내용이 몹시 뜨거웠다. 오래된 연인끼리 주고받는 밀어가 깊은 우물 속에서 퍼 올린 두레박의 샘물이 되어 넘쳐흘렀다. 내 안에 모든 핏줄이 들끓었고 살갗의 돌기는 분노로 치떨었다.
  오옥철이라면, 나로서는 전혀 모르는 사람이었다. 나와 만나기 오래전, 아내의 남자, 그러니까 흔한 말로 옛 애인이었을 거라는 추정만 할 뿐이었다. 주고받은 이메일의 내용에 아내가 다녔던 대학의 골목 이름이 나오는 것과 그가 아내를 부르는 호칭이 '선배'인 걸로 봐서, 그는 아내의 대학 후배이며 옛사랑인 것이다. 아내의 작고 볼품없는 몸집과 연상의 나이임을 감안한다면 그가 아내를 버렸기 때문에 헤어졌을 것 같지만 메일의 내용으로 보면 그게 아니었다. 여자는 나이를 먹어갔을 거고 남자는 군대를 가야 했기 때문에, 대한민국 청춘남녀가 통째로 경험해본 흔해 빠진 이별 공식대로, 어쨌든 그들은 그런저런 이유로 스멀스멀 멀어지고 말았다고 볼 수 있다. 지나간 시간들을 불행이라 되새기며 서로에게 미안함을 감추지 못하고 있는 걸로 봐서 내 추리가 그리 빗나갈 것 같지는 않았다. 그러던 어느 날 운명처럼 두 사람이 다시 만나게 되었고 눈물이 날 만큼 반가운 재회의 회포를 풀었다면, 말 그대로 그런 정도로 전개되는 관계였다면 안타깝고 귀여워서 나도 덩달아 눈물을 찔끔거렸을지도 모르겠다. 하지만 이메일에 담긴 해괴한 글귀들이 내 좁은 심장을 후벼 팠기 때문에 아무리 가장 노릇 못하고 사는 미욱한 사내라지만 인내의 한계를 넘어서는 건 어쩔 수 없었다.

 - 몇 번이나 더 말해야 알아듣겠니? 난 아이를 가질 수 없다니까. 그런데 왜 꼭 결정적인 순간에 내 몸 밖으로 나가버리는 거야? 잘 알잖아. 난 널 다 받아들이고 싶어. 지금까지 함께 살지 못했던 것까지 합하여, 너의 모든 걸 남김없이 다 받아서 내 안에 담아놓고 싶단 말이야. 이제는 내 몸 밖으로 빼지 마. 제발.

나는 진저리를 치며 눈을 감았다. 언젠가 보았던 영화의 줄거리가 떠올랐다. 영화 같은 얘기가 진정 나에게 벌어진 것인가. 바람난 아내를 죽이고자 주도면밀하게 계획을 짜는 영화 속 남편을 이제야 공감하게 된 것이다.

'철의 여인'은 '걸어서 하늘까지'에서 꿋꿋하게 미혼 여성의 행세를 하고 있었다. 그럴 수밖에 없는 것이 오옥철은 아직 미혼이었고 그는 걷기 운동의 마니아였으며 그러다 보니 걷기 모임 동호회에 그녀를 끌어들인 것은 계절이 바뀌는 것만큼이나 자연스러웠을 것이다. 철의 여인이라는 의미가 주는 가증스러움에 치를 떨 겨를도 없이, 수줍은 얼굴로 오옥철의 애인 행세를 하며 낯선 사람들과 교류했을 아내를 생각하니 내 자신이 한심스러워 숨을 내쉬기조차 버거워지고 말았다.

　집을 떠나온 뒤 아내에게서 간간이 문자메시지가 왔지만 답장을 하지 않았다. 휴대폰의 액정에 떠오른 자모음들 속에 아내의 진심은 담겨 있지 않았다. 그런 마당에 갑작스레 걸려온 아내의 전화는 낯설기만 했다.

　목포라고? 거길 왜?

　아내의 목소리는 평소와 달랐다. 나는 이를 악물었다. 어디에 있는지 먹고 지내는 것은 괜찮은지 따위의 의례적인 안부를 담담하게 물었지만 내게는 온전한 뜻으로 해석될 리 없었다. 밥이나 잘 처먹고 다니는지 어디에서 뒈지거나 말거나, 아내는 이렇게 묻고 싶었는지도 몰랐다. 나는 단문형의 대답으로 방어하며 통화 자체가 귀찮다는 의도를 드러냈다. 내가 없는 집에 오옥철을 끌어들여 온갖 난잡한 체위로 내 침대를 더럽히고 있을지도 모른다는 상상만이 끝막음 없이 떠올랐다. 남편의 부재는 아내가 간절히 원하던 것이었을 테니 나의 안부가 궁금할 리 없었다. 평소와는 달리 나긋나긋해진 목소리로 봐서, 혹여 내가 불쑥 집으로 들이닥칠지도 모를 위험을 해소하기 위한 위치 확인전화일 수도 있었다. 그렇다면 목포까지 와 있는 내게 큰절이라도 올리고 싶을 만큼 고마워할지도 모르겠다. 그걸 역으로 이용해 그 시간에 집으로 쳐들어가고 싶기도 했다. 부정한 그들의 몸뚱이를 야구방망이로 두들겨 패고 집 안의 모든 가구들을 닥치는 대로 부숴버리면 분풀이라도 될 성 싶었다. 하지만 부질없는 일이었다. 이메일을 통해 주고받았던 그들의 언어들을 확인한 이상, 먼 바다를 향해 흘러가고 있는 강물을 되돌릴 수는 없었다. 나는 두 눈을 질끈 감았다.

5

어둠은 바다로부터 시작됐다. 초여름의 해는 길어졌고 일몰 후에도 더위는 지치지 않았다. 창문을 열면 담배 연기가 빠져나갔지만 그 틈 사이로 어김없이 하루살이나 나방들이 날아들었다.

저녁을 맞이하면서 일찌감치 갈치 굽는 냄새와 사투를 벌이고 있었다. 나는 연신 마른 침을 목구멍으로 밀어 넣으며 작업에 몰두하려 용을 썼다. 식사 시간을 알리는 취사장의 나팔 소리처럼 아래층으로부터 거르지 않고 올라오는 냄새와의 싸움에 나도 차츰 적응이 되고 있는지도 몰랐다.

자서전 의뢰인의 주문대로라면 절도사건으로 복역했던 교도소 생활을 담아내야 했다. 오늘날의 성공과 안락을 부각시키기 위해서 소년 시절의 가난과 일탈을 밝히고 싶었는지도 모르겠다. 인생 막장에서 건져 올린 드라마 같은 삶이라야 자서전이란 이름에 더 어울릴 수도 있겠다. 그렇다면 교도소 출소 장면을 원래대로 살려야 하나? 줄곧 써내려갔던 십여 쪽의 원고를 되돌아보고 있는데 만연체의 늘어진 문장이 따분하게 느껴졌다. 다른 사람이 썼다면 결단코 읽어보고 싶지 않았을 문장들이었다. 자서전이니만큼 내가 주인공이 되어 지나온 과거를 풀어헤치듯이 써내려가야 하는데, 거기에 요구되는 한 인간에 대한 몰입은커녕 자꾸만 관찰자의 시선으로 그를 바라보는 것 같았다. 이건 말도 안 돼. 문장이 무슨 소용이랴. 따지고 보면 작업이래야 별 것도 아니었다. 이 순간 갈치구이 냄새보다 가치 없는 문장들을 가차 없이 떼어내어 포대기 채로 시궁창에 처박고 싶었다. 메모 내용대로라면 의뢰인은 도시적 감수성이나 젊은 세대와의 소통에는 아예 거리를 두는 사람이었다. 그러다 보니 홍기 형이 강조했던 집필 의도를 맞출 수가 없었다. 그의 구미에 들어맞도록 고백성사와 같은 진실과 감동이 녹아 흐르는 글이 되어야 하는데 그건 녹록치 않은 욕심일지 모른다는 회의가 앞섰다. 감춰야 하는 것과 드러내야 하는 것을 조리 있게 구분하여 칼로 배추포기 썰듯 정리할 수 있다면 좋겠지만, 그에 대해서 아무것도 모르는 내가, 그런 장면들을 만들어내기가 쉽기만 하겠냐는 생각이었다. 이래저래 작업은 더뎌지고 고민은 깊어갔다.

냄새가 물러가면 소리가 다가왔고 소리가 멀어지면서 다시 냄새가 올라왔다. 그것이 냄새든지 소리든지 하나같이 내게는 잔인한 것들이었다. 낮 동안에 올라오던 냄새와 소리는 밤이 되면서 조금씩 그 성질을 달리했다. 멀지 않는 곳에서 밀려오는 파도 소리 사이로, 어느 순간부터 한 남자의 낮고 묵직한 목소리가 술잔 부딪히는 소리와 함께 들렸다. 그리고 얼마간 시간이 흐른 뒤, 문제의 그 냄새가 올라왔다.

저게 단순한 허브 향 같지는 않지, 아마? 버블바가 아니면 라벤더 향일까? 아우성처럼 들려오는 욕실에서의 샤워 소리와 함께 여자의 비누 냄새가 올라왔다. 상상력은 다시 더듬이를 앞세우며 일어서기 시작했고 나는 아래층을 향해 코를 킁킁댔다. 샤워하는 소리가 잦아들고 향기로운 목욕 비누 냄새가 가라앉을 때까지 나는 후각만을 곤두세운 한 마리의 가련한 짐승이었다.

소리의 반복은 대체로 어젯밤과 비슷했다. 몽둥이로 맞는지 바늘에 찔리는지, 무엇인가 몸에 부딪히는 소리에 맞추어 여자는 죽을 것 같은 비명을 질러댔다. 아양이나 교태가 아닌, 숨이 끊어지는 것을 알리는 공포의 소리였다. 목이라도 조르는지 살려달라는 애원의 울음소리가 났을 때는 이웃이 처한 위험을 이대로 방기해서는 안 된다는 의분에 주먹을 쥐고 일어서기도 했다. 안절부절못하는 사이에 소리의 성격은 또 저절로 바뀌어갔다. 이성과의 교합에서 비롯된 것이 분명한 동물적인 거친 숨소리들이 귓바퀴를 후벼댔다. 덩달아서 내 호흡도 거칠어져 갔고 가파른 언덕을 오르는 것처럼 심장의 맥박 소리도 빨라졌다. 여자의 신음이 높아져 갈수록 내 몸에서 힘이란 힘은 죄다 빠져나가버리는 것 같았다. 으으으, 살려 줘, 견딜 수 없다는 듯 여자의 숨넘어가는 소리는 엉뚱하게도 나를 헐떡이게 만들었다. 나는 방바닥을 뒹굴며 얼룩이 덕지덕지 달라붙은 천장의 벽면을 바라보았다. 여자의 교성은 정점을 향해 치닫고 있었고 어이없게도 나의 오른손은 바지춤을 더듬어 불끈 솟아오른 아랫도리를 다독이고 있었다.

마침내 욕실로 뛰어 들어들 수밖에 없었다. 샤워기도 변변치 않은 그곳에서 수도꼭지를 틀고 고무호스를 머리 위로 쳐들었다. 차가운 물이 정수리부터 발끝까지 쏟아져 내렸다. 타일에 부착된 부식된 거울을 통해 내 얼굴을 바라보았다. 일주일 동안 깎지 않은 수염이 코 밑 뿐만 아니라 뺨과 목으로 내려와 얼굴 전체를 뒤덮고 있었다. 거울 속의 남자는 처음 보는 사람인 양 생경했다. 찬물을 뒤집어 쓴 채 수염으로 가득 찬 안면에다 초점이 풀려버린 눈망울을 껌벅이고 있는 남자는 본능에만 촉수를 맞추고 사는 원시인 같았다. 손아귀에 잡힌 성기를 향해 고무호스에서 나오는 냉수를 들이부었지만 한 번 부풀어 오른 그놈은 쉬이 가라앉지 않았다. 아랫집의 저들처럼 지금쯤 아내도 오옥철을 끌어들여 짐승처럼 엉겨 붙어 있을까. 아내는 더러운 몸뚱이를 아무렇게나 내돌리면서도 끝내 간음을 인정하지 않을 여자였다. 당장 집으로 쳐들어가 결판을 내려한다면, 잘됐다 하면서 쾌재를 부를지도 몰랐다. 부끄러움은 남의 일로 여길 것이며 이혼을 요구할지도 모른다. 으으, 나는 짐승의 울음소리를 내질렀다.

바다는 지금 어찌 되었을까. 괭이갈매기가 날고 선선한 바람도 부는 선창은 나를 밀어내지 않았다. 낯설지만은 않던 그 바다는 오래 사귄 벗처럼 친근하게 다가왔다. 푸른 물감으로 전신을 휘감은 채 나를 응시하던 그 짧은 시간 동안 바다는 그렇게 가만히 있었다. 바다도 지금 저렇게 울고 있을까. 울음소리는 진정 저 바다의 것인가. 아니면 먼 섬으로부터 불어온 바람의 것인가. 나는 가방을 뒤집어엎어 전기면도기를 찾았다. 봉두난발을 단속하고 깨끗하게 면도를 했다. 그렇게라도 해야만 인간의 모습으로 되돌아올 것 같았다. 윙윙거리는 면도기 소리는 모든 소음을 빨아들이는 흡입기였다. 아래층으로부터 소리가 차단되어야만 비로소 내 안에 평안이 찾아올 것으로 믿었다. 나는 아내에게 전화를 걸었다. 침착하고 차분한 목소리로 나의 소재를 알렸다. 절제된 나의 음색을 듣고 무엇이 불안했는지 아내는 금세 평정심을 잃어버렸다. 뭐 대단한 작업이랍시고, 줄담배를 피워댈 것이니 건강이나 해치지 않을까 걱정되어 죽겠다는, 말도 안 되는 소리들을 늘어놓았지만 그녀의 목소리는 나도 알아차릴 만큼 심하게 떨고 있었다.

6

　밤은 깊어졌고 작업은 지지부진했다. 조기 굽는 냄새가 한 차례 후각을 뒤집어 놓더니 잠시 수그러든 순간이었다. 아랫집 여자가 내게 찾아온 것은, 의뢰인의 어머니가 경운기에 치어 중상을 입고 응급실로 실려 갈 때였다. 나는 노트북을 닫았다. 꼭 그렇게 될 것 같은 예감 때문이었는지 갑작스런 인기척에도 나는 놀라지 않았다. 이곳에 내가 있다는 사실을 아는 사람은 홍기 형과 아랫집의 그 여자밖에 없었다.
　어젯밤에 빌린 것은 갚아야지라.
　여자의 손에 두 병의 소주와 구운 조기가 놓인 접시가 들려 있었다. 소주 한 병은 이자인 셈으로 가져왔다지만 자기가 먹도록 해달라고 했다. 여자를 집 안으로 불러들이면서 글을 쓰며 쥐어뜯다 만 머리칼을 쓸어내렸다. 그리고 치울 것도 없는 방을 주섬주섬 정리했다. 앉은뱅이 밥상에서 노트북을 내려놓고 어지러이 팽개쳐진 자료들과 메모들 나부랭이를 한쪽으로 밀어버렸다. 통조림에 남은 번데기는 여름철의 유통기한을 감안한다면 먹을 수 없는 것이었다. 국물이 필요하다면 라면이라도 끓일까 물었더니 여자는 생라면도 좋은 안주라며 희미하게 웃었다.
　남자는 갔나 봐요? 오늘 밤에도, 어제 그 남자 맞아요?

소주 한 잔씩을 각각의 종이컵에 따르면서 비로소 여자를 빤히 쳐다보았다. 그녀는 대답 대신 설핏 웃음을 보였는데 목덜미의 상처와 눈가에 남아 있는 연한 멍 자국이 눈에 들어왔다. 매 맞고 사는 여자 치고는 웃음이 헤펐다. 마흔이 넘었을까 말았을까, 적당한 비음이 섞인 목소리를 듣고서는 더더욱 나이를 짐작하기 어려웠다. 나보다 나이가 많은지 물어볼까 하다가 괜한 통속적 질문이 될 것 같아서 입을 다물고 말았다.

에이. 아저씨. 면도했능갑네. 딱 내 스타일이었는디.

뭐가요?

어제는 수염이 많더만. 난 남자의 덥수룩한 수염이 그라고 좋습디.

여자는 수줍음도 없이 연신 웃어댔다. 눈가에 주름이 말려 올라갔고 한쪽 다리를 올려 팔을 걸친 자세로 고쳐 앉았다. 알 수 없는 곳에서 불어오는 바람처럼 상대를 유혹하고자 하는 야릇한 기운이 느껴졌다. 그렇다면 이 여자는 내 스타일인가, 따져보는 중에 아내의 육체가 떠올랐다. 뼈만 남아 앙상한, 가슴도 없고 볼륨도 없는 아내의 메마른 몸에 비해서는 육감적인 몸매를 가진 여자인 건 분명했다. 그녀는 젓가락을 이용하여 구운 조기를 분해했다.

요것이 요 앞 공판장에서 궤짝으로 겁나게 갖다놓고 파는 것이요. 요로고 살짝 칼집을 내고, 녹슨 화덕이지만 석쇠에다가 노릇노릇허니 구워서 먹으믄 세상에 이런 안주도 없제라.

그녀는 종이컵을 입술에서 떼더니 조기의 머리를 뜯어 물었다. 관자놀이에서 파란 힘줄이 실룩거렸다. 사실 아내는 이런 것들을 먹지 않았다. 작은 키와 마른 몸매는 다 이유가 있었다. 살아 움직이는 동물은 하찮은 미물일지라도 절대 먹어서는 안 된다는 게 아내의 철학이었다. 두개골이 박살나든 숨통이 막히든 멱이 끊어지든 그 단말마의 순간에 제 몸에 돌고 있던 가장 나쁜 피와 기운이 똘똘 뭉친다는 거였다. 죽음을 맞이하는 순간에 일거에 모여든 몹쓸 기운을 먹어서야 되겠냐며 코를 막고 돌아서는 아내의 비위가 늘 한심스러웠다. 나는 급하게 한 잔의 소주를 입안으로 털어 넣었다.

남자가 자주 바뀐다면서요? 좀 전에 물어 봤잖아요? 오늘 남자가 어제 그 남자냐고?

나는 홍기 형의 말을 기억하면서도 며칠 동안의 후각과 청각의 고통에 대해서는 말하지 않았다. 무슨 소리를 들었느냐, 어떻게 알았냐는 둥의 예상했던 반문은 그녀의 입에서 나오지 않았다. 처음 마주앉은 자리임에도 오래전에 만난 적이 있는 사람처럼 편안한 상대가 될 줄은 몰랐다.

누가 그럽뎌? 하여간에, 못난 화상들……. 그나저나 요것은 버릴 게 없어라우. 꼴랑지부터 대그빡까지 다 씹어먹어도 된당게요. 사실은, 황실이 새끼를 짜박짜박 끓여서 국물을 만들어 오라고 했는디, 괜히 맘만 바빠가꼬.

여자는 교묘히 눈을 흘기면서 종이컵의 소주를 한 잔 비워냈다. 결혼은 했는지 아이들은 어디 있는지 따위를 물을 필요는 없었다. 매 맞고 사는, 팔자 드센 한 여자의 불행하면서도 흔해 빠진 과거사를 시시콜콜 듣고 싶지 않았다. 그런 것들이 문제가 아니라, 줄곧 나를 괴롭혀 왔던 그 소리들의 정체와 남자들과의 관련이 궁금하기는 했다.

아저씨. 나, 그런 여자 아니요이. 결혼도 못하고 혼자서 늙어 간다고 서러워한 적도 없지만요. 남자를 바꿔가며 놀아나는 그런 여자는 아니란 말이요.

누가 그렇대요?

물론 외로울 때도 있지라. 그럴 땐 소주 한잔 마시면 되고, 남자가 그리울 땐 내 품으로 앵겨오는 내 남자가 있는디, 머시 문제겄소?

여자의 말이 길어지자 그녀가 술에 취해 있다는 사실을 알게 됐다. 단순히 취해 있는 정도가 아니라 날마다 술기운에 젖어 살고 있을지 모른다는 생각도 들었다. 뿐만 아니라 남자관계가 문란하다는 홍기 형의 말은 사실이 아닐 수도 있으며 여자의 과거에는 남들은 이해하지 못할 신산함이 묻어있을지도 모른다는 추측마저 들었다.

내가 나쁜 년이라면, 딱 한 가지 이유 때문일 것이요. 내 남자가 다른 가정을 가진 남자라는 것. 하지만 첨부터 잘못 출발한 가정이기 땜에 죄책감 같은 건 없어라우. 난 말이요. 이날 여태껏 참고만 살았당말요. 용서를 해야 한다면 내가 먼저 해주어야 하는디, 그게 잘 안 된당게요.

혀가 짧아져 발음이 제대로 이루어지지 않았지만 콧소리가 섞인 여자의 음성은 묘한 흥분을 불러 일으켰다. 스스로 소주 한 병을 다 비울 때까지 여자의 얘기가 이어졌다. 어찌 보면 그녀의 신세타령을 묵묵히 들어주고 있는 셈이었다. 그랬는데 역시 여자의 얘기는 통속적이었다. 오랜 연애를 하며 철석같이 믿었던 남자가 자기를 버리고 다른 여자와 결혼을 했다. 십 년 전의 일이었다. 여자는 뱃속의 아이를 지웠고 자살을 기도했다. 내가 죽느냐, 남을 죽이느냐, 살인의 충동을 눌러야 했고 사는 게 사는 것이 아니었지만 세월이 약이라고 믿고 그냥 그렇게 살았다. 그녀에게서 지나간 세월은 온전히 형벌이었다. 다른 남자와 연애를 할 수도 결혼을 할 마음도 없었다. 그러던 어느 날 꿈에도 잊을 수 없는 옛 남자를 다시 만나게 된 것이다. 한순간에 동쪽 하늘에서 새로운 해가 떠올랐고 세상은 축복으로 가득 찬 신천지로 변했다고 했다. 나는 흐릿해진 눈을 지그시 감은 채 술 한 잔을 서둘러 마셨다. 아내와 오옥철도 이랬던 걸까.

 요 아래에 벽돌공장에 굴뚝 세 개 보이지라? 그 사람이 거그서 일을 한단 말이요. 사람들이 다 떠나고 텅 빈집들에 귀신 나오게 생겼다는 요 동네를, 그래서 이사 온 거제라. 요런 날이 올지 알았간디. 매일매일이 새롭당게요. 혼자서 살면 제때 끼니도 챙겨 먹덜 못하고 음식과는 담을 쌓고 살았었는디. 인자는 살맛나게 살아야지라우. 날마다 저기 바다를 보고 있으믄 배들이 말이요. 큰 놈도 가고 작은 놈도 가고 심심허든 안 헌디, 그 사람 끼니를 챙겨줄라고 밥도 허고 반찬도 맨들고 그래라우. 오늘은 무얼 맨들어서 그 사람에게 믹일까 궁리하게 된단게요. 그 사람 집에서 사는 여시 같은 마누라는 요리는커녕 잠자리도 제대로 못한다는디, 그 사람을 더 이상 불행하게 만들 수는 없잖겠소? 안 그요?

 여자가 허공에 떠오른 몸인 양 환희에 들뜬 표정을 지었을 때 나는 소주를 한 모금 꿀꺽 삼켰다. 눈물을 찔끔거리다 멈춘 그녀의 눈매가 갈수록 고혹적으로 변해갔지만 나는 참았던 얘기를 꺼내야만 했다. 남녀 간의 사랑이란 게 본디 해독이 불가능한 함수 같은 것이라 해도 폭력과 섹스를 공유할 수 있는가에 대해서 물어야 했다. 에둘러 말할 것도 없이, 아래층으로부터 들려왔던 소리들의 정체와 혼란에 대해서 직설적으로 캐물어야 했다. 아예 내가 그 남자의 입장에 서도 좋을 것이다. 옛 여자를 다시 만났으므로 못다 한 사랑을 위해 이제는 아끼며 어루만져줘도 모자랄 판에 날마다 두들겨 패는 심보는 무엇인지 따져 물었다.

그 얼굴에 멍은 뭐예요? 목이며 어깨에 난 상처들은 또 뭔데요? 여자를 때리는 남자라면 그 자체로도 뻔한 사람 아닌가요? 눈에 콩깍지가 씌워서 그 남자에게 빠져 있는 거지, 별로 좋은 남자 같지는 않은데요.

나는 라면을 부수는 손가락 끝에 힘을 주었다. 내 표정에 정도 이상의 심각함이 드러났는지 여자는 나를 가만 바라보다가 갑자기 소리 내어 웃었다. 참 재미있다는 미묘한 눈빛을 보내다가 상체를 내 쪽으로 바짝 당겨왔다.

별 걱정을 다 하요이. 먼 말을 해줘야 쓰까. 이 순진한 아저씨한테? 아까 그랬지라. 내 스타일이 있다고.

스타일?

무슨 말인지 모르신갑네? 이를테면 요런 거란게.

여자가 한쪽 손을 내밀어 내 가슴께를 어루만지는 것 같더니 느닷없이 유두 언저리를 꼬집어 비틀었다. 아니, 이 여자가. 갑작스럽게 몰아닥친 짜릿한 통증에 비명을 내지를 틈도 없었다. 기습적인 공격을 받은 참호가 일거에 무너지는 순간이었다. 몸을 돌려 앉은 그녀가 돌연 상의를 가슴 위로 들어 올리더니 자신의 등을 보여 주었다. 핏기가 채 가시지 않은 붉은 빛깔의 상처들, 연약한 여자의 몸이라고 말할 수 없을 정도의 상처가 온몸을 뒤덮고 있었다. 유두를 쥐어뜯긴 내 아픔은 아무것도 아니었다.

인자 알겠소? 그런 거 있잖아요. 내 취향이 그렇당게요. 난 요런 것이 좋단 말이요. 그런 나를, 어떤 다른 사내놈이 만족시켜주며 살 수 있겠소? 근디, 아저씨는 아니구마. 찡그린 인상 좀 봐. 어젯밤에 산적 같이 수염을 내둘렀을 때는 딱 내 스타일인 줄 알았는디, 오늘 본께 단정한 샌님 같아 보이거든. 그럼 아니제. 아저씬, 내가 해달라는 대로 해줄 수 있겠소? 날 때려줄 수 있냐고? 날 만족시켜줄 수 있냐고?

여자가 흐흐흐 깊은 웃음을 삼키고 있을 때 별안간 휴대전화 벨소리가 울렸다. 놀랍게도 아내였다.

어디야? 도저히 못 찾겠어. 여객터미널을 지나야 한다고 했지? 거기 돌았거든. 근데 슈퍼 이름이 네비에 안 찍히네. 무슨 이런 동네가 다 있어? 깜깜해서 아무것도 안 보인단 말이야. 이런 개뿔, 이런 데서 사람이 살기는 하는 거야?

아내는 동네 바로 밑에 와 있었다. 야심한 시각에, 목포까지 내려오기 위해서 야간 주행을 감행했을 아내의 의도를 짐작해 보았다. 오옥철이와 함께 바닷가 여행이라도 온 건 아닐까. 신도심에 모텔이라도 잡아두고 나를 만난 뒤 바로 오옥철에게 돌아가는 뻔한 수준의 알리바이를 만들지도 몰랐다. 나는 황급히 자리에서 일어서며 여자에게 양해를 구했다.

소주는 다음에 한번 야무지게 마시게요. 이게 뭐예요? 안주도 없이. 미안해서 안 되겠어요.

7

 어휴, 노인네 냄새. 이것 봐. 글쎄 이렇다니까. 작업 좋아하시네. 지지리 궁상이 이제는 라면 부스러기에다가도 소주를 다 마셔요. 그것도 두 병씩이나. 어이구. 못살아.
 아내가 출입문을 열고 들어서자마자 내뱉은 말이었다. 나는 한 발을 물러선 채 그녀가 하는 일을 지켜봤다. 쇼핑백을 열고 투명한 플라스틱 반찬통을 하나씩 꺼내고 있었다. 붉은 김치와 초록의 장조림, 한쪽에는 노란 계란말이도 보였다.
 귀찮잖아. 김밥이나 몇 줄 사오고 말려다가, 내가 기왕······ 이리로 달려오려고 한 김에, 큰 맘 먹고 도시락을 싼 거거든. 감동씩이나 바라지도 않지만 궁상 좀 떨지 말어. 제발. 어? 그런데, 이거 냉장고도 없잖아. 날이 더워서 상해버릴 텐데······.
 어딘지 모르게 과장된 언사들을, 아내는 나와 눈길을 마주치지 않은 채 마구 늘어놓았다. 나는 그녀의 뒤로 성큼 다가갔다. '걸어서 하늘까지'에서 '철의 여인'도 이런 식이었을까, 상상하는 머릿속으로 일시에 피돌기가 모여들었다. 나는 왼손을 뻗어 그녀의 머리채를 휘어잡았다. 깜짝 놀란 아내는 흑, 하고 짧은 비명을 쏟아내며 몸을 돌리려 했다. 왼손에 가해진 힘을 더하며 오른손으로 그녀의 목을 눌러 방바닥에 쓰러뜨렸다.
 우······욱, 왜 이래? 미······쳤어? 지금?
 그녀는 끝까지 말을 잇지 못했다. 나는 완강한 힘으로 그녀의 옷가지들을 뜯어내기 시작했다. 가냘픈 그녀의 목을 누르는 손은 풀지 않았고 울부짖으며 반항하는 입도 틀어막지 않았다. 바지가 벗겨지지 않도록 안간힘을 다해서 오므린 다리를 주먹으로 내리쳤으며 팬티를 찢어 버렸다. 앙상한 무릎과 뼈마디가 분해된 부품처럼 풀어졌고 허벅지에는 푸르스름한 실핏줄이 돋아났다. 작고 야윈 등짝에 상처가 생겨났다.

    으으……. 이게 뭐야.

입가에 핏물을 머금은 채 눈물로 범벅이 되어버린 아내의 얼굴이 낯설었다. 그녀의 다리를 비틀어 올린 뒤 거칠게 돌진했다. 목구멍이 막히고 숨이 넘어가는 순간에 내지르는 여자의 울음소리가 열린 창문 너머로 퍼져 나갔다.

-『작가』 17호, 2011년

그들만의 리그

자극은 시간이 지날수록 무뎌지기 마련이었다.
색다른 경험도 처음 순간만 짜릿할 뿐
나날이 무덤덤해졌다.
가라앉은 몸은 새로운 조건 변화를 기다렸다.
하지만 유흥업소를 전전하며 자극을 늘려가는 것도
한계가 있었다. 연예인 뺨칠 정도의 외모를 가진 여자에게
많은 팁을 얹어주며 기기묘묘한 요구를 했어도
그의 성에 차지는 않았다. 그랬던 그에게,
인터넷 사이트의 채팅 창에 등장하는 여자들은
눈을 번쩍 뜨게 했다.

1. 마블링

　가까운 곳에 바다가 있었다. 파도 소리가 들려오는 이곳은, 동화 속에 나오는 그림 같은 집의 정원이었다. 목조 테이블과 플라스틱 의자 주변에 야외용 바비큐 그릴이 놓여 있었고 벌겋게 달아오른 불판 위에서 조개들이 구워지고 있었다. 처음부터 부부 사이라고 밝힌 남녀는 취기가 오르자마자 눈치 볼 것 없다는 투로 서로의 몸을 더듬기 시작했다. '디제이'라는 이름으로 자신을 소개한 카페 운영자는 키조개 껍데기 속에서 속살을 끄집어내더니 차례대로 가위질을 했다. 조금 더 어려보이는 단발머리 여자애와 그보다 조금 나이 들어 보이는 긴 생머리 아가씨는 술기운을 빌어 겨우 말을 섞었다. 카메라 가방을 매고 온 남자는 구석 자리에 앉아 술도 마시지 않은 채 사내답지 않은 수줍은 미소만 던지다가 결국 핀잔을 듣고 말았다.
　"강쇠님. 썩소 그만 날리시고요. 술이나 드시죠."

단발머리가 와인 잔을 쳐들었다. 두 여자의 나이는 아무리 많이 봐줘도 스물다섯은 넘어 보이지 않았다. 바다로부터 불어오는 바람이 잔잔해졌다는 것을 느꼈을 때 마블링이라 불렸던 사내가 비로소 카페 운영자인 디제이를 참견했다.

"숯불은 그렇게 막 쑤시는 것이 아녀. 불티만 튀잖여."

마블링은 바람막이를 일으켜 세우더니 숯덩이 하나를 불 속에 던져 넣었다. 그는 숯불로 시작하여 자수성가를 이룬 자신의 이력을 사람들이 알아차릴 리 없다고 믿었다.

여자가 셋 남자가 넷이었다. 왕년에 미팅하러 다닐 때처럼 짝이 딱 들어맞지는 않았지만 그런 건 상관없었다. 오히려 오늘 모임을 만들어 낸 디제이의 숫자 개념이 마음에 들었다. 그럼, 그렇지. 돈을 얼마나 투자했는데. 마블링은 거슴츠레한 눈을 들어 오늘 처음 만난 사람들을 훑어보며 나이를 짐작해 보았다. 우리나라 나이로 치면 올해 딱 사십에 접어들었으니 자신보다 더 나이 들어 보이는 사람은 이들 중에는 없어 보였다. 저들 부부는 서두르는 저 태도로 보아 삼십 대 중반은 넘어 보이지 않았고 디제이는 서른한 살이라고 이미 자신의 나이를 밝혔다. 카메라를 만지작거리고 있는 강쇠라는 남자도 삼십 대 중반쯤으로 봐주더라도 자신보다 더 들어 보이지 않았다. 여자애들이라야 스무 살 이쪽저쪽으로 보였다. 무엇보다도 만족스러운 것은 여자들이었다. 남자들이야 무슨 상관, 노인네가 지팡이를 짚고서 나타난들 어떠랴. 여자애들만 젊으면 됐지. 저 정도면 됐어.

"가만…… 솜씨가 꽤 있어 보입니다. 숯불 다루는 포스가 장난 아닌데요."

디제이가 조개를 뒤집다 말고 마블링을 바라보았다. 마블링은 깜짝 놀라 집게를 내려놓으려 했다. 중소기업을 경영하는 사장이라고 은근히 암시해 놨는데, 하마터면 자신의 신분이 노출될 뻔했다.

"다아, 옛날 군대 시절에 뻬치카 때던 실력이지. 이게."

마블링은 자신이 생각해 봐도 음흉스러운 웃음을 지었다. 마블링이라니, 갑작스럽게 생각해 낸 이름이었다. 아침에 갈비 한 짝이 배달되어 오면 오전 내내 갈비를 손질하던 시절이 있었다. 닳고 닳았지만 시퍼렇게 날이 선 작은 꼬챙이 칼을 치켜들고 살과 뼈를 분해했다. 핏기가 가시지 않은 하얀 뼈로부터 검붉은 살점을 도려낼 때 가장 중요한 것은 역시 마블링의 유지였다. 살덩이의 결대로 칼질을 하면서 언제나 중얼거리던 말, 고기는 역시 마블링이 생명이야. 마블링이라는 이름을 대자마자 단발머리 아가씨가 박수를 쳤다. 와아, 아저씨, 짱이다. 마블이면 대리석이란 뜻 아냐. 대리석 조각처럼 멋져. 와우. 그는 기분이 좋아졌다. 단발머리에게는 별도의 가욋돈을 더 줄 수 있다고 생각했던 것도 그 순간이었다.

"모기 안 물어요? 불덩이 곁에 있으려니까, 도저히 못 참겠구먼. 인젠 술 좀 그만 마시고 안으로 들어가야 되지 않나?"

강쇠라는 남자는 웃음기를 거두지 않으면서도 불만을 표현할 줄 알았다. 제가 못하는 것이 딱 하나 있는데요. 바로 술이에요. 자기 손으로 와인의 코르크 마개를 따고서도 정작 자신은 한 방울도 마시지 않은 사람이었다. 아닌 게 아니라 달아오른 석쇠 밑에서 웅크리고 있다 보니 숯불의 열기가 술기운과 더불어 얼굴로 달려드는 것 같았다. 긴 생머리가 얼룩무늬 남방을 벗어 던졌다. 검정 민소매 사이로 깊게 패인 젖가슴의 굴곡이 눈에 들어오자 그는 다시금 으흐흐 웃음을 흘렸다.

"뭐가 급하세요. 밤도 긴데……. 술을 한잔씩 걸쳐야 좋다는 걸 잘 아시면서 그러세요. 맨 정신에 저 안으로 들어가 봐요. 감정이 없는데, 무슨 재미가 있겠어요."

분위기는 디제이가 잡아나갔다. 사전에 예약해놓았다는 펜션과 어패류 같은 안줏거리들, 그리고 싸구려 위스키와 와인들이 그들을 기다리고 있었다. 다른 이들은 얼마를 투자했는지 모르겠지만 마블링은 오늘의 자리를 위해 디제이에게 약속된 금액을 송금했다. 그러자 비로소 디제이의 휴대전화 번호가 전송되어 온 것이다.

마블링은 하마터면 서울에 오지 못할 뻔했다. 식당이야 하루 이틀쯤 비워둬도 아내가 운영해 나갈 수 있으니 문제는 없었다. 자신보다 칼솜씨는 못하지만 많은 월급을 주고 데려온 주방장이 건재하니만큼 고기 쪽에도 문제가 없었다. 갑자기 찾아온 VIP 고객이 사장을 찾더라도 한번쯤 부재중을 알려줘야 할 필요도 있었다. 나도 너희들처럼 바쁜 사람이야. 이제는 그렇게 빼기고 싶었다. 식당은 날로 번창했다. 경제가 어렵다고들 하지만 그런 소리들은 무능한 장사치들의 한심한 변명으로 들렸다. 고기 맛으로 승부합니다. 정직한 100% 청정 한우 암소는 고객을 배신하지 않습니다. 식당의 외벽 간판에 커다랗게 써 붙여 놓은 광고판이 손님들을 몰고 왔다. 그는 잘 알고 있었다. 고기 맛은 혀끝에서 오는 게 아니라 사람들의 입에서 입으로 이어지는 소문에서 판가름 난다는 것을.

소문은 작은 지방 도시를 빠르게 점령했다. 결혼식처럼 단체 손님을 받을 때는 대놓고 수입 소고기를 썼지만 한 번 몰아닥치기 시작한 손님들은 그런 걸 따지지 않았다. 영업이 끝날 시간이 되면 피로에 지친 나머지 그날 벌었던 돈과 카드 전표를 다 세지도 못하고 잠이 들었다. 유력한 공중파 TV의 맛집 탐방 프로그램에 차례로 소개된 후, 허름했던 예전의 가게를 무너뜨리고 주변의 땅들을 매입하여 새로이 건물을 올렸다. 그는 더 이상 칼을 잡지 않아도 됐으며 체인점을 내달라고 수작을 거는 이들을 점잖게 타일러 돌려보냈다. 검정 양복에 깨끗하게 다려진 드레스 셔츠를 입고 스무 명이 넘는 종업원들의 느려터진 발걸음을 단속하고 다니면 그만이었다.

고인 물은 가만 두면 썩는 법이지. 서울에 좀 다녀와야겠어. 놀란 눈을 뜨고 의아해 하는 아내를 향해 마블링은 한껏 폼을 잡았다. 가끔은 서울에 가서 동종 업소 중 최고의 가게를 벤치마킹해야 한다는, 자신이 음미해 봐도 근사하기만 한 말을 남기고 집을 나섰을 때만 해도 구름 위를 걷는 것 같은 상쾌한 발걸음이었다.

그런 그에게, 서울행을 망칠 뻔한 일이 벌어졌다. 난생 처음 타본 KTX 열차가 서서히 제동을 걸고 있을 시간에 그는 출입구를 찾아 나섰고 주머니 속의 담배를 만지작거렸다. 중간 기착지인 서대전역이었다. 승객들이 내린 뒤 몇 발짝을 열차의 몸체 바깥으로 옮긴 그는 잽싸게 담배 한 대를 빼물었다. 한 모금, 그리고 또 한 모금 그렇게 딱 두 모금 빨았을 뿐이었다. 그런데 그 옛날 가락국수를 먹고도 한참을 기다려주던 그 시절까지는 아니더라도 그래도 단 10여 초만이라도 기다려 주리라 믿었던, 바로 곁에 있던 열차가 문득 수상했다. 어어? 하는 사이 출입문이 닫히고 있었다. 창졸간에 정신은 혼비백산 달아나버렸고 손아귀를 내뻗어 닫혀가는 문을 부여잡았다. 젖 먹던 힘이 여기에서 동원될 줄이야. 거대한 동체의 움직임을 저지하고 겨우 출입문 위로 올라섰을 때 열차는 다시 움직이기 시작했다. 그때서야 그는 식은땀을 흘리며 안도의 한숨을 내쉬었다. 괜한 돈만 날릴 뻔했네. 달리는 열차의 창밖을 바라보며 그는 중얼거렸다. 약속한 시간과 장소에 맞춰 등장하지 못하면 모든 게 허탕이 될 일이었다. 만약, 이라는 가정이 벌떼처럼 달려들었다. 정녕 열차가 떠나버렸다면, 그것도 담배 한 대 피우고자 하는 욕구를 참지 못한 것 때문이라면, 금연구역인 역사 안에서 남모르게 담배를 피우려 한 형벌 치고는 너무나 허망할 것이었다. 자리에 돌아와서도 쉽사리 진정되지 않은 가슴을 쓸어내렸다.

부부는 이제 노골적으로 입을 맞추고 있었다. 붉어진 남편의 입가에 아내의 타액이 번들거렸다.

"아이 씨이. 왜 이렇게 덥냐? 여름이 다 됐네."

긴 생머리 아가씨가 발갛게 달아오른 얼굴로 부부가 하는 행동을 바라보았다. 부부 중 아내가 먼저 엉켜 있는 혀를 쏙 뽑아내더니 체크무늬 면 티셔츠를 벗었다. 어깨가 드러난 속옷 차림이 되어 여자애들에게 말했다.

"너희들도 벗어. 덥잖아."

단발머리가 스프링같이 튕겨 일어서며 상의 하나를 벗었다.

이제 와서 어색함을 감출 것도 없다는 듯 빠른 동작으로 와인 한 잔을 입안으로 털어 넣었다. 활달한 얘기만 골라서 늘어놓던 디제이가 가위를 든 손으로 그렇게 하라는 손짓을 했다. 저마다 옷을 한 가지씩 벗어 던지다 보니 남자들은 하나같이 반소매 티이거나 러닝 셔츠 차림이 되었다. 조개들은 처음부터 끝까지 디제이의 손에 의해 손질되었다. 알맞게 구워진 각종 조개들을 집게로 끄집어내어 가위로 잘라낸 후 커다란 키조개 안에다 다시 배열했다. 사람들을 끌어 모으는 것도 쉽지 않을 텐데 저런 일까지 도맡아서 해야 하다니, 그는 플라스틱 일회용 수저를 찾았다. 밥 벌어먹고 사는 일이 어디 만만하겠어? 그나저나, 저 인간. 혹시 조개구이 집 같은 것 하는 사람이 아닌지 몰라. 지칠 만도 했을 시간이 지나면서도 디제이의 가위질은 끝나지 않았다. 젓가락으로 하나씩 집어먹다가 성에 차지 않았는지 마블링은 수저를 사용하기 시작했다.

디제이의 지시에 의해 그가 전화를 기다리고 있던 곳은 홍대 앞이었다. 대낮이었는데도 거리에는 사람들로 꽉 차 있었다. 더욱이 무슨 북 페스티벌이라고 하는 해괴한 행사가 열리고 있었던 탓에 홍대입구역에서부터 수많은 책들이 전시되고 있었다. 그는 휴대폰을 손에 쥔 채 꼬리에 꼬리를 물고 있는 행사장을 어슬렁거렸다. 낯선 거리에 서 있는 불편함 정도야 그런대로 참을 만 했다. 저녁은 어김없이 찾아올 테고, 낯선 곳에서 낯선 사람들을 만나서 벌이게 될 일을 상상하는 것만으로 기분은 한껏 달아올랐다. 각종 도서들이 진열된 각각의 간이 텐트 속에서는 책들을 팔기도 했다. 그걸 본 마블링이 담배를 한 대 빼어 물며 중얼거렸다. 어쩐지. 말이 북 페스티벌이지 저걸 다 팔아치우려고 하는 수작 아니겠어? 아마도 출판사의 창고라거나 사무실 등지에서 먼지를 뒤집어쓰고 있었을 재고 책들이 죄다 거리로 쏟아져 나온 모양이었다. 책들이 쌓여 있는 거리에서 디제이의 연락을 기다리면서도 그는 단 한 권의 책도 펼쳐 보지 않았다. 오직 휴대폰만을 바라봤다.

서해바다가 한눈에 보이는 이곳 펜션까지 달려오는 동안 승합차를 운전한 사람은 모임의 주선자인 디제이였다. 만남은 예상할 수 없는 곳에서 이루어졌고 첩자들의 접선처럼 은밀했다. 구체적인 시간과 장소는 만나기 직전에 휴대폰의 문자메시지를 통해 결정되었다. 홍대에서 그를 태운 승합차는 신정동 사거리에서 두 명의 아가씨를 태웠고, 부천 심곡본동 성당 앞에서는 카메라 가방을 맨 남자를 합류시켰다. 부평시장에서 만난 승용차에는 남녀가 타고 있었는데 부부 사이라고 했다. 그들이 탄 승용차는 디제이가 운전하는 승합차를 묵묵히 따라왔다. 그러는 사이에 그는 온몸을 휘감는 흥분을 주체하지 못하고 음흉하기 짝이 없는 웃음을 흘리고 말았다. 승용차를 타고 따라오고 있는 이들이 부부 사이라는 말 때문이었다.

일찍이 마블링에게서는, 마른하늘이 쪼개져도 지켜야 할 철칙이 하나 있었다. 돈을 치르지 않는 외도는 반드시 사고를 내기 마련이므로, 아내가 아닌 다른 여자와 관계를 할 때는 반드시 돈을 지불해야 한다는 스스로의 규칙이었다. 식당에서 서빙 일을 하는 여자들 중에서 엉덩이를 씰룩거리거나 젖가슴의 볼륨을 눈에 띄게 드러내는 여자들이 있긴 했지만 그는 안중에도 두지 않았다. 그런 치들은 대개 뜨내기들이어서 결정적인 순간에 그의 발목을 잡고 물고 늘어질 가능성이 있기 때문이었다. 숯불에 구워지는 고기의 육질을 점검하고 고객을 관리하는 성실한 사장이었지만 영업시간이 끝나고 난 뒤에 몰려오는 허탈감을 이길 수는 없었다. 피로에 지친 몸으로 침대에 쓰러져버리는, 아내와의 잠자리를 그는 기다리지 않았다. 그렇다고 해도 외간 여자와 연애는 하지 않으니 아내에게 죄스러울 것도 없다고 생각했다. 이발소나 여관, 안마시술소 등지에서 여자를 살망정 아내만은 버리지 않으면 되지 않느냐고 스스로 반문했다.

자극은 시간이 지날수록 무뎌지기 마련이었다. 색다른 경험도 처음 순간만 짜릿할 뿐 나날이 무덤덤해졌다. 가라앉은 몸은 새로운 조건 변화를 기다렸다. 하지만 유흥업소를 전전하며 자극을 늘려나가는 것도 한계가 있었다. 연예인 뺨칠 정도의 외모를 가진 여자에게 많은 팁을 얹어주며 기기묘묘한 요구를 했어도 그의 성에 차지는 않았다. 그랬던 그에게, 인터넷 사이트의 채팅 창에 등장하는 여자들은 눈을 번쩍 뜨게 했다. 북적거리던 점심손님들이 사라지고 가게가 한가해지는 시각이 되면 인근 PC방에서 인터넷 바둑이나 두며 무료함을 달래곤 하던 어느 날이었다. 그는 채팅을 하던 주부의 유혹에 이끌려 그날 밤 곧바로 여자를 만났다.

연애는 절대 사절, 반드시 돈을 지불하겠다는 그의 조건을 여자가 받아들였다. 변두리 모텔에서 만난 여자는 특별한 매력은 없어 보였지만 어차피 새로운 자극을 찾아 나선 이상 그런 걸 따질 필요는 없었다. 욕실에서 샤워를 하고 나온 여자가 커다란 목욕 타월로 제 몸을 감싸 두르던 순간에 전화가 걸려왔고 1분도 지나지 않아 중년의 한 사내가 방으로 들이닥쳤다. 꽃뱀에게 제대로 물렸구나. 말로만 듣던 상황이 눈앞에 펼쳐졌다. 순식간에 넋이 나가버린 그는 허겁지겁 속옷을 찾았다. 그랬는데, 여자의 남편이라고 자신을 알린 사내가 그의 손을 붙잡았다. 그리고 자신의 옷을 벗기 시작했다.

자극은 더 강한 자극을 불러왔다. 그 후로도 그는 혓바닥을 늘어뜨리며 먹이를 찾는 하이에나가 되어 인터넷의 음험한 곳을 뒤지고 다녔다. 점진적으로 진화하는 문명인처럼 새로운 모험 속으로 뛰어 들어갔다. 두 명의 여성과 한꺼번에 관계했고 남자들 셋이 모여 여러 여성을 번갈아 상대했다. 그들이 누군지는 알 수 없었으나 정상적인 부부나 직업인들이 아닌 것은 분명했다.

2. 디제이

바다에서 불어오는 바람이 선선해지면서 해는 천천히 저물어 갔다. 초여름의 열기에 눅눅하게 내려앉은 땀방울은 잠시 후면 펜션의 에어컨 바람 앞에서 숨을 죽일 것이다. 디제이는 얼음 한 조각을 빼내어 그대로 입안으로 우겨 넣었다. 행사를 추진하기 위해서는 더 이상 술에 취하지 않는 것이 상책이지만 오늘따라 위스키가 잘 받아서인지 연거푸 스트레이트 몇 잔을 마셔버린 게 문제였다. 주량도 한계가 있을 것이기에 조심해야 했다. 이렇게 마시다가는 눈꺼풀은 무거워질 테고 사람들의 대화는 점점 아득해져 갈 것이다. 어색함을 마비시키고자 마신 술로 인해 자칫 일을 망칠 수도 있었다. 그는 얼음조각을 어금니 안으로 몰아넣고 우두둑 소리 내어 씹었다. 이빨 끝으로 시린 냉기가 돋아나면서 화들짝 취기가 가시는 기분이었다.

"숯덩이는 인자 그만 던지드라고. 조개들도 다 먹고 없고만. 으ㅎㅎ."

마블링이라는 사내가 누런 이를 드러내며 웃었다. 홍대에서 처음 만났을 때부터 시작된 사내의 웃음기는 술기운이 얼굴 전체를 점령한 지금까지 그치지 않았다. 돈이 없으면 어떤 여자도 가질 수 없는 볼품없는 외모, 짤막한 키에 올챙이처럼 튀어나온 뱃살, 저런 인간들은 비교적 상대하기가 쉬운 편이었다. 요구했던 거금을 일말의 의심도 없이 바로 입금한 사람이었다. 돈 좀 벌었다는 티를 내고자 노력하는 사람일수록 그 기를 살려줘야 했다.

"조개들이 없긴 왜 없어요? 셋이나 되는데요. 거, 술 좀 그만 빨고 빨리 방으로 들어가자고요."

카메라 가방을 맨 강쇠라는 자는 아까부터 재촉이 심했다. 저 녀석은 아마도 변태 짓을 할 가능성이 농후한 놈이었다. 언젠가 만난 적이 있던 호모 새끼도 꼭 저런 식이었다. 체구는 크고 멀쩡했지만 여성 호르몬이 몸 전체에 녹아들어 있을 것이다. 어차피 이 바닥에서 온전한 인간은 없었다. 강쇠라는 자는 호빠 카페에서 우연히 만나 인연을 맺게 됐다. 고객 유치 차원에서 미끼를 던져 봤는데 의외로 쉽게 낚여온 놈이었다. 돈 많은 유부녀를 꼬드기는 호스트인 줄만 알았는데 이런 취미까지 즐길 줄이야. 강쇠에게 요구한 액수가 많지 않았는데도 내심 불안했다. 너무 많이 불렀나, 혹시 지레 나가떨어지지 않을까 걱정하고 있는 그에게 강쇠는 조건을 붙였다. 돈을 더 입금할 테니, 사진 촬영만을 허락해 달라는 거였다. 직접 하는 것보다 구경하는 것을 더 즐기는 취향이라 했다. 하여간 별 놈의 변태 새끼가 다 있구나, 싶으면서도 디제이는 내심 쾌재를 불렀다. 잘하면 손 안 대고 코를 풀 수도 있었다. 완력을 사용하지 않더라도 촬영한 사진의 원본 정도는 쉽게 손에 넣을 수 있을 것 같았다. 또 하나의 부수입이 주어지는 셈이었다.

"조개라뇨? 강쇠님, 웃겨. 진짜 조개 맛을 보고 싶어 아조 안달이 나셨어."

긴 생머리가 목조 테이블을 손바닥으로 내리치며 깔깔거렸다. 단발머리도 따라 웃었는데 아까부터 디제이의 눈치를 살폈다. 카페의 채팅 창에서 그녀는 순진하게도 여고생이라는 신분을 밝혔다. 반가운 나머지 교복을 입고 오라고 했는데 싫다고 했다. 오히려 여고생임을 숨겨달라는 것이 그녀의 유일한 요구 조건이었다. 말뿐일지도 모르지만, 아무것도 얽매이지 않고 어른들처럼 한바탕 놀아보는 것이 소원이라고 했다. 물론 내일 아침이 되면 약속된 돈을 주기로 했다. 교복을 입고 오면 돈을 더 주겠다고 한 제의는 거절당했다. 대신에 긴 생머리는 어딘지 프로 냄새가 났다. 이 바닥에서는 닳고 약아빠진, 바람난 미시일지도 몰랐다. 단발머리와 같은 액수를 주기로 했다.

"그래. 그만들 일어나자고. 모기도 모기지만, 저 사람들 보니 도저히 안 되겠어. 빨리 안으로 들어가자니까."

마블링이 플라스틱 의자에서 절반쯤 몸을 일으켰다. 부부라고 밝힌 이들 중, 남자가 여자의 몸에서 떨어져 나오더니 단발머리의 젖가슴 속으로 손을 불쑥 집어넣었다. 디제이는 위스키 한잔을 빠르게 목 안으로 털어 넣었다. 사그라지는 숯불의 온기처럼 저들의 열기가 식기 전에 움직여야 했다. 십여 차례의 행사 경험을 통해 그가 체득했던 것은, 맨 정신으로는 지나치게 서먹하여 일을 그르친 때도 있었지만 그렇다고 해서 만취된 상태로는 아무것도 할 수 없었다. 이 정도의 취기가 딱 알맞았다. 이성은 잠시 저만치 물러서 있고 육체의 탐닉만이 앞장서면 될 일이었다.

"가만 놔둬요. 아침이 되면 흔적이라도 있어야 할 거 아니오?"

강쇠가 빈 병을 주섬주섬 치우려 하자 디제이가 말렸다. 저렇게 깔끔이나 떠는 새가슴 주제에 자기 물건이나 온전히 내세울 수 있을까. 디제이는 쓴웃음을 흘렸다. 그러면서도 오늘 밤 강쇠 같은 인간이 가져다 줄 돌발적이고 변태적인 행위가 궁금해지기도 했다. 어디선가 전화가 걸려올 때마다 사지가 오그라드는 오징어마냥 몸을 배배 꼬며 나무 그늘 아래로 가서 전화를 받았다. 입을 가리고 웃는 폼도 영락없는 호모 새끼였다. 참, 내, 그래도 어쩔 수 없지. 오늘 밤에 피곤한 스타일 하나 지켜볼 수밖에. 그래도 저 꼬라지에 곧 죽어도 닉네임이 강쇠라니.

긴 생머리의 엄지와 집게손가락이 디제이의 가슴 언저리를 헤집다가 유두의 돌기를 살짝 꼬집었을 때 그의 손도 역시 생머리의 허벅지를 파고들었다. 팬티 사이를 더듬는 그의 손끝에 말랑말랑한 살결의 감촉이 잡혔다. 그래도 요즘 같은 불경기에 자신의 사업만큼 호황도 없다고 믿었다. 한 달에 한두 번 행사를 치르면 웬만한 수익은 보장되었다. 급조된 카페는 행사 인원이 모집되는 대로 바로 폐쇄했다. 기포처럼 사라져 버리는 대포폰의 번호를 사용했고 인터넷의 바다에 부표처럼 떠돌아다니는 남의 신상 정보를 이용하면 그만이었다. 파이가 큰 행사일 경우에는 IP로는 추적이 불가능하도록 해외의 서버를 사용하기도 했다. 행사는 언제나 철저한 비밀을 유지한 채 디제이 자신이 직접 기획하고 지휘했다. 서로의 요구와 취향을 고려하였고 완전한 익명을 보장하면 될 뿐 별다른 노력도 필요하지 않았다. 숙식 제공에 술과 안주 정도만 준비하면 그만이었다. 한 번의 행사에 참여하는 인원은 제한이 없었다. 적게는 육칠 명에서 열 명이 넘을 때도 있었다. 특별회원, 정회원, 준회원으로 구분했고 입금이 되면 곧바로 등업을 시켜 정보를 주고받았다. 만나기 한두 시간 전에 휴대폰의 문자로 시간과 장소를 알렸으며 만나서는 반드시 다른 장소로 이동을 했다. 펜션이나 시골의 가든 같은 곳이 단골 장소였지만 행사비가 적을 경우에는 모텔을 이용하기도 했다. 아무래도 남성회원이 여성회원보다 많은 돈을 냈고 모텔이나 업소 여성은 반대로 돈을 지급해야 할 때도 있었다. 처음에는 순진하게도 남녀의 짝을 맞추려고 억지를 부렸는데 언젠가 남녀의 짝이 맞지 않게 되자 더 좋은 반응이 나왔다. 오늘은 일곱 명이니 얼추 계산대로 된 셈이었다.

  모든 것은 책상 앞에서 다 이루어졌다. 골방의 구석진 의자에 가만히 앉아 인터넷의 잡다한 시장 속으로 뛰어들기만 하면, 먹고 사는 문제가 다 해결되었다. 날로 늘어나는 컴퓨터 다루는 솜씨는 부가적인 것이었다. 참으로 좋은 세상이라고 디제이는 만족해 했다. 이렇게 좋은 세상을 만나기 전까지, 사실은 갖은 풍찬노숙을 겪어야 했다. 나이트클럽 삐끼와 웨이터 생활을 하다가 군에 입대했는데 나중에 보니 그 시절의 경험이 커다란 재산이 되어주었다. 제대를 하고 난 뒤 이런저런 잡일을 거쳐봤지만 언젠가 자신이 펼칠 야망에 대한 밑그림을 그릴 뿐이라고 스스로를 위안했다. 회의와 기대를 동시에 안고 다니던 다단계 회사를 집어치우고 치킨집 배달을 했으며 오토바이 사고를 낸 뒤에는 공사장에서 막일을 하기도 했다. 그나마 오랫동안 버티고 일했던 것은 택시 운전이었다. 사납금 채우기에 급급했던 시절이었지만 어쨌거나 손에는 현금을 쥘 수 있었고 무엇보다도 부수입이 짭짤했다. 스무 살 시절의 생활 근거지였던 유흥가를 찾아 돌다 보니 술에 취한 손님들을 자주 만날 수 있었다. 밤의 세계는 술 취한 자가 지배했다. 만취한 손님을 유흥업소에 데려다 주면 그 업소로부터 2, 3만 원에서 많게는 10만 원을 받을 때도 있었다. 유흥가에서 탄 손님이 내릴 때마다 그는 의자 주변과 차바닥을 뒤졌다. 현금이 들어 있는 지갑이거나 고가의 휴대폰이 떨어져 있는 날이면 일당보다 많은 수입을 올릴 수 있었다. 영업사원이 거래처를 트듯이 나날이 새로운 지역을 확장해갔다. 이름 날리는 사창가에 손님을 내려주면 기본적으로 1, 2만 원을 받게 되는 것이 관행이었으므로 취객들을 유도하여 잘 아는 업소에 인계하는 것은 그다지 어려운 일만은 아니었다. 사내들의 내면에 잠복되어 있는 본능을 건드리기만 하면 됐다. 무엇보다 그는 자신의 타고난 판단력과 순발력을 믿었다. 이 사람은 되겠다, 안 되겠다, 정도의 감각적인 결정은 곧바로 내려야 했다. 인터넷 채팅 사이트에 들어가 원조교제에 혈안이 된 되바라진 고삐리들과 음란대화를 나눌 때도 그랬다. 순진하고 값싸게 보이는 아이를 만나면 전력을 다해 만나려고 했지만 조금이라도 까진 기색이 보이면, 어허, 대가리에 피도 안 마른 계집애가 그럼 못써, 점잖게 훈계를 하거나 벼락같은 호통을 치고 나가버렸다.

지금 돌이켜 봐도 스스로 잘했다고 여기는 판단력은 역시 택시 회사를 때려치운 일이었다. 온라인 게임을 하다가 독종 PK를 만났고 자신의 플레이어가 킬러에 의해 죽어버린 뒤 정신적 공황에서 벗어나지 못하고 있던 시절이었다. 아바타의 시신에 장례조차 치르지 못하는 자신을 한심스럽게 여기면서도 식음을 거르면서 별의 별 희한한 카페들을 전전하고 있던 어느 날이었다. 1억을 주겠다고 제안하는 사람이 불쑥 나타났다. 내용인즉, 해고에 앙심을 품은 어떤 회사의 회장 운전기사라는데 회장을 죽이고 돈을 뺏는 계획을 설명했다. 모든 자료는 다 준비됐으니 회장을 유인해 오기만 하면 되는 일이라고 했다. 죽이기는 그 사람이 죽일 테고 돈은 1억을 주겠다고 했으니 한 푼이 아쉬운 그로서는 귀가 솔깃하지 않을 수 없었다. 명색이 살인을 공모하는 단계였으므로 그는 심각하게 따져보지 않을 수 없었다. 그리고 그따위 계획이라는 것들이 자신을 놀리려는 하찮은 사기극임을 판단하고 그는 상대방에게 악담을 퍼부었다. 지옥으로 가는 지름길을 찾아, 너나 어서 죽어버려라.

대신 자신이 직접 나서기로 했다. 결단코 그는 장난 같은 일은 벌이지 않기로 마음먹었다. 무슨 일이든 도와 드립니다. 그가 심부름 대행 카페를 개설한 것은 자신이 가장 잘 할 수 있는 일을 비로소 찾았을 뿐이었다. 막상 카페를 개설해 놓고 보니 세상살이에 지친 인간 말종들이 쉬파리처럼 모여서 들끓었다. 청부살인 의뢰는 진실성의 여부를 떠나 흔한 것들이었고 가짜 학위나 위조 졸업장, 대리 인간이나 대리모, 스와핑, 난자매매나 장기매매 따위를 요구했다. 돈을 주라는 대로 줄 테니, 자기를 죽여 달라는 미치광이도 있었다. 그는 신발 끈을 고쳐 묶는 운동선수처럼 마음을 다잡고 맹렬히 움직였다. 인터넷에 자신의 나체 사진을 유포시킨 범인을 잡아달라는 여자회사원의 요구를 역으로 이용해 쳐들어갔다. 사람 찾기 서비스를 통해 여자의 회사와 실명, 나이, 출신 학교 등을 밝혀낸 후 다른 사람의 명의를 빌려 이메일을 보냈다. 돈을 보내지 않으면 회사와 출신교 홈페이지에 나체 사진을 올려버리겠다고 협박했다. 매정하고 비열한 짓이었지만 그런 걸 따져 볼 겨를이 없었다. 그는 수월하게 여자의 돈과 몸을 빼앗았고 더 많은 사진 자료를 만들어낼 수 있었다. 그는 하나의 사건이 매듭지어질 때마다 자신의 뛰어난 지능에 대해서 감탄했다. 사건이란 모름지기 해결하는 것이 목적이 아니라, 그 사건을 키우면 더 큰 돈이 된다는 사실이 신기하기만 했다. 익명을 통해 무엇인가를 요구하는 자들은 대개 더 많은 약점을 가진 사람이면서, 바로 자신이 타깃이 된다는 사실을 몰랐다. 남편의 불륜 현장을 잡아달라는 여자에게 돈을 받은 뒤, 오히려 남편에게 그 사실을 알리겠다고 역으로 협박을 하면 더 큰 돈을 받아낼 수 있었다. 그런 여자 역시 뒤가 켕기는 게 있기 마련이어서 그걸 포착해 버리면 달라는 대로 돈을 줬다.

  달도 차면 기우는 법이라고 했던가. 그랬던 그가, 심부름 대행 카페 일을 그만두게 된 것도 어찌 보면 자기가 던진 돌멩이에 자기가 맞은 꼴이었다. 헤어져 주지 않고 귀찮게 달라붙는 여자를 혼내 주라는 주문이 들어왔는데 시한이 촉박하여 의뢰인을 확인할 수 없었다. 죽지 않을 정도로만 고통을 주어서 다시는 주변에 얼쩡거리지 않도록 해달라는 요구였다. 그에게는 역시 어려운 일이 아니었다. 정해진 시간 안에 일을 성사시키면 잔금을 치르겠다고 했다. 시간이 바쁜 만큼 액수도 컸다. 그는 일을 미루지 않았다. 받아든 신상 메모를 통해 여자를 찾는 게 급선무였다. 지하 주차장에서 여자를 만났고 과도를 목에 들이댔다. 놀란 눈을 희번덕거리며 비명을 지르는 여자의 입과 손을 테이프로 봉쇄했다. 미리 준비한 대형 여행용 트렁크에 여자를 집어넣었는데 살려달라는 울부짖음까지 구겨 넣어 버렸다. 승합차를 운전하는 동안 손발이 떨렸지만 정신없이 달렸다. 태릉을 지나 퇴계원 부근을 헤매다가 어딘지도 모를 한적한 산간 도로에 내다 버렸다. 가방 속의 여자에게, 다시는 남자의 근처에 얼씬거리지 않겠다는 다짐을 받은 뒤 유유히 그 자리를 떠나 버렸다. 정해진 임무를 정확히 수행했으므로 약속된 금액이 어김없이 입금되었는데 당연히 또 다른 욕심이 발동했다. 의뢰인을 알아보니 놀랍게도 대기업 중역이었다. 잘 걸렸다, 고생한 만큼 대가를 더 받아내야지. 그는 득의연하게 기존의 방법을 총동원하여 의뢰인을 협박했다. 기자들과 회사의 내부 통신망에 이 사실을 알리겠다고 했더니 마침내 의뢰인에게서 만나자는 연락이 왔다. 그랬는데 약속된 장소에 의뢰인이 나오기는커녕 대여섯 명의 건달들에게 붙잡혀서 죽도록 얻어맞고 말았다. 평생 들을 법한 양아치 소리를 한나절 만에 다 듣고 난 뒤 그도 역시 여행용 가방에 담긴 채 시골길에 버려지고 말았다.

"아이고, 가만, 가만있어 봐. 여기서 이러지 말고, 들어가서 좀 하드라고. 흠흠."

마블링은 연신 신음을 연발했다. 남편을 단발머리에게 인계한 아내가 콧소리를 내며 마블링의 아랫도리를 쓰다듬었다. 풀린 허리띠를 움켜쥐고서 마블링은 사람들을 펜션의 방 안으로 몰아넣고자 했다.

"어머머. 마블링님 껀, 진짜 크네. 난 이미 젖어 버렸는데. 호호."

아내의 간드러지는 웃음소리에 개의치 않고 남편은 단발머리의 상의를 벗겨냈다. 단발머리의 작고 봉긋한 가슴이 드러났다. 강쇠는 입을 가리고 웃다가 카메라 가방을 메고 비칠비칠 일어섰다.

디제이가 사람들을 방 안으로 인도했다. 정원의 목조 테이블 위에 술병들이 쓰러져 있었고 바비큐 석쇠 밑에서 숯불이 잦아들었다. 에어컨을 켜놓은 방 안은 들어선 순간만 시원함을 느꼈을 뿐 금세 열기로 차올랐다. 디제이는 남아 있는 위스키 병과

잔을 챙겨들고 방으로 걸어갔다. 얼음 한 조각을 꺼내 씹으며, 누가 뭐래도 이 사업이 최고라는 생각을 다시금 머금었다. 누구를 괴롭히거나 죽일 필요도 없고 원하는 즐거움을 다 들어주어 행복하게 해줄 수 있으며 적지 않은 돈도 챙길 수 있는 일이었다. 부부는 두 명 몫을 에누리 없이 입금했다. 오늘 처음 만난 것인 양 아는 척하지는 않았지만, 저들 부부와는 사실 오늘이 두 번째 행사였다. 그들은 솔직했다. 지난번에도 높은 만족도를 숨기지 않았으며 그래서 오늘 행사로 이어졌다는 사실을 그들의 표정으로 알아차릴 수 있었다. 앞으로 벌어질 부부 관계의 개방성과 격렬함으로 남들을 흥분시키겠지만 진짜 부부임이 틀림없는 사람들이었다.

그들은 방으로 들어서자마자 아무나 붙잡고 뒹굴었다. 서로들 자신의 짝이 정해지지 않았던 것처럼 어차피 상대를 선택할 필요도 없었다. 디제이는 서둘러 허리띠를 풀었다. 머리를 들고 일어서는 자신의 성기를 손으로 움켜쥐며 그들에게 한 걸음 다가섰다.

3. 강쇠

드디어 허명두를 잡을 수 있게 됐다. 꼬박 1년 2개월이 소모된 결과였다. 기묘한 흥분으로 인해 점점 가빠지는 숨을 남몰래 내리누르며 그는 조심스럽게 카메라 가방을 열었다. 팬티만 걸친 자신의 모습이 어색하기 짝이 없었지만 그런 건 견딜 수 있는 일이었다. 작년 봄 노원구 불암산 자락 여행 가방 여자 살인사건의 유력한 용의자가 바로 눈앞에 있기 때문이었다. 자칫 미궁에 빠질 수도 있었던 사건이었다. 여자의 신원은 곧바로 밝혀졌다. 이름만 대면 누구나 알 수 있는 대기업의 경리 파트에서 근무하는 회사원이었다. 신속하게 주변 인물을 탐문했고 치정 관계에 주목했다. 그런데 여자는 의외로 주변이 말끔했다. 회사 자금과 아무런 관련이 없었고 성실한 근무 태도에다 깨끗한 사생활을 감안할 때 치정 쪽도 아니었다. 몇 개월을 지지부진 시간만 끌다가 캐비닛으로 사건 서류가 처박히기 직전이었는데 난데없이 제보가 들어왔다. 군대에서 제대한 남자친구가 죽은 여자의 편지를 들고 온 것이다. 눈물 자국이 밴 편지지 속에서 어딘지 모르게 냄새가 나는 한 인물이 떠올랐다. 회사의 자금관리 업무를 담당하는 전무이사였다. 그가 속해 있는 형사과 강력 2팀이 다시 움직였고 수사는 급물살을 타는 듯했다. 하지만 허사였다. 알리바이가 완벽할 뿐만 아니라 전무는 혐의 사실 추궁 자체가 불쾌하다며 서장까지 윽박질렀다. 아무리 털어봐야 불순한 의혹 한 톨 나오지 않았다. 나중에 전무가 회사를 그만두었다는 게 미심쩍은 일이었지만, 결국 그 사건에서 손을 뗀 강력 2팀은 다시 밤거리의 취객들 속으로 숨어버린 잡범들을 잡으러 발길을 돌리고 말았다.

"아아, 아프단 말이야. 씨이."

"흐흠, 미치게 허네. 가만있어 봐."

마블링이 긴 생머리의 젖꼭지를 거칠게 깨물었는지 생머리가 상체를 움찔거렸다. 그러면서도 생머리는 이내 마블링의 어깨를 잡아 자신의 아랫배 쪽으로 밀어 내렸다. 부부 중에서 남자는 처음부터 단발머리의 젖가슴과 아랫도리를 집중 공략했는데 단발머리의 입은 곁에 누운 디제이의 뿌리를 물고 있었다. 강쇠는 카메라를 낮게 들고서 디제이의 얼굴과 커다랗게 부풀어 오른 성기를 찾았다. 파인더 안에 디제이의 얼굴이 클로즈업 됐다. 반드시 사진을 찍어둬야 했다. 그는 심호흡을 하며 조심스럽게 셔터를 눌렀다. 사진만큼 확실한 증거는 없다.

허명두를 포착하게 된 것은 최근의 일이었다. 그는 수사과 사이버수사대는 아니었지만 가끔 잠복을 해야 할 때가 있었다. 잠복이라 하니, 밤늦은 골목길에 주차시켜 놓고 주린 배를 햄버거와 냉커피로 때워가며 날밤을 새우는 격의 잠복을 말하는 게 아니었다. 강력범죄수사팀 사무실의 컴퓨터 앞에서 범죄 사이트나 청소년 가출 카페 등속을 훑어가며, 범인을 찾아다니는 사이버 잠복을 의미했다. 그는 강력 2팀에서 막내는 아니었지만 컴퓨터를 잘 다룬다는 이유로 곧잘 사이버 잠복조에 편성됐다. 범죄 카페는 갈수록 다양해지고 지능적으로 변해갔다. 채팅을 하다가도 즉석에서 공모를 하기도 했고 현장에서 처음 만난 놈들끼리 작당을 해서 부녀자의 뒷머리를 둔기로 후려치는 퍽치기를 했다. 과학수사가 먼 곳에 있는 게 아니었다. 그들을 때려잡으려면 직접 카페에 가입하여 회원으로 위장한 뒤 범죄의 동태를 살펴야 했다. 사이버 잠복은 더디고 막막한 업무였지만 눈에 띄는 성과로 이어지기도 했다.

그는 새로운 카페에 가입할 때마다, 인터넷 강국이 범죄 강국이 될 수도 있다는 생각을 했다. 그도 처음에는 얼마간 적응기를 거쳐야 했다. 여성 몰카 사진을 제공하는 페티시 카페에 가입해서는 회원들의 대화를 거의 알아듣지 못했다. '득템'이라는 것을 자랑하고 다니는 놈이나 그걸 부러워하는 자들이나 정상이 아닌 것은 분명했지만 범죄로 몰아세울 수는 없는 노릇이었다. 이런 카페에서 통용되는 득템은 여성이 신던 스타킹을 획득했다는 뜻으로 그것을 구하고자 하는 의지가 함의된 말이었다. 어떤 놈은 득템을 위해 여성 화장실에 잠입하여 새 스타킹을 놔두는 경우도 있었다. 새 스타킹을 발견한 여성이 자기가 신던 것을 버리고 새 걸 신고가면 얼른 가서 헌 스타킹을 주워오는 것이, 득템의 방법이었다. 페티시 카페에서 최고의 득템은 공항 화장실에서 스튜어디스의 스타킹을 가져오는 것이며, 그런 인물은 스타킹 마니아 중에서 단연 최고수로 등극했다. 물론 자기 애인에게 스타킹을 꼭 신어 달라고 애원한다거나, 스타킹 수집을 취미로 삼는다고 해서 그걸 범죄라고 볼 수는 없었다. 여성의 스타킹을 남성이 신고 다니든 머리에 뒤집어쓰고 잠을 자며 황홀한 꿈을 꾸든 상관할 바는 아니었다. 하지만 여성의 특정 신체 부위에 집착해서 몰래 사진 촬영을 하는 변태들은 현장에서 체포했다. 도촬꾼들은 지하철이나 백화점 같이 여성들이 많이 모이는 장소에서 휴대폰으로 범행을 하는데, 현행범으로 연행해서 보면 주머니에서 꼭 구형 휴대폰이 나왔다. 신형은 진동으로 전환하더라도 사진 촬영 시 찰칵 소리가 났지만 구형은 소리가 나지 않기 때문이었다.

"어? 뭐야? 저 아저씨. 지금 뭐해? 우릴 찍고 있잖아? 증말

짜증이야."

단발머리가 강쇠를 봤는지 대뜸 몸을 일으켜 세우려 했다. 그는 이미 몇 컷을 찍었으므로 소기의 목적은 이룬 셈이었다. 하지만 움찔 머뭇거릴 수밖에 없었다. 그때 디제이가 단발머리의 몸을 내리눌렀다.

"그냥, 놔둬."

"아이, 씨. 그러면 안 되죠. 이걸 찍으면 어떡해? 강쇠님은 저런 사람인 줄 알았다니까."

이번에는 긴 생머리가 반발했다. 생머리의 음부에 얼굴을 파묻고 있던 마블링이 뒤를 돌아보았다. 마블링의 눈초리가 치켜 올라가는 순간에 그는 황급히 카메라를 가방 속에 집어넣었다. 카메라의 밑바닥에서 수갑과 권총의 차가운 금속성이 느껴졌다. 그 순간, 마블링이 쇳조각 긁히는 소리를 냈다.

"이봐. 당신은 안 할 거야? 여긴 뭐하러 왔어? 웃기는 사람이네."

그 말에 단발머리가 키득키득 소리를 내며 웃었다. 그도 따라서 히죽 웃긴 했지만 속으로는 씁쓸하기만 했다.

"놔둬요. 저런 재미로 산다잖아. 신경 쓰지 마."

소파에서 일어난 디제이가 단발머리의 얼굴을 뒤로 눕혔다. 다리를 벌린 채 소파에 묻혀 있는 단발머리를 보면서, 그는 단발머리가 여고생이 분명하다는 추정을 했다. 채 자라지 않은 유두와 음부의, 색깔과 모양이 그걸 입증하고 있었다. 아마도 이곳에 모인 다른 남자들도 그걸 알고 있겠지만 드러내지는 않았을 뿐이라고 생각했다. 그는 어금니를 악물었다. 나쁜 새끼들.

청소년 가출 카페에는 청소년만 들어오는 게 아니었다. 넌 언제 집 나올 거냐? 방은 구해놨냐? 나와서 뭘 할 건데? 이런 문구를 보고 관심을 주고받는 아이들 사이에 어른들이 슬그머니 끼어들었다. 먹여주고 재워주고 돈도 벌게 해 주겠다며 접근하는 어른들은 십중팔구 성매매 업소와 관련이 있는 자들이었다. 요즘 아이들은 겁이 없었다. 가출을 하고 싶은데, 집을 나온 후 어떻게 살아갈 것인가의 고민을 가출 카페가 해결해 준다고 믿었다. 잠잘 곳을 찾고 알바를 공유하고자 하는 의도로 카페에 들어오지만 나중에는 범죄로 이어지기 일쑤였다. 혼자서 감행하는 범행의 두려움은 여럿이 몰려다녔을 때 상쇄될 수 있기 때문에 용돈이 궁해진 아이들이 궁지에 몰린 나머지 강력범죄를 저지르는 동기가 되기도 했다.

- 가출 일행 구함. 17세. 남자 둘. 서울에 있고요. 고시텔 잡을 수 있을 것 같은데 2~3명 더 구해서 방 잡으려고요. 남녀 상관없어요. 16~17세 환영.

- 16세 여자 두 명이고요. 돈은 없어요. 돈만 보내주시면 어디든지 갈 거예요. 대구인데요. 지역 같은 건 아무 데나 괜찮아요.

가출 카페에서라면 흔하게 볼 수 있는 문구였다. 그런데 이런 광고를 올리는 자들 중에는 동행털이 전문가가 있다는 게 문제였다. 가출할 때 부모 몰래 가지고 나오는 거금을 빼앗아가는 걸 동행털이라고 하는데 그나마 동행털이만 하면 다행이었다. 그들은 반드시 성폭행을 하고 어린 여학생들을 성매매 업소에 팔아버렸다. 그가 밤을 새우며 사이버 잠복을 하는 시간에, 유흥업소 종사자들도 가출 카페에 가입하여 먹잇감을 찾아다니는 셈이었다.

"당신, 호모 맞지? 이리와 봐. 호모면 어때? 즐겁게 해줄게. 당신도 즐기라고. 보고만 있지 말고."

그에게 관심을 갖는 사람은 마블링뿐이었다. 그는 일부러 놀란 눈을 치켜 올리다가 손으로 입을 가리면서 희멀건 웃음을 지었다. 그러면서도 보는 것만으로도 충분히 흥미가 있다는 눈치를 줄곧 유지했다. 참다못한 디제이가 마블링을 손사래로 제지했다. 그로서는 처음 보는 난잡한 난교였다. 킹사이즈 침대와 가죽 소파 위에서 그들은 임자 없는 육체들을 서로 탐하고 있었다. 짐승 같은 교성으로 상대의 귓바퀴를 울렸고, 타액과 분비물로 범벅이 된 몸뚱이를 주고받았다. 이 순간 그들에게서 강쇠라는 존재는 귀찮은 구경꾼일지도 몰랐다. 그는 시간을 가늠해 보았다. 펜션에 도착한 후 몇 차례의 휴대전화 통화로 위치 추적이 가능하도록 해두었지만 형사기동대의 차량이 도착하기까지는 좀 더 기다려야 했다.

인터넷 카페에서 허명두를 마주친 것은 우연한 일이었다. 호스트바 카페에 잠복해서 회원들의 동태를 살피던 중이었다. 맞벌이로 인해 아내들의 경제력이 상승하고 인적 네트워크가 넓어지면서 성에 관해서는 오히려 남성보다 대범한 여성들이 늘어났다. 주택가나 아파트로 잠입한 성매매 업소의 주요 고객으로 남성들만이 드나드는 것이 아니었다. 적극적인 여성들은 자유분방한 성 관념을 앞세우며 남성을 마음대로 선택하는 방법을 찾았다. 대놓고 호스트바에 출입하기를 주저하는 여성들일수록 사전 예약과 비밀이 보장되는 인터넷 연락망을 통해 욕망을 해결하고자 했다. 막상 적발되고 나면 평범한 가정주부로 위장하려 들지만 의사나 교수, 고위 공직자의 부인들이 포함되어 있는 경우도 있었다. 하기야 성 노동을 인정해 달라며 성매매 여성들이 데모를 하는 세상이니 성매매방지법 같은 법률이 무색해지긴 했지만, 호스트바 같은 변종 성매매도 분명 단속 대상이었다.

그가 숨을 죽인 채 호빠 카페의 채팅 창을 기웃거리고 있을 때 정도 이상으로 호들갑을 떨며 활개를 치고 다니는 한 남자를 발견할 수 있었다. 호스트를 찾는 여성 고객은 없고 호스트가 되겠다는 남자들 몇이서 음란한 대화를 나누던 중이었는데, 지껄이는 말들이 얼마나 황당했든지 하나둘씩 퇴장해버린 뒤였다. 직업적인 육감으로 한 건 잡을 수도 있다고 판단한 그는 조심스럽게 자판을 두드렸다.

남자가 무료하게 늘어놓고 있던 얘기는 심부름 카페를 운영하던 때의 무용담이었다. 그로서는 결코 한심하거나 황당한 얘기로만 들리지 않았다. 남자를 돈으로 산 여자가 호스트 앞에서는 강해 보이고자 허세를 떨지만 힘으로는 남자를 이길 수 없으므로 여자는 기본적으로 약한 존재라는 점을 강조하는 중이었다. 그런데 남자가 주절거리는 얘기 속에서 놀랍게도 여자를 집어넣었다는 여행용 가방이 나왔다. 헤어져 주지 않고 달라붙는 여자를 혼내기 위해서 겁을 주는데 겁먹지 않은 여자가 어디 있겠냐는 거였다. 그는 자세를 고쳐 앉으며 떨리는 손가락을 자판기에 가져다댔다. 설마 그럴 리가, 푸하핫, 님의 말을 지금 믿으라고? 운운하며 대화를 유도하는 그를 향해 가소롭다고 비웃으며 구체적인 정황을 들먹였다. 여자를 유인하여 제압하는 방법과 테이프로 입을 틀어막을 때의 짜릿한 쾌감을 말하다가 마침내 군 생활을 했던 화랑대 부근의 산간 도로에다 가방을 버렸다는 얘기에 그는 자리에서 벌떡 일어섰다. 맞아. 이 새끼구나. 자칫 미제로 종결될 수도 있던 사건 하나가 되살아나, 그의 머리를 쇠망치로 두들기는 순간이었다.

카멜레온처럼 이름을 바꿔가며 인터넷 카페의 음험한 오지만을 넘나들던 남자의 본명이 허명두로 밝혀지기까지는, 흔히 사이버수사대라 불리는 경찰서 수사과 지능범죄 수사팀의 도움이 필요했다. 그는 허명두가 개설해 놓은 카페에 가입하게 해달라고 떼를 쓰며 스토커처럼 집요하게 파고들었다. 허명두로부터 디제이라는 운영자 이름으로 개설해 놓았다는 집단 성교 카페를 소개받자마자 설레는 마음을 애써 누른 채 지체 없이 카페에 가입했다.

요란한 경보음과 함께 형사기동대 차량이 도착했다. 미처 사정을 마치지 못한 암수 동체의 인간들은 초라하게 위축되어버린 자신의 생식기를 감추기 위해 몸을 움츠렸다. 방 안으로 들이닥친 강력 2팀의 형사들이 사람들을 차례로 돌려세우는 동안 그는 사진을 몇 차례 더 찍었다. 강력 2팀장이 미란다 원칙을 고지하고 있을 때 그들은 죄다 벌거벗은 상태였다. 그는 옷가지들을 손으로 가리키며 입으라고 손짓을 했다. 단발머리가 얼굴을 가리던 두 손을 풀더니 비로소 울음을 터뜨렸다.

"허어, 우린 모두 오랜 친구들이에요. 모처럼 만나서 회포 좀 풀고 있는데, 왜들 이래요? 뭐가 문제라고?"

부부는 사진기 플래시를 피해 등을 보이며 돌아섰고 남편은 멋쩍은 시선을 내려놓으며 무슨 말인가를 연신 중얼거렸다. 마블링은 허둥지둥 자신의 옷을 찾고 있었다. 겨우 팬티를 걸치고 난 마블링이 들이닥친 형사들을 향해 소리쳤다.

"이것이 뭐시여? 여자들한테 직접 돈을 준 것도 아니고, 서로 좋아 합의해서 했는데, 이거이 죄가 되는 거여?"

마블링이 입은 팬티는 앞뒤가 바뀌어 있었고 양손으로 치켜든 바지 속으로는 다리가 잘 들어가지 않았다.

"미치겠네. 강쇠님은 지금 뭐해요? 이 순간에, 왜 사진을 찍어대고 지랄이래?"

겨우 속옷을 꿰어 맞춘 긴 생머리가 머리카락을 젖히며 그를 흘겨봤다. 담뱃불을 붙여 문 그녀의 입술이 파르르 떨렸.

"뭐요? 살인죄라뇨?"

재수 없이 걸렸다는 표정으로 고개를 숙이고 있던 허명두만이 미란다 원칙에 섞인 말을 듣고 놀란 눈을 쳐들었다. 작지만 단호한 목소리를 내뱉은 강력 2팀장이 수갑을 내밀며 다가섰다.

"왜 이래요? 이거. 다 먹고 살자고 별 수 없이 이런 짓을 하게 됐습니다만, 거 살인죄는 좀 심했네요. 서로들 좋아서 죽여주기는 했어도, 그렇다고 해서 이게 뭐, 진짜 살인입니까?"

허명두가 어처구니없다는 듯이 형사들을 바라보았다. 그는 카메라를 가방에 집어넣었다. 한시바삐 이곳을 벗어나고 싶은 심정 때문에 그는 가방을 둘러맨 채 맨 먼저 바깥으로 걸어 나갔다.

몸이 분리된 그들은 심란하게 얼크러진 표정과 눈물들을 감추고자 했다. 다시는 인연을 맺지 말자고 다짐이라도 하듯 서로에게서 시선을 거두었다. 밤의 정적을 들쑤시던 사이렌은 꺼져 있었다. 경광등이 명멸하는 기동대의 차량 앞으로 걸어갔을 때 가까운 곳에서 파도 소리가 들렸다. 그는 소리 나는 쪽을 힐끔 바라봤지만 먹빛으로 변해버린 바다는 아무것도 보여주지 않았다.

― 『문학들』 2009년 가을호

수양산 그늘

우헌을 압도할 명필은 없어.

사람들은 쉽게 단정하려 했지만, 일부에서는 당연하다는 듯

아버지를 꼽기도 했다. 남개의 출신성분이야

천골이라 우헌을 따르지 못한다지만,

어디 글씨만 가지고 맞닥뜨리면 남개를 따를 자 있겠나?

수양산(首陽山) 그늘이 강동(江東) 팔십 리를 드리운다는

전래의 불문율은 서단에서도

똑같은 모습으로 적용되었고

많은 문하생들이 두 대가의 그늘로 몰려들었다.

1

 깨진 유리 조각이 방바닥 이곳저곳에 흩어져 있었다. 탁상시계의 몸체가 형체를 일그러뜨린 채 전자밥통 아래 나뒹굴었고, 시침과 분침이 한데 엉켜 유리 조각 사이에 버려져 있었다.
 형편없는 놈. 빗자루를 들며 나는 스스로를 그렇게 책망했다. 아내는 잠에서 깬 뒤 얼마를 더 울다가 출근을 서둘렀을까. 유난히 큰소리를 내며 설거지를 마치고서도 끝내 흩어진 방바닥을 내버려둔 이유를 나는 알았다. 망가져 버린 탁상시계를 다시 조립이라도 하듯이 지난밤의 행적을 돌이켜 보라는 항변을, 아내는 코를 훌쩍이며 곱씹었을 것이다.
 술 취한 놈이 이성이 있었겠나? 적당히 둘러대려 들겠지만 기억을 잃을 만큼 만취한 것도 아니었고 무엇보다도 폭력을 내세워 자신의 심정을 대신했다는 사실이 부끄러웠다. 커튼을 젖히고 유리문을 열자 창밖 햇살이 일시에 방 안으로 쏟아졌다. 유리 조각은 아무리 쓸어내도 또 반짝거렸다.
 눈을 들어보니 현관문 쪽에도 깨진 화분이 널브러져 있었다. 꽃대가 나왔어. 이것 좀 봐요. 신기하게 바라보던 아내의 얼굴이 떠올랐다. 은박지로 허리를 감싸고 분홍 리본을 매달아 두른 난 화분에다 아내는 사진 촬영까지 해두었다. 그런데 어젯밤, 그 난을 던져버렸다. 그것도 아내의 얼굴을 향해.
 무식한 놈, 나는 거듭 진저리를 쳤다. 화분 조각을 주워 담고 신발 속으로 숨어버린 돌멩이들을 털어 낸 뒤 한참 동안 걸레질을 한 후에야 비로소 냉장고를 열어 물 한 컵을 따랐다.
 술좌석에서는 와전(臥田)의 논리에 대항하지 않는 것이 상수라고들 했는데, 나는 그렇게 하질 못했다. 와전 선배는 말을 많이 하여 입으로 술을 깨는 편이라 했지만 어젯밤 그는 말을 하기보다는 술을 더 많이 마셨다. 두주불사를 서슴지 않는 사람이라 이해 못할 바는 아니었다.
 "말이 공모전이지, 시정잡배들이나 벌이는 투전판과 다를 게 무어야?"
 화제의 끄나풀치고는 제법 그럴 듯했다. 서단이 온통 공모전 준비로 후끈하게 달아오른 시기였기 때문이다.
 "그뿐이 아니잖아. 수련도 충분하고 작품도 손색이 없는데 쭈루루 미끄러지고, 안 붙을 게 떠억 붙는단 말야. 작년 치도 그래. 석고문(石鼓文) 썼던 사람, 그게 어디 대상 감이야?"
 와전 선배의 개탄은 충분히 공명을 울릴 수 있었다. 국전이 있었을 때도 그랬고, 국전을 대신해서 생겨난 공모전에서도 다를 바가 없었다. 형평의 기준을 잃고 공공연히 뒷얘기만이 무성한, 그래서 번져 나오는 오염이란 헤아리기가 민망할 정도였다. 서단의 안팎에서도 입과 귀를 통한 반목과 자성의 목소리가 넘나드는 것도 사실이었다. 소수의 손아귀에 주물러지는 공모전이야말로 이제 막 새순을 터뜨린 청년작가의 싹을 뿌리째 뽑아버리는 이유가 아니겠느냐고, 다들 세상이 바뀌었다고 하는데 이제는 서단도 종래의 권위들을 털어 버려야 한다고 힘주어 말할 때까지는 나도 몇 마디 동의를 보태기도 했다. 그런데, 술기운을 미처 닦아내지도 못한 그의 입에서 뜻밖의 얘기가 묻어 나왔다.

"작고하신 자네 아버님 말이지, 남개(南介) 선생도 책임이 있어, 오십 년 친구였다는 우헌(愚軒) 선생과 그런 무지막지한 싸움을 벌일 건 또 뭔가? 그 때문에 우리 서단이 이렇게 된 거 아냐? 어느 줄에 서야 하느냐, 우헌의 그늘에 묻혀 있을 것이냐, 아니면 남개를 따를 것이냐, 왜 이리 됐나? 이리저리로 문하를 바꾼 사람은 이젠 셀 수도 없잖아?"

짧고도 나지막한 그 얘기들은 나의 오관에 엉겨 붙던 취기를 쉽게 털어 가 버렸다. 나는 와전 선배의 얼굴을 가만히 들여다보았다. 그는 연신 같은 유형의 푸념들을 늘어놓았지만 어느 것도 하나 정리되어 들어오는 게 없었다. 아버지께서 돌아가신 지 몇 해도 지나지 않아 우헌 선생의 문하로 떠나가 버린 사람들의 모습이 하나둘 떠올랐다. 눈에 띄게 줄어든 서실의 원생들을 어떻게든 추슬러 보려 애쓰는 우리 형제를 남들은 어떻게 보았던 것일까. 지금까지 헤아려 본 적 없는 생각들이 무수한 의문부호를 달고 피어올랐다. 와전 선배가 우헌서실로 출입을 바꾼 지 몇 달 동안은 그와의 지나간 추억들 때문에 형은 무척이나 괴로

워했다. 형과 같진 않겠지만, 나에게도 막연한 그리움으로 포장된 좋았던 기억들이 점점 멀어져가고 있었다. 그가 술 한잔 나누자며 만나기를 원했을 때 잠시 흥분했던 내가 문득 어리석게 느껴졌다.

"사실을 바꾼 지 얼마나 지났다고 벌써부터 옛날 스승의 허물을 들추는 겁니까? 그래, 우헌 선생은 존경할 만합디까? 난 선배님이 이렇게 나오실 줄 몰랐어요."

자리를 털고 일어서는 나를 황망히 붙잡으며, 그는 정도 이상으로 취한 티를 냈다.

"오해할 게 뭐 있나? 남개 선생만 잘못이 있다는 말이 아니라, 우헌 선생도 잘못이 있다는 거야."

그는 너스레를 떨며 달라붙었지만 나는 끝내 뿌리쳐버렸다. 생각할수록 화가 치밀었다. 형에게 이 말을 전하면 뭐라고 할까. 낭패감에 젖어 긴 한숨을 내쉬는 형의 얼굴이 떠올랐다. 그런데 엉뚱하게도 화풀이는 아내에게 돌아가고 말았다. 왜 그렇게 아버님 얘기만 나오면 바늘 끝처럼 예민해지느냐며 핀잔을 주던 아내는 더 이상 웃지를 못했다. 비명은 화분이 자신을 피해 현관 쪽으로 날아간 것과 동시에 일어났다. 방으로 달려 들어가다 돌아본 그녀의 눈자위에 증오의 핏발이 서 있었다. 아버님 때문에 반미치광이가 됐어. 닫힌 문을 향해 손에 잡힌 탁상시계가 날아갔다. 그런 후에도 무언가 개운치 못한 신트림이 자꾸만 목울대 바깥으로 밀려나왔다.

2

 붓으로 쓰는 글씨란, 참으로 기묘한 것이어서 어떠한 연마를 거듭한다 해도 완벽에 이르지 못한다는 사실을 처음부터 깨달은 것은 아니었다. 어린 시절을 회상할 때마다 나는, 꼭 이렇게 움츠러들 수밖에 없는 것인가. 사자소학(四字小學)이나 추구(推句) 따위의 책을 무릎 앞에 두고 아버지 곁에 지라죽하게 누워 있는 회초리를 목울음 삼키며 바라보던 유년의 기억 속에는 고서(古書)의 길고 긴 구절들을 힘들여 암송하는 형의 지친 목소리와 그 곁에서 지그시 눈을 감은 채 고개를 주억거리는 아버지가 있었다. 동네와도 한참이나 떨어진 턱없는 변두리의 산방(山房)이었다.
 어느 여름날이던가, 시내버스 종점이 있어 언제나 시끄러웠던 개울 건너 동네로 내려가 늦도록 놀았다. 당시에는 유일하게 텔레비전이 있었던 이층 양옥집 친구가 내 손을 잡아끌었다. 아무리 감추려 해도 풍겨 나오는 발 냄새 때문에 온 신경이 곤두섰다. 어디선가 아름다운 악기의 선율이 흘러나왔다. 저게 무슨 소리냐고 묻자 이층에서 누이가 피아노를 친다고 했다. 이제 가봐야겠다고 일어서는 나를 친구가 주저앉혔다. 밥 먹고 가. 친구의 말 뒤편에서 그의 어머니가 흰쌀밥을 그릇에 퍼 담고 있었다. 김이 모락모락 오르는 쌀밥에서 사람의 속을 뒤집어놓기에 충분한 향기가 났다. 나는 그만 일어설 수가 없었다.
 "넌 어디서 살지?"
 금테 안경을 두른 친구 아버지의 물음에 내 젓가락은 생선구이 반찬에 가려다 멈추고 말았다. 이층에서 들려왔던 피아노 건

반 소리처럼 가슴이 두근거렸다. 낡은 한옥고가, 텃밭에서 채소를 뽑아 다듬고 있는 어머니, 온종일 적요에 휩싸여 찾아오는 손님들마저 발꿈치를 들고 걸어야 하는 서실의 마룻바닥, 생선이 썩는 것 같은 역한 먹 냄새, 아무것도 말할 게 없었다. 궁상과 청승이 덕지덕지 달라붙은 우리 집은 죽어 있는 집이라 생각했다.

"아빠, 얜, 저 위 남개산방에서 살아요."

친구가 끼어들지 않았으면 나는 숟가락을 놓고 도망쳐 나왔을지도 몰랐다. 아빠라는 호칭을 한 번도 써본 적이 없는 나로서는 친구 아버지를 조심스럽게 올려볼 뿐이었다. 그런데 얘기를 듣고 난 그는 뜻밖에도 놀란 표정을 지어 보였다.

"그래? 너, 정말 남개 선생님의 아들이란 말이야?"

그는 마침내 내 빡빡머리까지 쓰다듬어 주었다. 좋은 친구를 두었으니 사이좋게 지내라. 친구에게 덧붙인 이해할 수 없는 말에 나는 여전히 어리둥절할 뿐이었다. 피할 수 없이 그날 밤에도 회초리를 맞았다. 해가 떨어지면 제집으로 기어 들어오는 것이 짐승들도 행하는 귀소본능이거늘, 남의 집에 눌러 붙어 눈칫밥이나 얻어먹는 천한 놈이 되었구나. 탄식 섞인 꾸지람이었다. 퉁퉁 부은 종아리를 어루만지며 나는 고서의 몇 구절을 더 암송해야 했다.

상전벽해라던가. 지금은 도심이 확산되어 현대식 고층건물이 줄줄이 늘어섰고 텃밭을 가로질러 이면도로가 생겨났지만 그때만 해도 창밖 새 울음소리가 묵향으로 그윽한 서실의 정취를 북돋울 수 있었다. 고등학교를 갓 졸업한 형이 전국휘호대회에서 장원을 받아 돌아왔을 때 일찍이 드물었던 일이라 하여 신문 방

송에서 한바탕 야단법석을 떨었어도 아버지는 꿈쩍도 하지 않았다. 자칫 교만이 섞인 흥분에 들뜰 법한 형과, 부러운 시선을 감추지 못하던 나를 불러 앉혔다.

"법첩(法帖)의 뿌리를 캐고 서론의 안목을 높이는 것은 상을 타서 이루어지는 것이 아니다. 자고로 서권기(書券氣)를 빼버리면 서예의 고졸(古拙)한 맛은 없어, 밤잠에 연연하지 않는, 끊임없는 탁마만이 너희가 가야 할 길인 것이야."

중학생의 나이였지만 뜨끔하지 않을 수 없었다. 남들은 일 년이면 끝낸다는 안체(顔眞卿體)를 어렸을 때부터 삼 년이 넘도록 써왔고, 구체(具陽詢體) 역시 맛을 들여놨던지라 우쭐함이 키보다 더 자랐을 때였다. 더욱이 한문 선생님이 부탁한 학교 행사의 안내문도 척척 붓을 휘둘러 써 바친 경우가 적지 않은 탓에 칭찬도 꽤 받았던 터였다.

알 듯 말 듯한 아버지의 말씀은 틈만 나면 같은 형태로 반복되었다. 글씨의 근본은 서법에 있다는 것이었다. 집자(集字)나 연구도 없이 첫 걸음마 격인 습기를 떨쳐내지 못하고 알량한 기예에 눈이 멀어 서체 바꾸기에만 급급해하는 문하생에게는 호된 꾸지람이 내려졌다.

그 무렵, 형은 근례비(顔勤禮碑)뿐만 아니라 다보탑비(多寶塔碑)와 마고선단비(麻姑仙丹碑)를 마쳤고, 구양순의 황보탄비(皇甫誕碑)와 구성궁예천명(九成宮醴泉銘)까지의 해서를 두루 섭렵하여 해서로부터 안착된 튼튼한 재목이란 세간의 칭송을 듣기 시작했다. 여호(與號)에 인색하기로 소문난 아버지도 그러한 형을 예사로 보지 않았던지 중산(仲山)이란 호를 내리셨다.

3

 길을 건너기 위해 횡단보도 앞에 서 있었다. 사람들은 제각기 신호등이 파란색으로 바뀌기를 기다렸다. 건너편 꽃집 아저씨가 화물용 오토바이에 관음죽 화분을 올려놓고 줄을 잡아당겼다. 볼품없이 찌부러진 구두코에 시선을 옮겨 놓았다가 신호등이 바뀐 걸 알았다.

 남개서실, 모든 것이 변했어도 아버지의 친필로 새겨진 당호만은 그대로였다. 빛바랜 목조 현판에 조지겸체(趙之謙體)로 휘갈겨진 글씨를 봤을 때 공연한 허전함이 콧잔등을 시큰하게 했다. 사랑채 뒤편의 감나무는 그대로 남아 〈감나무집〉이라는 한정식집의 상징물이 되어 있지만 사랑채가 있던 자리는 삼층 건물이 들어서 버렸다. 풀 먹여 빳빳한 모시적삼 차림에 합죽선을 부치며 산책하시던 아버지의 자리는 이제 없었다. 부동산을 매각하여 남부럽지 않는 재산을 자식들에게 남겨준 것은 금전 때문에 추해지지 말라는 평소의 가르침을 실천한 격이었다.

 서실에 들어서자 저마다 임서(臨書)에 열중하던 원생들이 눈에 띄는 대로 목 인사를 해왔다. 엊그제 입문한 초보자부터 필력이 십수 년이나 되는 주부들까지 한데 어우러져 있었다. 향기로운 묵향은 누구를 가리지 않고 그들의 후각을 자유롭게 넘나들었다.

 조립식 칸막이 너머에 형이 보였다. 전지에 반절지를 이어 붙인 작품 규격의 글씨를 쓰고 있었다. 공모전에서의 으뜸이 형의 꿈이었다면 다가오는 공모전의 기회를 그냥 놓칠 리 없었다. 이

맘때가 되면 계절풍처럼 불어오는, 그래서 꿈결에서도 신문지상에 올라 있는 자신의 이름 석 자를 확인한다 했다.

"이걸로 작품 하실 거요?"

뒤편에 서서 형의 글씨를 한눈에 보고 있었다. 최근 공모전의 경향이 고첩을 임서한 것보다는 법첩의 뼈를 잃지 않는 상태에서의 창작풍에 비중을 둔다는 사실을 의식하기라도 하듯이, 형의 글씨는 창작에 치중한 것이었다. 언뜻 흥복사단비(興福寺斷碑)인지 쟁좌위고(爭座位稿)에서 따낸 것인지를 변별해내기 어려운 반 흘림체였으나 분명 법첩에서 발췌한 임서는 아니었다. 낙관에 씌어진, 정다산선생고시이십칠수중기일(丁茶山先生古詩二十七首中其一)이라는 세자(細字)가 그걸 증명해 주었다. 행초서 쪽으로 형이 일구어 놓은 그간의 노력을 모르는 바는 아니었으나 여전히 생소하기만 한 필체였다.

"내용을 정하느라 너무 시간을 끌었나 봐. 임서야 자신 있다만……. 그래, 너는 이번에도 안 낼 거냐?"

형은 붓을 놓은 채 정좌로 돌아앉았다. 나는 비공모전파를 선언한 지 몇 해가 되었지만 형은 입장이 달랐다. 상에 연연해하지 말라 하셨던 아버지도 일제 때 선전(鮮展)에서 특선을 연달아 수상한 바 있었다. 오랫동안 식도에 걸린 가시처럼, 대를 이어야할 형에게는 지울 수 없는 부담이 그것이었다. 특선 몇 차례로 양이 차지 않는, 최고의 영예만을 고집하는 이유였다.

"근데, 형 글씨가 홀가분해 보이질 않아요."

나는 자획(字劃)에 나타나는 운필(運筆)의 긴장을 가늠해 보았다. 첫눈에 안겨오던 두 가지 느낌, 주저하지 않고 명쾌하게 휘두른 자기개성의 흔적이 약하다는 것과 원문의 골격이 전체의 흐름에 억지로 끼워져 있다는 생경함을 지워 버릴 수가 없었다. 임서보다는 창작을 내야 한다는 압박 때문이었을까.

"참, 어제 와전을 만났댔잖아? 어때? 그 친구 여전하지?"

형은 아래턱을 덮고 있는 수염발을 만지작거리며 나를 바라보았다. 우스갯소리를 곧잘 터뜨려 서실의 분위기를 이끌던 와전 선배가 저 어디쯤에선가 앉아 있는 것만 같았다. 형에게서도 와전 선배의 빈자리는 크게 보이겠지. 나는 책꽂이에서 학어집(學語集)을 빼내들고서 다시 형에게로 다가갔다.

"와전 선배가 이상한 소릴 해요. 자꾸 아버지를 욕되게 하려 해. 참느라 아주 혼났수. 그분, 사람 버린 것 같아요."

망설이긴 했지만 형도 알아두어야 한다는 생각이 들어 그냥 말해 버렸다. 그럴 리가? 라는 표정을 세우다가 형은 고개를 꺾어버렸다. 마묵기의 먹 가는 소리가 유달리 윙윙거렸다.

"나 수업 들어갈 거요."

좁다란 복도를 건너 칸막이 강의실로 들어섰다. 앉은뱅이책상 앞에 여남은 명의 어린 학생들이 앉아 있었다. 한문 강좌는 형이 서실의 운영을 넘겨받으면서 의욕적으로 시작한 것이었다. 아이들에게 한문을 가르쳐달라는 형의 부탁을 뿌리치지 못하고 몇 시간 해본다는 것이 어쩌다 보니 직업처럼 되어 버렸다. 틈나는 대로 서실의 원생들도 지도해주기는 하지만 실질적으로 한문 학원의 책임을 맡아버린 셈이었다. 아내는 내가 다른 분야에서 일하기를 원했다. 주인도 되지 못하는 서실에 무슨 미련이 남았냐는 것이었다. 아버지로부터, 또는 형이 끼운 빗장을 영영 빗겨내지 못하는 게 아닌가 하는 조바심에 몸 달아 있는지도 몰랐다.

나는 애초부터 아내가 좋아할 만한 남자가 아니었다. 블루진과 재즈가 활개 치던 그 시절, 곰팡내 나는 사고와 막걸리 냄새에 찌든 나에게 그녀의 호감을 살 만한 구석은 그다지 없었다. 단지 신기함이라는 인상에서 시작한 호기심이 어떻게 애정으로 변하게 되었는지, 아무튼 아내는 맨 처음 서실을 찾았을 때에도 헛웃음부터 냈다.

이게 사내가 할 짓이람?

서안을 대하고 있는 문하생들을 보고서 탈속한 선승의 흉내를 낸다며, 맨 먼저 꺼낸 말이었다. 그랬었는데, 그녀도 어느 날 문득 글씨를 배우겠다고 했다.

"붓이 거꾸로 들어간다 하여 역입(逆入)이라 하고 말발굽같이 생겼다 하여 마제(馬蹄), 잠자리 모양이라 하여 잠두(蠶頭)라 하는 거야."

그녀의 무릎 끝에다 길게 써놓은 한 일자의 요모조모를 짚어가며 일러주던 그날 밤을 나는 잊을 수 없다. 서실 뒤쪽 등나무 의자에 앉아 서로의 인생을 하나라는 울타리 안에 넣어 그려보았다. 그리고 그녀의 손을 잡았다. 문득 어색한 정적이 잠시 흐른 이후 그녀는 떨리는 목소리로 말했다. 무엇인지 모르지만 형언하기 어려운 감흥이 일어난다고 했다. 내가 글씨를 쓰는 모습, 내가 써놓은 글씨들을 보면 그 감흥은 신비의 돛을 올린 선박이 되어 경이의 바다 복판으로 출항하는 것 같다고 했다. 그래서 가슴이 두근거린다고 했다.

학어집 몇 구절을 선창하자 아이들이 일제히 따라서 외쳤다.

한 글자씩 음과 훈을 새기고 의미를 풀어 헤쳤다. 몇 차례 반복하고 보니 또다시 혀끝에서 갈증이 느껴졌다. 아직도 나는 아내의 가슴에 살아 있을까. 경이의 바다로 떠나는 신비한 배로 남아 있을까. 화분을 부수고 폭언을 하던 남자가 제풀에 지쳐 잠들었을 때 그녀는 적의에 찬 눈으로 말했을 것이다. 제 몸도 닦지 못한 주제에 서예의 길을 간다고 으스대는 위선자.

아이들을 돌려보낸 뒤 다시 좁다란 복도를 건너 서실로 갔다. 형은 별실에서 나와 원생들 사이를 돌아다니며 그들의 글씨를 둘러보고 있었다. 커피포트에선 이내 김이 올라왔다. 작설의 싹에 어우러진 물을 받아내다 보니 혀끝에 한 무리 침이 괴었다. 입가로 가져온 쌉싸래한 차향을 음미하면서 신간으로 보이는 서예전문잡지를 펼쳐 들었다.

「心正筆正」이라는 제목으로 된 특집 기사가 맨 처음 시야에 잡혀왔다. 이 시대의 서단을 대표하는 최고 공신력의 대담 기사였다. 그는 다름 아닌 우헌 선생이었고 '마음이 발라야 글씨도 바르다'는 제목과 상통하는 그의 해박한 서론이 행간마다에 가득 차 있었다.

— 수신양성이 우선입니다. 손끝에 매달린 재주만을 가지고 습서(習書)한다면 그건 껍데기일 뿐이지요. 한묵(翰墨)에 정을 채우지 않은 점획결구(點劃結構)는 생명력이 없는 돌덩이보다도 못하니까요.

나는 긴 숨을 몰아쉬었다. 정신우위론을 내세운 우헌 선생의 서론이 해바른 운치를 거느리고 있었음에도 불구하고 내게는 쩌렁쩌렁한 고함으로만 들렸다. 순간, 와전 선배의 지난밤 얘기가 기사 문안에 겹쳐졌다. 아버지의 시대는 갔는가. 우뚝 서 계시던 아버지의 위풍이 사라진 이후, 왜 이리도 허전하고 고단한 역정이 계속되는 것인지. 문득 촉촉해진 시야를 느끼고 말았다.

 – 서의 본질은 숙련에서 나오는 생서(生書)에 있다지만, 정신이 감응하지 못하면 한갓 대서(代書)로 주저앉을 뿐이지요.

 숙련을 바탕으로 한 살아 있는 글씨를 주창하시던 아버지는 더 이상 대꾸가 없었고, 이를 반발함으로 인해 더욱 굳어져 가는 우헌 선생의 서론은 만산을 쪼갤 듯 호령하고 있었다. 나는 고개를 주억거렸다. 책상의 모서리에 다기를 놓고서도 한동안을 멍하니 앉아 있었다. 지난날의 기억들을 이끌고 이렇게 큰 걸음으로 걸어오는 우헌 선생을 나는 또렷하게 마주보았다.

 우헌 선생을 처음 만난 것은 아주 어렸을 때였다. 땡볕에 묻혀 얼굴이 붉게 익어서야 집에 돌아온, 어느 여름날의 해거름녘이었다.
 "너 이놈, 너도 책보따리 갖고 일루 와!"
 돌계단을 올라 툇마루에 앉았을 때 사랑채에서 들려온 아버지의 음성이었다. 내 손은 단번에 호주머니 쪽으로 옮겨졌다. 주머니에 가득 담긴 구슬은 아무리 조심하려 해도 찰랑찰랑 소리가 났다. 동네의 구슬을 모두 다 따냈다는 으쓱함은 더 이상 남아 있지 않았다. 발이 드리워진 사랑채에서 형의 모습이 보였는데, 무릎을 꿇고 있는 것을 보니 필시 좋은 일은 아닌 성싶었다. 일시에 기가 죽어버린 나는 책보자기를 아버지께 올려 바쳤는데 그 와중에서도 손톱 밑에 낀 까만 땟자국을 얼른 감춰야 했다. 교과서나 공책들은 제쳐두고 아버지는 필통부터 빼내들었다. 초록의 반투명한 플라스틱 필통은 새로 산 지 일주일도 안 된 것이었다.

"너도 마찬가지로구나. 달랑 몽당연필만 하나 갖춘 놈이 무슨 공부를 해보겠다는 거냐? 자고로 필낭에 붓이 채워지지 않은 자는 문객이 될 자격도 없다고 했어."

벼락 같은 호통에 오금이 저릴 정도였다. 형의 필통도 역시 널브러져 있었고 이미 된통 당했는지 중학생이나 된 형조차 눈물을 찔끔거리고 있었다.

"주머니에 그건 뭐냐?"

아버지의 두 손 가득히 형형색색 모양이 박힌 구슬이 들려졌다. 깨끗이 닦아내면 다시 새것으로 변할 그것들은 이제 아이들 위에 군림할 수 있는 보물이 아니었다. 아버지는 움켜진 손을 위로 쳐들고 기어이 일어나셨다. 그랬는데, 어둠 저편으로 옮기던 발걸음이 그대로 멈춰졌다. 뜻밖에도 손님이 찾아온 것이었다.

"아니, 자네가 여길 다······."

아버지의 반가운 표정만큼이나 우리 형제도 쾌재를 부르던 참이었다. 나는 꺾고 있던 무릎을 슬며시 풀며 구슬을 어디에 내려놓을 것인지 눈여겨보았다. 구슬이 던져진 배롱나무 곁에, 그 중년의 남자는 서 있었다. 깡마른 살점에다 퀭한 안구가 검정 뿔

테안경 너머로 반짝였다. 흰 셔츠에 검정색 양복바지 차림의 왜소한 체격이었다. 그는 어둠을 털며 그렇게 사랑채로 들어섰다.

"이놈들, 거기 꿇어 있지 못해."

형과 나는 비실비실 일어서다가 아버지의 제동에 다시 주저앉고 말았다. 우리는 손님의 눈치를 살피며 그가 어떤 형태로든 구원을 해주리라 기대했다.

"몰라보게 컸구나. 이 녀석들, 내가 누군지 모르지? 하긴 내가 여길 찾은 게 몇 년 세월은 넘긴 것 같구먼."

손님은 우리의 머리를 번갈아 쓰다듬으며 기대했던 대로 우리를 일으켜 내보내려했다. 참으로 민망한 순간이었다.

"예끼 이 사람아. 자네가 내 자식들을 대신 가르칠 텐가?"

우리가 사랑을 나서자, 그때서야 두 분의 호탕한 웃음소리가 터져 나왔다. 그는 그 후로도 수시로 서실을 다녀가곤 했다. 간혹 우리 형제의 글씨를 펼쳐들고 이리저리 짚어주기도 했고, 만취한 발걸음으로 돌계단을 내려가는 그를 형이 부축한 적도 있었다. 아버지가 하라는 대로 그를 우헌 선생님, 하고 불렀지만 그때만 해도 그가 아버지에 버금가는 명필이라는 것을 모르고 있었다.

고등학교를 졸업하고 산방에 묻혀 살면서 묘미를 알게 된 예기비(禮器碑)에 몰두할 무렵, 우연히 우헌 선생의 저술을 읽게 되었는데 서문을 대신한 인물평을 보고서 비로소 그의 경력을 알게 됐다.

우헌 선생, 1920년 경신 생이었다. 그의 조부인 좌천(座泉)이란 분은 구한말 유림의 법통을 이은 학자로 경술국치에 강개해 자결했고, 부친인 벽송(碧松)은 그의 손길을 닿지 않은 문사가 없을 만큼 당대의 명필이었다고 했다. 이러한 명가의 이력에 우헌 선생 또한 뒤지지 않았다. 약관의 나이에 선전 특선을 한 바 있다는 사실이 그 단초가 되었다. 일찍이 주목받은 천예성은 전예해행초(篆隸楷行草) 오체를 능란하게 구사할 수 있는 대가로 성장하는데 부족하지 않았다. 뿐만 아니라 비문 따위를 탁본 해독하는 금석학에도 경지를 이루었다.

우헌을 압도할 명필은 없어. 사람들은 쉽게 단정하려 했지만, 일부에서는 당연하다는 듯 아버지를 꼽기도 했다. 남개의 출신 성분이야 천골이라 우헌을 따르지 못한다지만, 어디 글씨만 가지고 맞닥뜨리면 남개를 따를 자 있겠나? 사람들의 평판에는 무엇보다도 곤혹스러운 구석이 있었다. 그들의 입을 빌리면, 남개의 글씨는 그 근본이 스승인 벽송으로부터 나오고 벽송은 다름 아닌 우헌의 생부라는 것이었다. 그래서 벽송의 글씨는 친자인 우헌에게 물려 내려간 것이지, 남개는 정통성의 면에서 엄두도 내지 못한다는 얘기였다. 그러면서도 글씨 쓰는 기술로만 치면 남개가 한 수 위라는 여운도 늘상 덧붙였다. 결국 정신우위론을 내세운 우헌과 서법제일주의를 내건 남개는 일장일단을 지닌 우리 서단의 거목이라는 결론으로 사람들은 정리하곤 했다.

수양산(首陽山) 그늘이 강동(江東) 팔십 리를 드리운다는 전래의 불문율은 서단에서도 똑같은 모습으로 적용되었고 많은 문하생들이 두 대가의 그늘로 몰려들었다. 숱한 가지치기를 거치며 중견으로 성장할 무렵 그들은 자신의 스승을 내세우기를 주저하지 않았다. 그것이 그들의 발판으로 믿은 까닭이었다.

"차 한 잔 따라 줘."

가리개를 밀치고 형이 들어왔다. 먹물 배인 작업복 바지가 더욱 헐렁해 보였다. 싹을 띄운 다기에 뜨거운 물이 차오르자 잘게 썬 이파리들이 수면 위로 떠오르다 이내 가라앉았다.

"쉬운 일이 아니야. 세상엔 쉬운 일만 있을 리 없지만……."

형이 다기를 얼굴 앞으로 바싹 당겼다. 그 말이 무엇을 뜻하는지 얼른 짐작되지 않았다. 와전 선배와의 관계가 불편해지는 것을 말하는지 아니면 서실을 꾸려나가는 것이 어렵다는 것인지 당장 알 수 없었다. 아버지를 대신할 자리에 앉은 것 자체가 황당하고 부담스러울 테지만 그 감당을 제대로 해내지 못한 것도 사실이었다. 아버지에게는 고희를 앞둔 나이까지 어떤 경우라도 남을 압도할 수 있는 무기가 있었다. 그것은 헤픈 웃음을 아끼는 일부터 시작됐다. 웃음이 없는 스승 밑에서의 문하생들은 스스로를 절제하고 조심하는 것을 다져나갔다. 아버지의 정돈된 무기는 그 어떤 붓놀림을 보면 벼락 같은 호통으로 다스릴 때 섬광처럼 빛났다. 한 획을 깨우치지 못한 자에게 결코 다음 획을 일러주는 법이 없었다. 과유불급을 몸소 실천하는 셈이었다.

어찌할 도리 없이 형은 힘들어했다. 십수 년의 필력을 가진 문하생들이 젊은 스승을 인정할 수 없다 하여 하나둘씩 떠나고 난 뒤부터 남개서실의 위상은 곤두박질치고 있었다. 유력한 재원들이 떠나간 서실에서 형은 나를 붙들어 매고 한문교실을 신설하고 서예 기초반도 강화했지만 경제적인 운영과는 상관없이 남개서실이라는 짐 자체를 버거워 했다.

"와전, 그 친구만은 믿었는데……, 하긴 그거야 내 뜻일 뿐이고 와전의 입장이라면 자신의 입신을 위해 그럴 수도 있겠지."
 형의 음성에는 체념이 섞여 있었다. 그래서 더욱 무겁게 들렸다. 몇몇의 원생들이 들어오고 나가는 모습이 가리개 너머로 흔들거렸다.

4

 침묵은 고문보다 더 가혹했다. 아내는 찻숟갈 소리 한 번 내지 않았다. 시종 방 안에 틀어박혀 있는 것으로 보아 나를 아예 거들떠보지도 않겠다는 심산임이 분명했다. 방에 들어가 화해의 손을 내밀어 볼까 망설이면서도 그냥 앉은뱅이책상 앞에 머물러 있었다. 미처 치우지 못한 화분 쪼가리가 눈에 띄었지만 그것 때문에 움직이지는 않았다. 석간도 떠들쳐 보고 읽다만 잡지도 들쳐봤지만 자꾸 방 안의 아내에게 신경이 쓰였다.
 그래, 난 야만인이야. 솔직히 시인하고 씨익 웃어 보이면 아내는 어떻게 나올까. 처가에 보내놓은 딸아이 진솔이 얘기를 꺼내면 당장 보러 가자고 할지도 몰랐다. 오늘은 학교에서 무슨 일 없었어? 교감이란 작자는 아직도 당신을 못마땅하게 생각해? 슬그머니 다가가면 아내도 조금은 수그러질 것도 같았다. 눈에 잡혀온 액자 속에는 지난 가을 탁본 야유회 때 형네와 우리네 가족이 나란히 찍은 사진이 들어 있었다. 노랗게 물이 든 은행잎 몇 개를 주워 든 진솔이는 제 엄마 얼굴을 올려 보았다.
 나는 세차게 고개를 흔들었다. 아내의 생각처럼, 제 몸도 닦지 못한 주제에 무슨 글씨를 써보겠다고. 가족도 제대로 추스르지 못한 놈이 누구를 가르치려 들어? 나는 몸을 일으켜 방문을 열었다. 그때서야 아내의 발가락에 묶인 붕대를 보았다.

"뭐야? 왜 이랬어?"

핏물이 먹힌 붕대를 보고서도 영문을 몰랐다.

"몰라서 물어? 아침에 현관에서 찔린 건데?"

외면하는 아내의 눈이 파르르 떨렸다. 통통 부은 눈자위로 보아 어지간히 울었던 모양이었다. 나는 냅다 아내의 손부터 잡았다.

"많이 다쳤어?"

미안하다는 말을 해야겠는데, 그 말이 안 나왔다.

"오늘, 조퇴하고 일찍 왔어. 깊이 들어갔나 봐. 욱신거려 걸을 수도 없어."

나는 손바닥을 머리카락에 묻고 한동안을 앉아 있었다. 큰일이야 아니지만 업보라 친다면 무엇으로 이걸 돌려받아야 하나. 어지러운 정신을 수습하며 구급함을 열었다. 붕대를 바꿔주며 군살이 박힌 아내의 발꿈치를 보았다.

"근데, 이것들은 다 뭐야?"

아내의 주변에 널린 책자들이 보였다.

"오후 내내 봤어요. 앨범도 꺼내 보고."

아버지의 글이 실린 책들이었다. 서화 전문지와 아버지의 개인전 팸플릿, 신문 잡지 등에서 오려낸 기사들을 붙여놓은 스크랩북, 유품으로 간직된 빛바랜 흑백 사진첩 등이었다.

"이것들을 왜? 새삼스럽게."

"궁금해 죽겠어요. 아버님과 우헌 선생님의 사이가 좋지 않았던 거야 세상이 다 아는 사실이지만, 옛날에는 안 그랬다면서요? 같은 문하에서 성장했고, 둘도 없는 친구 사이였다넌네……, 왜 그랬을까요. 무엇이 두 분 사이를 이렇게 조각나게 했느냐 이거 예요."

아내는 눈초리를 세우며 입술까지 조그맣게 오므렸다. 글쎄, 그게. 다가온 물음을 피할 수는 없었다. 그렇다고 딱 부러지게 이것이다 얘기할 것도 없었다.

"서론의 차이겠지. 두 분의 안목이 달랐으니까. 붓으로 쓰는 글씨야 똑같지만 어디 생각이야 같을 수 있나? 어떤 시각으로 보느냐, 이게 달랐던 거지. 그것도 아주 천양지차로……."

얼버무리긴 했지만 스스로도 그걸 명쾌한 답이라고 볼 수는 없었다. 기껏 서론이 좀 다르다 해서 우정까지 떼어버리다니. 생각해 보니 그랬다. 여태껏 한 번도 진지하게 짚고 넘어간 적이 없는 의문이었다. 그것은 신문 기사나 앨범 따위에 묻혀 있을 성질이 아니었다. 그렇다고 해서 생존에 있는 우헌 선생에게 따지고 물을 것도 더더욱 아니었다.

나는 방바닥에 널브러진 서책과 앨범들을 펼쳐보기 시작했다. 홀연히 연막을 걷고 떠오르는 궁금함이 나를 바싹 조여 당기고 있었다.

아버지와 우헌 선생 사이에 균열이 생기기 시작한 게 십여 년 전부터니까, 아마도 내가 군대를 제대한 후 서실의 다다미 바닥에 엉덩이를 박고 글씨에만 전념하게 된 바로 그 무렵이었을 것이다. 난로 위 주전자에서 나오는 더운 김이 겨울날 오후의 적막한 서실 분위기를 힘겹게 다독이고 있었다. 미닫이문이 열리고 갑작스레 찾아온 초로의 방문객을 보자마자 나는 황망히 달려가 꾸벅 절부터 했다.

"그간, 안녕하셨습니까? 선생님."

눈앞에 선 우헌 선생을 마주하자 반가움보다 죄스러움이 앞섰다. 제대하고 인사부터 다녀왔어야 하는데 차일피일 미루다 불쑥 뵙게 된 것이 무척 송구스러웠다. 우헌 선생의 중절모를 받아들고 눈을 털고 있는데 그는 허청허청 별실로 걸어갔다.

"남개, 거 있었나?"

두루마기에 쌓인 눈을 털지도 않은 채 우헌 선생은 아버지 앞에 앉았다. 깜짝 놀란 것은 우헌 선생의 가시가 박힌 말투였다. 심상치 않다는 것을 직감한 나는, 저만치서 원생들에게 체본(體本)을 써주고 있는 형을 찾았다.

"우헌 선생님이 좀 이상하셔."

"끝내, 따지러 오셨구만. 올 것이 오고야 만 거야."

별실 쪽에 눈길을 두던 형이 불쑥 던진 말이었다. 금세 알게 된 일이었지만, 시사종합지에 신년휘호와 더불어 개재된 우헌 선생의 서론을 아버지가 붙들고 나섰기 때문이었다. 문제는 우헌이라는 이름을 구체적으로 들먹이며 논조 하나하나를 반박한 것이었다. 당대의 두 명필이 정면으로 맞부딪친 사건이어서 호사가들의 입방아에 오르내리기에 충분했다. 아버지의 반발 기고를 실었던 일간지의 문화부 기자는 그 후로도 서실을 심심찮게 들락거렸다. 어쨌든 서가의 곳곳에서 매서운 뒷북을 울리게 한 논쟁의 서막이, 바로 내 눈앞에 펼쳐지고 있었다.

"그렇다면, 일당(一堂 李完用)도 명필이 된단 말인가?"

당초부터 물러서지 않으리라는 고집이 우헌 선생의 입을 단호한 한 일자로 그어 놓았다. 나는 조심스러운 손길로 주전자에서 물을 따랐다.
　"나라를 팔아먹은 매국을 했다지만, 사생활과 글씨를 분리해 본다면 일당도 엄연한 대가라고 봐야지."
　아버지의 일갈도 만만치 않았다. 내가 가져다둔 물컵을 우헌 선생이 잡았는데, 물컵은 손에 닿기만 해도 깨져버릴 것만 같았다. 몇몇 사람들은 숨소리마저 눌러 놓은 채 칸막이 너머의 두 분의 시선을 쫓고 있었다.
　"어허. 그것부터 틀렸어. 일당의 필법이 정달하고 한학에 조예가 있었다고 쳐도 역사 앞에 씻을 수 없는 죄를 지은 매국노 아닌가? 어찌 정신이 올바른 서예가로 볼 수 있다는 건가?"
　씁쓸한 환약을 깨문 듯한 조소가 우헌 선생의 입에서 새나왔다. 평재(平齋 朴齋純)와 더불어 일당이 자행했던 을사늑약 때문에 그의 조부인 좌천 공이 의분 자결했던 사실을 뒤이어 상기시켰다. 평재도 그랬듯이, 일당은 구한말을 휩쓴 명필이었지만 차오르지 못한 주체의식 탓에 대서(代書)로 주저앉았다는 얘기였다.
　"이것 봐, 남개. 그 신문을 열 번도 더 읽어보고 또 생각도 해 봤지만, 추사(秋史 金正喜)를 그렇게까지 포장하다니. 남개, 자네는 내 선친의 제자가 아니었던가? 불경이라 생각되지 않나?"
　"추사는 일당과 달라. 벽송 선생님께 귀가 닳도록 들은 얘기가 바로, 추사 격하론이지. 우헌, 자네도 물론 그 맥을 잇고 있네만, 난 그럴 수 없어. 매국을 한 것도 아닌데, 왜들 그렇게 추사를 손상시키려 하는지. 추사는 이미 후세에 평가를 받았고, 오늘

날 교과서에서도 배우는 위인이야. 그래서 자네 글에 대한 반박문을 냈어. 서운하다 생각지 말게. 자네 글에도 문젠 있었으니까."

"난 추사의 전체를 말하지 않았어. 단지 추사의 주체성만을 짚어봤을 뿐이야."

우헌 선생은 잡지를 통해 제시했던 서론을, 서랍을 열어 꺼내듯 하나둘씩 제시했다. 그러면서도 잡지의 내용에서처럼, 내게는 다소 생소하기만 한, 원교 이광사(圓嶠 李匡師)라는 인물을 추사의 대안으로 내밀고 있었다. 추사가 장악해온 서단의 바람에 휘말려 역사의 기억 바깥으로 쫓겨나 버린, 비운의 명필을 소생시키기 위한 명백한 의도로 보였다.

원교와 추사. 그들은 차례로 비슷한 시대를 살다 갔지만 추사는 원교의 공격론자였다. 중국 글씨가 풍미하던 백가쟁명의 서단을 고유의 한국식 서풍으로 정리했다는 원교의 업적을 추사는 인정하지 않았다. 추사는 이미 타계해버린 원교를 공박함으로써 대가의 길로 가는 버팀목을 세우고 조선 서단의 큰 봉우리로 우뚝 설 수 있었다는 게 우헌 선생의 논지였다. 추사는 거인의 어깨를 눌러서 커져버린 위인이라 했다. 이 세상에서 어느 분야에서나 활개를 치는 대가일수록 그렇지 않은 자가 어디 있겠느냐는 것이었다. 추사가 원교의 글씨를, 동방의 고루한 답습(東方之陋習)이라 하여 천하에 볼품없는 천격이고 서법조차 모르는 무식자라고 매도한 것을, 우헌 선생은 유독 분개했다. 사대주의적 습속에 물들어 중국 글씨만을 고집하고 여과 없이 수용했던 추사가 오히려 천격이라고 못 박았다.

"빠다 냄새나는 외국 물건이라면 똥도 좋아하는 요즘 것들과 다를 게 무어야? 그래, 오늘날 교과서에 나오는 명필은 추사가 맞지. 어느 누구를 잡고서라도, 원교를 아시오? 애들아, 원교라고 들어봤니? 하고 물으면 백이면 백 고개를 흔들 테니까. 웬 줄 아나? 추사의 고집처럼, 억척스럽게 옛 것만을 고집하는 수많은 보수주의자들 때문일세."

우헌 선생은 짧은 숨으로 물을 마셨다. 그러나 아버지도 섣불리 물러설 기세는 아니었다.

"본디 서법의 정통은 중국에서 찾아야 하는 건 옳은 얘기 아닌가? 우리가 입문해서도 중국 글씨를 임서하며 하나둘 깨우친 거지, 우리 글씨란 게 어딨나? 조선의 서풍이 중국의 것에 비하면 너무도 일천했던 게 당시의 현실인데……, 그런 점에서 중국 서법을 추종한 추사의 인식은 정확했어."

아버지는 눈 한 번 깜박이지 않았다. 주위엔 벌써 문하생들의 발꿈치가 조심스럽게 모아진 지 오래였다. 그들은 저마다 휘둥그레 눈을 열어 두 어른을 번갈아 쳐다보았다. 한가로운 공기를 저편으로 밀쳐버리고 창졸간에 감돌기 시작한 긴장감이 서실의 분위기를 장악하고도 남았다. 나는 손바닥에 축축이 감겨오는 땀을 훑어냈다.

"남개, 이 사람아. 내 말 좀 들어보게. 우리 서법의 근본을 중국에서 찾아야 하는 건 어쩔 수 없다 치지만, 서법은 자고이래로 고정불변이 아니야. 원형에 의해 변화하고 발전하는 것이지. 또 변화를 추구하는 것이 우리들의 숙제 아닌가? 우리가 주목할 것은 한국적 미감에 어린 가락이야. 원교는 그걸 집대성하려 종생토록 애를 쓴 반면에, 추사는 원교의 열정을 속서라는 오명으로 짓밟았어. 현재까지 우리 서단이 중국의 묵수적 서풍에 눌려 있는 게 무슨 연유던가? 추사는 대가임이 분명하지만 주체의식이 구멍 난 우를 범한 것도 사실이야. 지금은 주체와 개성을 찾아야 할 시대야. 대가가 판을 치는 세상이 아니란 말일세."

우헌 선생은 아울러 당시의 시대상황까지 비교했다. 글씨라는 것을 예술품의 울타리에 넣을 수 있는 것은 사조의 변형에 의해 그 표현도 달라지기 때문이라 했다. 세상의 모든 것들이 실사구시와 이용후생의 새바람을 맞은 시기에, 상공업의 부흥으로 경제 유통이 활성화되었고, 광작이라는 농사 혁명, 판소리계 소설이 유행할 정도의 의식 개혁, 단원과 혜원의 풍속화와 속화에서 드러난 사실주의 기법, 사설이 늘어난 시조의 가락 등은 대변혁기의 좋은 예들이었다. 따지고 보면 이는 자연스럽고도 세계적인 추세였다. 더욱이 다행스럽고 자랑스러운 것은 훗날 실시된 갑오개혁과 같은 외풍에 의한 강제 개혁이 아니라, 모든 것이 조선 내부에서 비롯된 자생적 몸부림이었다는 것이다. 궁중까지도 한글로 내간을 지은 마당에 우리식 서법의 발현은 당연하다 못해 차라리 시대의 강력한 요구이기도 했다. 원교가 우리식 서법을 주장한 것은 강대국이 내려준 파급이 아니라 주체의식에 눈뜬 선각이라는 것이다. 그럼에도 추사는 공들여 기운을 차린 개화의 싹을 꺾고 선대의 중국 글씨로 되돌아가야 한다는 고집을 내세웠다. 예술적 감각은 물론이려니와 사조에 눈뜨지 못하고 오히려 역행해 버린 셈이라 했다.

"추사는 헛발을 내딛었어. 만약 원교 이후에 추사가 나오지 않았더라면 우리 서예사는 어떻게 됐을까?"

이 말을 우헌 선생은 두 차례나 반복했다.

"안 돼. 토속적 가락이라는 미명으로, 정통 서법을 추구한 추사가 평가 절하될 순 없어. 이건 중대한 착오야. 절대 있을 수 없어. 추사의 문헌을 보면, 원교는 필법(筆法)과 묵법(墨法)도 모르면서 붓을 쓰고 먹을 갈았으며, 팔꿈치를 들고 쓰는 현완법(懸腕法)도 인정하지 않은 사람이라고 했어."

"그건 일찍이 추사가 범했던 그릇된 판단일 뿐……. 원교를 서법의 무지렁이로 전락시킨 추사나 그걸 그대로 따르고 있는 남개나, 난 탐탁치가 않아."

대면하여 벌인 두 분 사이의 논쟁은 한참이나 이어졌다. 그러나 그것은 서막에 불과했다. 정작 상대편의 심기를 돌려놓을 수 없도록 두들겨버린 서로의 주장은, 여러 매체를 거친 장황한 반박으로 더욱 심화되었다.

그해 겨울부터 서단은 눈에 띄게 분열되었다. 아버지나 우헌 선생처럼 일제 때 선전 등지에서 등용된 인물은 1세대라 칭한다면, 중년의 신진세력들은 3세대로 불리는 것이 서단의 실정이었다. 양자는 얼핏 다른 세상을 열고 있는 것으로 보기 쉬우나 서가의 폐쇄적 자존심이 그걸 용납하지 않았다. 법첩을 도외시한 명필은 없는 것과 마찬가지로 인맥의 연계를 무시하고는 대가로 가는 디딤돌을 딛을 수가 없었다. 스승의 문하에서 누가 얼마만큼의 수련을 닦았는가로 필력의 척도를 가늠하는, 필연코 그것은 거역할 수 없는 숙명이 되어 오랫동안 서가를 길들여 왔다.

일부 청년작가들은 성명을 발표하며 두 어른의 대립에 자제를 촉구하는 용기를 보이기도 했다. 언론에서는 '서단의 제3세대 등장'이라는 제명으로 이들을 북돋우기도 했지만 지금의 결과로 보면 한갓 일회성의 화젯거리에 그치고 만 셈이었다. 이들은 차츰 문하를 이탈하게 되었고 국전에서 철저하게 소외되었으며 비국전파를 선언하는 식의 예견된 수순을 밟을 수밖에 없게 되었다.

서단에서는 둘만 모여도 남개와 우헌의 서론을 들먹였고 자신의 견해를 덧붙이며 스스로의 흥미에 젖어들곤 했다. 한쪽에서는 이러한 상황이 서단을 부흥시키는 촉매 역할을 하는 고무적인 현상이라고 긍정적 반응을 보이기도 했지만 두 갈래로 흩어져 뻗어 가는 세찬 강줄기는 다시 모여 흐르지 않았다.

5

"따지고 보면 우헌 선생님도 대단하신 분이에요."

아내의 말은 우헌 선생의 저술활동을 두고 한 것이었다. 아내는 내게 두툼한 책 한 권을 내밀었다. 『우헌전집』이라 새겨진 금박문양의 친필글씨가 보였다. 낱장의 행간마다에 양지바른 운치가 배인 서론도 역시 친히 쓴 것이라 했다.

"탁월한 이론가이기도 하지, 한 치의 오차도 없이 말과 행동을 일치시키는 분이라고 보면 딱 맞아. 우헌 선생을 넘볼 자는 애초부터 없었던 거야."

아버지를 염두에 두고 한 말인지도 몰랐다. 당초부터 힘겨루기엔 벅찬 상대가 아니었을까. 나는 새삼스런 시선으로 우헌전집을 들춰보고 있었다.
 그해 겨울의 충격 때문이었는지 우헌 선생은 일 년 남짓을 두문불출했다. 사람들은 확인할 수 없는 소문을 실어 입방아를 찧어댔지만 정작 선생은 자신의 역사를 담아낼 전집 발간에 필생의 노력을 기울이는 중이었다. 서문에도 밝혔지만, 그간 유수한 매체를 통하여 발표해 온 서론들은 냉정하게 되돌아보고 정리하여 책임질 수 있는 것으로 내세울 필요를 느꼈다는 것이다. 무엇이 그러한 필요를 느끼게 했는지, 말하지 않았어도 모두들 알고 있었다. 우헌이라는 이름으로 발표된 서론이나 서평을 다시 끌어 모은 이유는 원교라는 명필이 서예사의 흐름을 계승한 적임자라는 사실을 천하에 알리기 위해서였다. 권말 부록에는 시정에 우헌체로 불리는 독특한 서체를 수록해 놓기도 했다.
 우헌 전집은 출간과 동시에 커다란 반향을 불러 일으켰다. 전대미문이라는 수사가 대수롭지 않게 사용되었으며 서가는 때아닌 언론의 이목을 다시 받게 되었다.
 반발은 꼬리를 무는 것인지, 우헌 전집의 대성황은 곧이어 아버지의 반응에 촉각을 곤두세우게 했다. 문화부 기자들은 또다시 남개서실을 들락거렸고 우헌 전집의 맹점을 거론하는 아버지의 의견은 영상이나 지면을 통하여 바삐 세상 속으로 나갔다.
 그런데 기이한 것은, 우헌서실 쪽의 대응이었다. 우헌 선생은 문하생 모두에게 암송을 권장하는 주문을 내놓았다. 그것은 그가 각고 끝에 발굴해 낸, 원교의 저서 가운데 가장 한국식 서법에 입각해 있다는 『원교서결(圓嶠書訣)』이었다. 손수 원문을 해독하고 우리말 예서체로 옮겨 우헌서실의 사면 벽에 붙여 두었다는 것이다.

- 글씨를 쓰고자 하면, 먼저 정신이 지면 위에 어리도록 명상해야 하며 자획(字劃)의 대소(大小)를 짐작하고 붓을 상하좌우로 움직여 점획(點劃)이 서로 상통하는가를 헤아려 보아, 뜻이 붓보다 앞선 연후에 비로소 글씨를 써야 한다.

심정필정(心正筆正)이라는 우헌 선생의 지론대로 철저한 정신제일주의였다. 글자보다 뜻이 앞서야 한다는 신념을 문하생들의 머릿속에 구구단처럼 새겨 놓으려는 까닭을 알 수도 있을 듯했다. 이미 돌이킬 수 없는 각자의 길을 떠나버린 만큼, 모든 것이 당사자들의 부덕의 결과라는 세론의 귀를 막고 싶은 건지도 몰랐다. 점차 사람들의 시선도 달라지기 시작했다.

남개와 우헌의 싸움은 소모전이야. 이제 보기도 딱해. 사람들은 수군거렸다. 그도 그럴 것이, 아버지의 반론은 용의주도한 가운데 상대의 심기를 건드리기에 충분했다. 필법의 주체는 용필(用筆)에 있고 용필의 핵심은 근골(筋骨)에 있으니, 이들은 손끝의 재주가 아니라 쓰는 이의 참뜻에서 비롯되어야 한다는 우헌 선생의 이론을 정면으로 치받았다. 작품의 평가는 오로지 글씨 자체에서만 찾아야 한다는 맹렬한 서법제일주의였다. 비록 뜻이 앞서더라도 결구가 비속하면 숙서가 되지 못하며 그것은 예술품의 글씨가 아니라 점획이 따로 떨어져 나뒹굴 따름이라고 했다. 어디까지나 미학 추구에 전념하여 좋은 서법을 좇아 완벽한 글씨에 도달해야 한다는 것이 서예인이 나아갈 방향이며, 또 후진에게도 이를 가르쳐야 한다는 것이었다. 그렇지 않았던 것이 서가의 오래된 악습이며, 작가의 명망성에 작품의 가치가 결정되는 악순환이 결국 작품의 정당한 평가를 그르치게 했다고 주장했다. 그리하여 젊은 세대에게 외면당하는 것은 필연적인 귀결이며, 글씨 쓰러 다니는 자들은 시대를 거꾸로 돌리지 못하여 안달이 난 구닥다리쯤으로 취급되는 현실이 되었다 했다.

아내는 어느새 잠에 취해 저만치 떨어져 있었다. 이불을 머리 끝까지 덮어쓰긴 했는데 발목 부분이 삐져나와 있었다. 발가락을 동여맨 붕대를 보고서 얼른 외면해 버렸다. 딸아이 진솔이를 보고 싶은 생각으로 하루를 보내는 여자.

우헌 전집을 덮고 흑백 사진첩을 챙겨 제자리로 가져가다 말고 신문기사에 달린 아버지의 사진을 보았다. 웃음이 없는 눈빛, 주름 깊은 눈자위로부터 뻗어나간 어두운 그늘이 얼굴 전체에 드리워져 있었다. 아버지는 왜 웃음이 어울리지 않는 인생을, 만족하지 못한 삶을 스스로 선택했던 것일까. 박스 기사에 채워진 아버지의 기고를 새삼스럽게 읽어 내려갔다. 의도적이고 억지스러울 만큼의 반론을 무엇 때문에 이토록 집요하게 풀어냈을까를 생각해 보았다. 필법의 결과로 본 원교의 인식을 단 한 차례라도 헤아려 본 것인가. 먹을 묻혀 글씨를 쓰는 과정에서 묵법과 필법을 뭉뚱그려 간파한다면 아무런 문제도 아닐 텐데, 아버지는 굳이 이 둘을 분리하여 따져 들었다.

원교의 스승인 백하(白河 尹淳)를 공격한, 추사의 『논백하서(論白河書)』의 인용도 마찬가지였다. 이현령비현령 격으로 넘어갈 수도 있는 일을 결연하게 끄집어낸 의도가 아리송하기만 했다. 우헌 선생도 이 대목에서만은 무척 상심했다는 후문이 있기도 했다. 그것은 자신의 선친이자 서로의 스승인 벽송 어른에 대한 불경으로 해석될 것이기에 더욱 그러했다. 원교를 무차별 공격하여 조선 서단의 거목으로 우뚝 선 추사, 이백 년 전 망령이 되살아나 우헌 선생의 가문을 위협한다고 여겼을지도 모를 일이었다. 감정적인 대응이었음이 노골적으로 드러나는 구절도 있었다. 배사회(背寫會) 뒤끝의 잡음과 법첩에 의한 임서가 아닌 우헌체의 수련을 강요하는 따위의 우헌서실의 음지마저 건드린 것이었다.

우헌 선생의 상심과 분노는 상상만으로도 가슴이 빠개지는 것이었다. 그러나 놀랍게도 원교서결을 외우게 하는 조치 외에는 별다른 반응을 보여주지 않았다. 물론 이유는 있었다. 그즈음 건강이 악화되어 가던 아버지께서 급기야 병석에 누워 버렸기 때문이었다. 서릿발 같은 반격과 손목을 부러뜨릴 정도의 보복을 보고자 했던 호사가들에게는 내심 실망스러울 일이었다. 아버지는 다시 일어서지 못했으므로 겉으로 드러나는 두 분의 대립은 없었다. 다만 원교의 키를 높이고자 하는 우헌 선생의 의도는 이후 몇 차례의 강론과 기고 등에서 보이긴 했다.

아버지의 병환을 인지했겠지만 우헌 선생은 흔한 병문안도 거부했다. 아예 남개라는 이름조차 입에 올리는 것을 본 사람이 없었다. 우리 형제에게 우헌 선생에 대한 거부감이 존재한다면, 이 무렵 생겨났을 것이다.

그러던 우헌 선생도 아버지의 장례식에는 친히 행차를 결심했고 한 방울의 낙루(落淚)가 사진기자에게 잡혀 오랜 화젯거리가 되기도 했다. 생전의 온갖 애증도 망자의 육신 앞에서는 허무한 그림자도 되지 못하는 것인지.

6

 울음소리가 들렸다. 아무도 없는 서실의 구석자리 접의자에서 새우잠을 자고 있던 나는, 무엇인가 흐느끼는 소리를 들었다. 멈췄다 다시 이어지는, 깊은 밤의 적요를 깨뜨리고 전해 오는 그 소리는 분명 형의 것이었다. 처음엔 서서히 눈을 떴다가 마침내 벌떡 일어서고 말았다.
 서실의 다다미 바닥에 엎드린 형의 어깨가 들썩였다. 울음소리는 헝클어진 머리카락 안쪽에서 새나왔다. 무슨 곡절이며 웬 청승인가를 따져 물을 겨를이 없었다. 바로 형의 곁에 나란히 누워 있는 글씨 때문이었다. 눈알을 부라리며 나를 향해 펼쳐져 있는 글자들을 바라본 순간 내 입은 저절로 벌어졌다. 이럴 수가, 미치지 않고서야 어디. 세세한 낱자들이 점차 흐려지더니 한 발치씩 멀어져 갔다. 머리끝을 감싸고도는 현기증은 글자들을 더욱 멀리 떼어 놓았다.
 형의 행려는 이토록 고단했던 것일까. 우헌 선생이 고안해 냈다는 이른바 우헌체였다. 왕희지(王羲之)를 추종했던 손과정(孫過庭)의 흘림체를 연상케 하는, 실제로 우헌체의 뿌리는 손과정의 서보에 있다고 우헌 선생 자신이 토로한 바 있던, 생전에 아버지 가슴에 비수가 되어 종생토록 적의를 지니게 된 그 구체적 대상이던 글씨들이 어깨를 부딪치며 채워져 있었다.

형! 이걸로 공모전에 내겠다는 거요? 나는 형의 어깨를 잡아 끌었다. 미쳤어? 지금? 이젠 멱살을 잡았다. 그것은 할복보다 더 잔인한 패배의 증거였다. 지난날의 혼돈은 일시에 굴욕이 되고 분루가 되어 한꺼번에 뿌려지는 것 같았다. 패배는 아버지의 몫인가.

나는 형을 밀어내고 종이를 집어 들었다. 죄다 찢어야 해. 공모전에 눈 먼 사팔뜨기 글씨장이. 이따위 글씨거든 이젠 집어치우란 말이야. 내가 질러댄 악다구니는 웬일인지 소리가 나지 않았다. 그때 난데없이, 찢어진 화선지로부터 하나둘씩 떨어져 나온 글자들이 나를 향해 달려들었다. 뒤로 넘어질 때, 자획의 윤갈(潤渴)과 태세(太細), 필압(筆壓)의 강약과 경중이 두 눈알을 쑤시고 들어왔다. 모든 것은 흉기였다. 나는 비명을 지르며 눈을 떴다.

끔찍한 악몽이었다. 꿈이란 일상의 선험적 사건이 잠재의식 속에 잠복해 있다가 수면 중에 되새기게 된다는데 체험해 본 적도 없고 상상조차 한 적 없는 상황이 이렇게까지 실감나게 나타나다니, 나는 꿈에서 깨어난 후에도 한참을 멍하니 앉아 있었다. 무엇이 우헌 선생과 악순환 고리를 이룬 강박관념이 되어 유형 무형으로 살아나는 것일까. 개운치 않은, 무언가 떨어지지 않은 미진함이 이부자리를 걷어낸 뒤까지 이어졌다.

"오늘은 출근할 거지?"

나는 욕실 문을 열며 아내를 보았다. 아내는 양치질 거품을 입안 가득 물고 눈으로 대답했다. 뒤꿈치로 선 그녀의 발끝에 아직도 붕대가 매어 있었다. 애써 시선을 바꾸어 신문을 가지러 가는데 아내의 말이 목덜미를 잡아끌었다.
"무슨 일이 있어도 오늘은 진솔이 보러 갈래요. 서실 끝나면 데리러 와요. 무식하게 던진 화분 조각에 찔려 내 발가락이 이렇게 됐다고, 엄마한테 고자질은 안 할게."
그랬는데 또 한마디의 말을 덧붙였다.
"아주버님 만나면 좀 물어봐요. 아버님과 우헌 선생님과는 왜 그렇게 사이가 나빠진 건지. 전생에 질긴 악연이라도 있었나요? 난 요즘 그게 궁금해 죽겠어. 아주 궁금해 미치겠다니까."

7

"일종의 자존심 싸움 아녔겠어?"
형이 힘겹게 대답했다. 아랫입술을 슬쩍 깨물다가 비로소 붓을 벼루 위에 내려놓았다. 나는 무슨 뜻인지 모르겠다는 표정을 들어 올리며 바싹 다가앉았다.
"나도 그걸 생각해 본 적이 있다만 자신 있는 결론은 아직 내리지 못했어. 두 분의 지나간 과거의 행적을 샅샅이 안다면 또 몰라도 우헌 선생님이 살아 계신 동안이라면 그분 입으로 명확한 이유를 말하게 될 기회가 있을지도 모르지. 하지만 한 분은 돌아가신 마당에 남아 있는 한 분이 그걸 말하려 할까? 우헌이란 인물은 그럴 분이 아니야. 난 그분을 믿는다. 아버지 생전에도 입을 꽉 다물었던 비밀이었는데, 이제 와서 그걸 까발려 버린다? 아냐. 안될 일이야. 이제 와서 의미도 없는 일이고, 더구나 돌아가신 아버지께는 흠집이 될 수도 있는데……."

"비밀이라뇨? 그게 뭔데?"

나는 소매까지 걷어 올리며 얼굴을 들이댔다. 형은 실소를 터뜨리며 손을 가로저었다. 아무것도 아니라는 투였다.

"이걸 말해 좋을 게 없어. 세상에 알려지면 또 한차례 난리를 피울지도 몰라. 두 분께도 별 이로울 건 없을 테니까."

형은 쓰던 글씨를 마저 쓰겠다는 듯이 자세를 고쳐 앉았다. 나는 형의 손에서 붓을 뺏었다.

"왜 이래요? 난 피가 마를 지경인데."

"괜히 쓸데없는 얘길 꺼냈나 보다."

"난 뭐 남개의 자식이 아닌가?"

조바심과 함께 공연한 서운함도 따라나섰다. 남몰래 부대끼기는 형도 마찬가지일 것이라 생각하면서도 그냥 넘어갈 수 없었다.

온종일 졸라대던 끝에, 정작 그 얘기는 저녁때가 되어서야 들을 수 있었다. 형은 구태여 큰 의미를 부여하지 말라는 말을 자꾸 되풀이하며 건물 옆의 감나무집으로 나를 이끌었다.

"두 분이 거침없이 싸우시다가 한풀 꺾이기 시작할쯤이었을 텐데. 우헌 선생이 전집을 만들기 위해서 은둔하셨다는 소릴 어떻게 들으셨던 모양이야. 어디서 약주를 기울이셨는지 무척 취해서 들어오셨어. 화도 많이 나신 것 같고, 방에 앉으신 후에도 네 형수에게 술상을 봐오라고 하셨으니까."

형은 더 이상의 음주를 만류했다지만, 아버지는 끝내 몇 잔을 더 나누셨다는 것이다. 그리고 엄정하던 모습이 점차 흐트러지기 시작하자 형은 황급히 술상을 물리치려 했는데, 순간 아버지의 중얼거리는 말씀을 들었다 했다.

뜻이 앞선 연후에 글씨를 써야 한다고? 천만에, 뭐? 정신이 깃들지 않으면 숙서가 되지 못해? 꽉 막힌 놈.

형은 단번에 우헌 선생을 떠올렸다. 길고 지루한 대결은 옆에서 지켜보는 이도 답답한 것이었다.

우헌 선생님을 만나신 겁니까?

형이 술상을 내려놓았다. 아버지의 눈자위가 내려앉아 있었다. 한동안의 침묵 끝에 아버지의 입에서 돌연 왕희지가 엉켜 나왔다. 무슨 연관을 지닌 것인지 이내 알게 되었다.

너, 『난정서(蘭亭序)』를 아느냐?

예, 왕희지의 고첩이지요.

그 난정서가 어떻게 나온 건 줄 아느냐 말이다. 왕희지 같은 불세출의 명필도 오늘 우리들 모습을 보면 웃고 말겠다. 왕희지가 난저산(蘭渚山)이라는 데서 이렇게 술을 마셨더란다. 취흥이 머리 꼭대기까지 오르는 순간에 느닷없이 글씨를 쓰고 싶은 충동을 느꼈다는 거지. 그걸 놓칠 수가 없어 필낭에서 붓을 뽑아들고 일필에 삼백 스물 네 글자를 휘갈겼어. 그러다 지쳐 그 자리에 엎어져 잠들어 버렸는데, 술에서 깬 뒤 다시 같은 글자들을 써보려 했지만, 이제는 안 나오는 거야. 그 삐치는 기술과 이어졌다가 끊어진 것 같은 기막힌 자획은 나오지 않더란 얘기지. 정신이 어리도록 생각한 연후에 글씨를 쓰라고? 그건 자가당착이야. 난 그렇게 못한다. 그렇게 배웠다 할지라도 난 그렇지 못해. 내가 무엇 때문에 벽송의 문하에서 쫓겨났는데…….

쫓겨나다뇨?

형은 적잖이 놀라 있었다. 과음이 연일 계속되는 이유도 아니고 평소보다 훨씬 말씀이 많아지신 것 때문도 아니었다. 벽송 선생의 제자임을 내세우고 그것 때문에 의연함은 무게를 더하던, 당당한 아버지의 이력이 문득 불투명한 유리 너머로 숨어버렸기 때문이었다.

세상 사람들은 후덕한 벽송 선생이 수제자인 남개를 다 키워놓고 독립시켜 주었다 하는데, 너도 그렇게 보았느냐?

형은 대답할 말이 없었다. 쫓겨났다는 말씀을 이미 들어버린 탓이었다. 모두들 그렇게만 알고 있었다. 그래서 우헌과 남개의 대립을 두고 남개의 배은망덕을 논하는 자들의 이유도 거기에 있었다.

내 말을 잘 들어보아라. 난 이제 얼마 살지를 못해. 이 손등에 핀 저승꽃을 보면서, 완전한 글씨에 이르지 못하고 가는 게 서운타마는. 어쩌겠느냐. 사람 목숨이 하늘의 뜻에 있고 억만 갑을 윤회하는 것이 인생이거늘. 내가 이승에 태어난 곳이 벽송 어른의 마름 집이었고 그분의 배려로 이 길을 걷게 된 것도 모두가 운명 아니겠느냐. 다들 고마우신 분들이다만, 난 불행히도 잊을 수 없는 기억을 갖고 있어.

말씀을 더 하시렵니까?

형은 왠지 모를 불안감이 일어 제동을 걸고 싶었다. 아버지의 주름 깊은 미간 사이로 점점 달아오르는 고통스러운 과거가 보였기 때문이었다. 듣지 않을 수만 있다면 좌불안석의 자리를 벗어나고도 싶었다.

내 나이 서른둘, 느이 애미가 네 동생을 가졌을 때였다. 감잎

이 지고 바람이 제법 소슬해졌었지. 원교 이광사의 스승인 백하 윤순을 꼬집은, 추사의 논백하서란 서책이 있어. 그걸 구해 한참 몰두하고 있는데, 어느 틈엔가 벽송 어른이 등 뒤에서 나타나시더니, 뭐라 했는지 아느냐? 천한 마름의 자식을 건사해 둥지를 틀어줬더니만 어데서 흉칙한 서안을 대하다니. 웬 말씀인가 싶어 나는 눈을 쳐들었어. 추사의 저술인데 흉칙하다니요? 그때 벽송 어른의 노기 띤 호령을 난 잊을 수가 없다. 이 노옴, 스승을 욕하고 가문을 말아먹을 놈, 당장 눈앞에서 사라져. 난 바로 무릎을 꿇고 느이 할아버지가 그랬던 것처럼 눈물을 떨어뜨렸다. 용서해 주십시오. 어디로 가라는 겁니까?

형은 아버지의 술잔을 가득 채웠다. 이제 무거운 짐을 벗으려 하시는구나. 형도 고개를 돌려 한 잔 가득 목구멍에 털어 넣었다.

우헌은 모든 것을 보고 있더라. 문하에서 내쳐진 뒤 이곳으로 와 터를 잡고 살기 시작한 몇 년 후, 우헌이 가끔씩 찾아주긴 했지만 우린 숙명적으로 격이 달라. 사람들이 우헌과 나를 한 집안의 식솔로부터 시작하여 평생토록 우의를 다져온 동지로 여기고 그게 깨져버린 지금은 별나게 취급하나 본데, 그럴 때마다 내 머릿속은 이렇게 혼란스러울 수가 없구나.

형은 아버지의 말씀에 할 말을 잃었다. 하지만 나 역시도 마찬가지였다. 아버지와 형이 그 이상의 대화를 어떻게 나누었든지 상관없었다. 더 묻지도 않았다. 듣지 말았어야 될 얘기였는지도 몰랐다. 다만 혼미한 내 의식 속에는, 스승의 그늘이란 화려한 명망을 얻는 발판이기도 하다가 때로는 거추장스러운 형국이 될 수도 있는 법인가 하는 의문이 희미하게 떠올랐다. 어쨌든 명가의 이력에 연결된 우리 가문의 양광이 혼비백산 줄행랑을 치고 있었다.

"술 한잔 더 할래?"

형이 나물 반찬을 뒤집다 말고 말했다. 얽혀져 버린 혼돈의 끄나풀을 붙잡기 위해 이젠 어떻게 해야 하나. 나는 고개를 내저었다.

"무슨 술?"

적당히 대꾸했지만 형의 술 속을 이해할 만했다. 멀쩡한 정신이기엔 다소 힘겨운 울림이 내게도 짓눌려 왔다. 진솔이를 만나러 처가에 가기로 한 약속도 덩달아 떠올랐다.

"우리, 이대로 살 순 없잖아? 난 새로운 결심을 조심스럽게 다지고 있어. 그늘이 없는 풀이파리는 어떻게 될까?"

"고아들처럼 말라비틀어진 잡초가 되기 십상이겠지, 뭐."

새로운 결심? 무슨 얘기를 했나 싶어, 형의 얼굴을 천천히 들여다보았다. 형도 어느새 듬성한 흰 머리카락을 갖고 있었다.

"그렇다면, 숱한 명인들이 명멸했던 서단에서, 우린 무얼까? 글씨라는 것이, 선인들의 서풍을 추종하고 천착하는 데서 자신의 서풍도 나온다 치자, 그래. 과거를 무시한 새로움은 있을 수 없다지만, 그렇다고 해서 과거에 너무 집착하다 보면 법노(法奴)라는 병에 걸리는 거야. 생각해 봐라. 남개의 시대는 갔어. 그래서 사람들이 하나둘씩 떠나는 것 아니냐? 그렇다면 지금이 우헌의 시대냐? 언젠가는 우헌도 곧 가게 될 것이고 이제 새로운 명인이 나타나겠지. 우리더러 언제까지나 남개의 아들로만 머물러 있으라 한다면 법노라는 수렁에서 헤어날 수 없겠다 이 말이야."

나는 겨우 형의 말뜻을 짐작하고 있었다. 그래서인지 형이란 존재가 새롭게 느껴졌다.

"잡초가 되어도 좋다. 지하에 계신 아버지도 편히 잠드실 거야."

형은 두 손을 꽉 쥐었다. 나는 뒤를 돌아보며 술 한 병을 더 주문했다.

8

몇 달이 지나서. 〈南介書室〉이란 목조 현판은 내려졌다. 같은 그 자리에 새로운 당호가 붙었다. 눈을 지그시 감은 돼지머리가 시루떡과 과일이 늘어선 상 위에 놓여 있었고 도처에서 보낸 화환 중에는 우헌서실에서 보낸 것도 나란히 키를 맞추고 있었다. 이윽고 형의 호를 딴, 〈仲山書室〉이라는 현판이 내걸릴 때 사방에서 플래시 불빛이 터졌다. 나는 한쪽에 비껴서 있는 형에게서 환한 웃음을 보았다. 그 뒤편에 벙그러진 웃음을 짓는 진솔이를 번갈아 보며 마음껏 박수를 쳤다. 박수 소리는 사람들의 손과 손을 통해 크고 또렷하게 퍼져 나갔다.

- 『문학사상』 1994년 1월호

멀고 먼 이웃들

나는 처음부터 고모담을 의식하고 있었다.
누구도 눈치채지 못하도록
은밀하게 눈웃음을 주고받으려 했다. 고백하건대
나는 며칠 전부터 그녀와의 만남을 상상하며
두근거리는 가슴을 단속하고 있었다.
맹물에 뜬 들기름 같았던 아내. 그녀에게서
예전의 모습을 되찾기 어려워졌다고 깨달았을 때
고모담은 나를 그냥 내버려두지 않았다.
한 번쯤 만나야 되는 것 아닌가요?

1. 시외버스 터미널

아침부터 비가 내렸다. 오후가 되면 더 많은 비가 내릴 거라고 했다. 날씨를 검색하기도 전에 뉴스의 헤드라인에서는 예상 강우량을 앞세우며 장마를 예고했다. 무심히 켜놓았던 텔레비전에서도 일기예보가 나왔다. 서랍을 열어 가죽 손가방을 막 빼내던 참이었다. 전기면도기를 가방에 쑤셔 넣다가 잠시 망설였던 것도 그 순간이었다. 정오를 기해 서해안 전역에 폭풍주의보가 발효되었고 서부 내륙 지방도 장마의 영향권에 접어들었다며, 총기 있는 발음으로 전해주는 기상 전문 아나운서의 목소리를 거듭 확인하고서야 자동차 키를 가만히 내려놓았다. 장맛비라는데, 아직 초보운전자 티도 다 걷어내지 못한 판에 장거리 주행이라니. 울고 싶었는데 뺨 맞은 격이었다.

거긴 좁은 바닥이에요. 차는 뭐하러 가져가요? 전화기 속에서 회갈색쥐도 그렇게 말했다. 그는 여행을 좋아한다는 청년이었다.

그의 말대로라면, 여행의 묘미는 본디 작은 배낭을 달랑 둘러메고 무작정 집을 나서는 발걸음에서 비롯되어야 했다. 자동차의 편리함보다는 기차나 시외버스를 타고 움직여야만 여행의 참맛을 느낄 수 있는 법이며, 번잡한 고속도로 휴게소에서 서성이는 사람이 어찌 시골 간이역의 정취를 알겠냐는 것이었다. 여행에 관한 그의 경험담을 읽었을 때 나도 고개를 끄덕였다.

회갈색쥐는 나보다 어리다지만 평소에도 그의 말을 흘려듣지 않았다. 그는 인터넷 카페 동문선의 운영자였고 오늘 모임을 주선한 사람이었다. 잦은 고장 탓에 찻값보다 수리비가 더 나올 거라며 내버리고 간 아내의 고물 자동차는, 내 손에 들린 손가방보다 더 귀찮은 존재가 될 수 있었다. 게다가 운전을 하다 말고 낯선 도로 위에 멈춰 서서 뿌옇게 서린 성에를 닦기 위해 엉거주춤 일어설 필요도 없었다.

고속도로로 접어든 시외버스가 요금소를 빠져나가면서 빗줄기는 더 사나워졌다. 나는 앞좌석의 등받이에 기대어 있는 우산의 손잡이를 매만졌다. 유리창을 사이에 두고 빗물과 차단되어 있기에 모를 일이지 밖으로 나가면 우산 정도로 피할 수 있는 비가 아니었다. 광천 터미널에서 샀던 신문은 그대로 놔둔 채 창밖만 바라보았다.

하필, 가는 날이 장날이라더니, 거기도 비 많이 내려요?

터널을 빠져나왔을 때 회갈색쥐에게서 다시 전화가 왔다.

이거, 쉽게 그칠 비가 아닌데.

차창을 때리는 빗소리 때문이었는지 그의 목소리에도 빗물이 묻어 있는 것 같았다. 나는 회갈색쥐의 걱정에는 별 관심이 없었다. 우산을 쓰다가도 여의치 않으면 그냥 접어 버리면 되는 것처럼 계획은 당초부터 필요 없는 것인지도 몰랐다. 그럼에도 불구하고 회갈색쥐는 어차피 모임을 하기로 했으니 어느 정도 준비는 해야 한다는 점을 강조했다. 치밀하지는 않더라도 만날 시간과 장소, 그리고 밥을 먹고 잠을 잘 곳 정도는 마련해 두어야 하지 않느냐는 거였다. 하지만 나는 생각이 달랐다. 그들과 만나는 것 자체가 중요한 것이지 무엇을 해야만 하는 당위를 들먹이는 것은 우스운 일이라고 생각했다. 처음 만나는 사람들끼리 기껏 할 수 있는 일이 뭐란 말인지. 비 내리는 밤거리를 함께 걷다가 술집을 찾을지도 모르겠다. 툭 떨어지는 빗물이 술잔 속에 튀어 들어갈 수도 있는 그런 곳이라면 각자의 지난 시절을 회상하다가 피식 웃으면 그만이고 어쩌다 보면 서로의 어깨를 맞잡을 수도 있겠다. 구시포라 했으므로 명색이 바다를 끼고 있는 곳일 테니 술을 마실 수 있는 가게가 왜 없겠는가마는, 밤비가 쏟아지는 바닷가라면 거친 소리도 내지르며 어디가 하늘이고 어디가 물이오 노래를 부를 수도 있을 것이다. 회갈색쥐가 늘 으스대며 하는 말처럼 우리 동문선 사람들은 가까운 친지보다도 더 친근한 이웃이 되어 있는데 어깨동무가 어색할 리 없다. 깡소주에 새우깡이라도 뭐가 어때? 오늘 모임에 반드시 참석하겠다는, 동호회의 누군가는 그렇게 말했다.

   고창 시외버스 터미널에 도착했을 때 빗줄기는 더욱 단단해져 있었다. 대합실 밖으로 나갈 엄두조차 내지 못한 채 회갈색쥐의 전화번호를 찾기 위해 수신자 통화 내역을 검색했다. 볼품없는 시골 차부였지만 사람들은 버스를 기다리고 있었다. 터미널은 늘 그랬다. 저마다 종사하는 일이 다르고 가고자 하는 행선지도 제각각일 테지만 어차피 같은 시간대에 터미널에 모여 있기는 마찬가지였다. 꾸역꾸역 밀려드는 사람들로 북새통을 이루다가도 어느 날 어떤 시간대에는 한가롭기 그지없는 풍경일 때도 있었다.

날씨가 증말 지랄이네요.

전주를 빠져 나오면서 극심한 정체를 겪었다며 조금만 더 기다려 달라는 회갈색쥐의 목소리를 들었다. 나는 장대비가 쏟아지는 건물 바깥을 바라보았다. 오랜 시간을 참았다는 듯이 담배 한 대를 맛있게 빨고 있는 초로의 남자가 바로 곁에 있었다. 톱밥을 뿌려 바닥을 쓸고 있던 청소부 아주머니가 눈살을 찌푸렸다. 남자가 던진 담배꽁초가 빗속으로 날아가더니 그 자리에서 맥없이 떨어졌다.

바지를 절반쯤 걷어 올려붙인 한 사내가 무릎을 꺾고 계단에 앉아 있었다. 그가 깔고 앉은 라면 박스 위에 사내보다 더 지친 모습으로 빈 소주병 두 개가 누워 있었다. 중학생 정도로 보이는 여자애가 자신의 손에 들린 버스표에서 시선을 떼어 개찰구를 확인했다. 저 아이처럼 이제 어른의 손을 잡지 않고도 승차권을 끊는 방법을 익혔거나 목적지가 쓰인 입구를 알게 된 아이들도 있겠지만 상시적으로 터미널을 이용해서 자신의 행선지로 다니는 사람들도 있을 터였다. 이들은 눈을 감고도 자신의 길을 찾아갈 것이며 시간도 낭비하지 않을 것이다. 어느 터미널이라 해도 마찬가지였다. 승차권을 끊고 화장실을 들렀다가 신문을 사들고 자판기 커피를 뽑아 든 채 능숙하게 찾은 탑승구 앞에 서서 어디

론가 전화를 걸었다. 그랬던 사람은 도착지에 와서도 마찬가지였다. 우산을 뽑아들더니 조금의 지체도 없이 빗속을 향해서 뛰어나갔다. 하지만 나는 회갈색쥐를 기다려야 했다.

익숙하지 못한 길을 향해 떠나는 사람들은 대개 무표정한 얼굴이었다. 누군가에게 상처받고 가슴 안에 그어진 칼금에 심금을 저미며 우두커니 앉아 있었다. 그들의 손에 가방이 들려 있다면 그 안에는 이혼 서류나 해고 통지서, 입대 영장 아니면 부도난 어음 따위가 들어 있을지도 모른다.

낮술에 취해 있던 사내가 슬그머니 일어났다. 눅눅한 습도로 인한 무더위를 이기다 못해 그는 러닝 셔츠를 가슴 위까지 올려붙인 상태였다. 불룩한 뱃살을 손으로 긁으며 사방을 두리번거렸다. 비틀거리는 그의 걸음은 누군가를 찾는 듯했지만 아무도 그를 상대해 주지 않았다. 누구든 잡고 시비를 거는 것처럼 보였으나 정말 힘세게 보이는 사람 앞에서는 아무 말도 못하고 지나갔다. 사람들은 슬금슬금 술 취한 사내를 피해 갔다. 누구라도 찡그리지 않은 사람이 없었다. 제발 이쪽으로는 오지 않기를 바라며 나부터서도 한 발짝 물러설 태세였다. 그런데 희한하게도 움찔거리기는커녕 사내를 바라보며 우호적인 웃음을 보내는 사람이 있었다. 가사를 걸친 스님이었다. 승려 복장을 하긴 했지만 웬일인지 도량에는 가본 지가 오래되었으리라는 생각이 들었다. 코끝이 붉게 익은 얼굴 때문이었다. 바랑 속에는 염주나 목탁 대신 위장약이 들어있을지도 모른다는 짐작마저 들게 했다. 술 취한 사내는 승려 앞에 서자 형사와 마주친 범인인 양 갑자기 온순해져 있었다.

회갈색쥐를 태우고 전주에서 온 버스가 도착했다. 그가 입은 잿빛 사파리는 비옷으로 대신해도 될 만큼 장맛비와 어울려 보였다. 지난겨울에 그를 처음 만났을 때 느꼈던 서먹함은 이제 없었다. 어쨌거나 그는 카페 동문선에서 나와 가장 친한 사람이었다. 구시포행 군내버스를 기다리며 나는 터미널에서 봤던 사람들 이야기를 했다. 여전히 비는 그칠 기세가 아니었다.

싸움판이야 터미널이 제격이죠. 일단 구경꾼들이 모이잖아요.

회갈색쥐는 내 얘기 중에서 술 취한 사내 부분만 따로 들은 사람 같았다. 그도 그럴 것이 술 취한 사내는 우리가 터미널을 떠날 때까지 단연 눈에 띄는 존재였다.

사실, 어떤 사이트를 들어가 봐도 마찬가지일 거예요. 시외버스 터미널과 다를 게 뭐예요.

그러면서 회갈색쥐는 그와 나를 처음 만나게 해주었던, 한 문예지의 독자게시판 얘기를 했다. 마침내 한 중견 시인을 법정으로까지 몰고 갔던 그곳에서의 싸움 얘기를 남의 얘기인 양 들먹였다. 그 문예지의 독자게시판은 몸살을 앓더니만 결국 실명제로 바뀌었다. 그곳의 논객 중 한 사람이었던 자신의 경험이 녹아들었는지는 모르지만, 그 얘기는 구시포로 가는 군내버스 안에서도 계속 이어졌다.

2. 독자게시판

동네 조무래기들이 터미널에까지 기어 들어와서 얼쩡거리는 경우야, 뭐 그걸 구경거리라고 할 것도 없지요. 자기 잘난 맛에 목청을 돋우어 큰소리치는 사람들이 많은 세상이니까요. 어디서나 볼 수 있는 광경이 왜 터미널이라고 해서 없겠어요. 악다구니를 쓰고 자기주장 하다가 제풀에 꺾이는 사람, 자신을 인신공격하는 상대에게 캡쳐를 해두었다는 둥 사이버 수사대에 신고하여 아이피를 조회하고 마침내 요절을 내겠다는 둥 격분하다가 본전도 못 찾고 꽁무니 빼는 자들도 있잖아요.

회갈색쥐의 말에 나는 건성으로 고개를 끄덕였다. 군내버스의 바닥도 차창 밖과 다름없이 물기에 젖어 있었다.

뭐니 뭐니 해도 터미널에서 볼만한 싸움판은 역시 공수부대 한 무리와 해병대 한 무리가 벌이는 피 튀기는 싸움일걸요. 이들은 외나무다리에서 만난 원수의 운명처럼, 무슨 명예라도 걸린 건지 죽기 살기로 싸우잖아요. 이런 싸움이 벌어지는 날엔 놀란 눈을 뜨고 몰려든 구경꾼 속에 터미널 관리자도 섞여 있게 마련이지요. 그런데 말이에요. 진정한 고수들끼리의 진검 승부 같은, 이런 싸움은 요즘 같아서는 찾아보기 힘들게 됐어요. 고수랍시고 장광설을 늘어놓으며 주먹을 치켜들지만 나중에 지나보면 뽐냈던 만큼의 볼거리는 없고말고요. 고수 흉내를 내며 똥폼만 잡다가 창피만 당하고 물러서기가 일쑤지요. 문제는요. 고수도 아닌 놈이 고수인 척하며 끝까지 버티는 경우예요. 얼룩무늬 군복을 입었다 해서 다 같은 공수부대나 해병대가 아닌 것처럼, 진짜가 아닌 놈들이 있는 법이잖아요. 이런 치들은 싸움판을 흐리게 만들고 말아요. 순식간에 터미널의 대형 통유리를 박살내고 딱 벌어진 어깨로 상대에게 위압을 줘야 할 터인데, 도무지 싸움의 순서가 맞지 않을 뿐더러 제 흉기로 자신을 찌르는 놈도 있고 말이에요. 어처구니없는 과대망상일 뿐이죠. 뭐 유별난 위인이라도 되는 양, 자신을 스스로 과잉 포장하는 놈들을 보면 한심한 일이죠.

그 무렵 독자게시판이 그런 모양이었다. 내가 그 문예지 사이트를 찾게 된 연유는 지금 생각해 봐도 황당한 일이었다. 구직광고나 검색하고 있어야 마땅할 놈이 문예지의 게시판을 들락거린다는 사실을 누가 알기라도 하면 낯 뜨거울 일이지만 한번 들여놓은 발길을 거두기는 쉽지 않았다. 그곳에서 싸움이 벌어져 있었기 때문이다.

회갈색쥐라는 이름도 그곳에서 처음 알게 되었다. 회갈색쥐는 그 문예지를 읽으며 어린 시절을 보냈고 그 문예지를 통해 세상 보는 눈을 갖게 되었다고 했다. 나도 한 번쯤은 들어본 적이 있는 문인들의 이름을 들먹이며 거친 말을 쏟아내기도 했지만 전혀 이치에 어긋났다고 생각하지는 않았다. 그가 올린 글의 꽁무니에는 다른 이들보다 훨씬 많은 조회수가 따라다녔고 그만큼 그를 공격하는 사람들도 늘어나는 판이었다.

고수에게 당했든 지나가는 미친개에게 물렸든 이도 저도 아닌 사람들은 하는 수 없이 화장실로 몰려가기 마련이지요. 생각해 보세요. 터미널 화장실이란 곳은 또 얼마나 재미있는 구석이 있는지를. 스스로에게 느낀 무능력을 보상받을 길은 바로 오직 화장실뿐이라는 일념이라도 있는 듯 거슴츠레한 눈을 뜨고 입가에는 정체를 알 수 없는 타액을 질질 분비해가며 냅다 낙서를 해대지요. 터미널 화장실의 벽이란, 그들의 배설에 카타르시스를 느끼게 해주는, 얼마나 황홀한 화판인가요. 이마저도 없었다면 그들은 아마 미처 날뛰었을지도 몰라요. 넋이 흐려진 사람들끼리 이름과 얼굴을 감추고도 마음대로 지껄일 수 있는 음험한 자리, 발정 난 개들이 모여든 논두렁처럼 뻔한 상상력이 제 자리인 듯 차지하고 있어요. 보신 적이 있는지 모르겠지만, 한두 개 읽다보면 사실 그 낙서들은 더 이상의 흥미를 주지 못하거든요. 천편일률이란 말이 딱 맞아요. 친구 집에 갔었네, 친구 누나가 낮잠을 자고 있었네, 로 시작하는 낙서의 내용들은 마침내는 변태와 동성애, 그리고 근친상간까지 뻔한 결말로 끝나고 말아요. 곁가지로 따라붙는 남녀의 생식기의 그림도 별반 차별이 없고요. 그 나물에 그 밥, 그 창의력이란 게 얼마나 멀리 뛸 수 있겠어요? 그런데 말이에요. 서로에게 쌍욕을 퍼붓는 그 내용 속에는, 어울리지 않게도 우리나라의 터미널 화장실 문화를 개탄하는 깊은 탄식을 흉내 낸 것도 있어요. 우습지 않아요?

그는 얘기를 하는 중에 키득키득 소리 내어 웃었다.

승객들과 관리자가 볼 때는 답답한 문제지요. 터미널에 드나드는 승객들은 누가 먼저랄 것도 없이 화장실에 대해서 불만을 터뜨릴 테고, 화장실이란 게 그렇듯이 드러내놓고 말할 처지가 못 되어서 그렇지 말하고자 한다면 끝도 없는 불만이 엉겨 붙을 거 아니에요. 그러다가 하나둘씩 터미널을 떠나가고 말아요. 터미널이 여기뿐이야? 내가 다시는 터미널에 가서 버스 타나 봐라, 떠나는 길에 침을 뱉을지도 몰라요. 이래저래 터미널 직원들만 죽을 맛인 거죠. 화장실 벽면을 지우는 것도 하루 이틀이지, 이 짓 하러 부산한 아침을 열고 출근한 것은 아니지 않는가 하고 말이에요.

회갈색쥐의 심정은 그러고도 남았을 것이다. 싸움이란 게 늘 그렇듯이, 서로 할퀴고 물어뜯다 보면 나중에는 앞도 뒤도 없어지고 말았다. 어디서부터 시작되었는지조차 알 수 없게 될 뿐만 아니라 왜 이 지경에 이르렀는지에 대한 책임 소재가 모호해지기 마련이었다. 어떤 이는 싸움의 중간에 끼어들어 양쪽을 뜯어 말려보겠다는 심산인 듯했는데 끝내는 한쪽 편을 들게 되어 싸움의 당사자보다 더 길길이 날뛰는 일이 벌어지기도 했다.

그런 마당에 내가 게시판을 기웃거렸던 것은 어쩔 수 없는 호기심 탓이라 쳐도 마침내 나마저도 글을 올리게 된 것은 지금 생각해봐도 어울리지 않는 짓이었다. 나는 그들처럼 냉소와 반어를 곁들인 격한 언어를 사용할 기술이 없었으므로 그다지 남의 눈에 띌 것이라고는 생각하지 않았고 당연히 아무도 눈여겨보지 않을 것으로만 여겼다. 그런데 그게 아니었다. 싸움의 전선에서 멀찍이 떨어져 있던 것으로 짐작되는 어떤 사람이 느닷없이 나를 물고 늘어졌다.

그대는 어떤 늪지에서 서식하다 온 기생충인가, 로 시작된 그의 공격은 마침내 싸움 구경꾼 중 하나로 자빠져 있지 경거망동하지 말라는 경고로 마무리되고 있었다. 나는 이내 마음이 무거워지고 말았다. 상쾌한 아침입니다, 로 시작했던 나의 글은 이제 상쾌하게 남아 있지 않았다. 그 글의 칼끝이 얼마나 날카로웠던지 감히 대항해보고자 하는 엄두도 나지 않았다. 생각다 못해 슬그머니 내가 올렸던 글을 지워 버렸고 밤이 되어서는 급기야 악몽까지 꾸고 말았다. 전쟁의 당사자도 아닌 내가 그 정도인데 전쟁을 치르고 있는 사람들은 어떤 심정들일까 싶었다. 그랬는데 전쟁의 최고 장수 격인 회갈색쥐에게서 메신저가 왔다.

　그러던 어느 날부터 이상한 소리가 들리기 시작하는 거예요. 화장실에 숨어 들어가 독설을 뱉어내야만 하루 일과를 마감하던 작자들에게는 이건 정말이지 흉흉한 소문이 아닐 수 없겠지요. 화장실을 확 갈아엎는다는데, 이게 누구의 두뇌로부터 비롯된 극악한 발상인지 정말 살맛이 똑 떨어져 버렸을 걸요. 화장실 개보수라니. 회색 벽면을 없애고 그 자리에 다시는 욕지기가 달라붙지 못하도록 실명제라는 금장 타일을 박아 버린다나요. 기가 막히지 않나요? 세상에 실명으로 낙서하는 놈이 어디 있겠어요. 매몰찬 관리자 놈은 희희낙락하겠지만 이제 어디로 가서 배설을 해야 한단 말인가요. 이들은 소문의 진원을 파헤쳐 규탄하려 하고 터미널에 승객이 뚝 떨어져 버릴 것이라고 공갈성 예측도 해대지만, 터미널 측에서는 어디 그렇게만 생각하나요? 승객다운 승객들이 더 많이 몰려들지 알 수 없는 일이라고 자신하며 졸지에 문짝에다 못을 박고 보수공사를 하는 거예요. 꽃 피고 낙엽 지는 산천으로 배낭을 메고 떠나는 나그네가 터미널의 안락한 의자에 잠시 몸을 녹이다가 그 안식의 고마움을 잊지 않게 될 터미널이어야 하는데. 머물렀다가 떠나고, 만났다가 헤어지는 시외버스 터미널이 그렇게 야박해서야 되겠냐구요.

　회갈색쥐는 유리창 밖을 바라보았다. 빗방울이 달려드는 탓에 보이는 것은 아무것도 없었다. 나는 새삼스럽게 그의 얼굴을 바라보았다. 회갈색쥐가 보낸 메신저를 읽었을 때 나는 눈물을 찔끔거렸다. 그의 위로가 어머니의 품처럼 포근하게 느껴졌다.

내가 어쩌다가 이 지경이 되었는가는 헤아릴 겨를도 없이 억울한 심정만이 가슴 안을 후비고 지나갔다. 나는 밤을 새워 긴 답장을 썼다. 메일 안에는 싸움은 말려야 한다고 생각했다는 제법 순수한 듯한 동기부터 내가 상식 이하로 무자비하게 당하고 있을 때 침묵하고 있었던 다른 이들에 대한 원망까지 고스란히 담겨 있었다. 온라인상의 의사소통 방법을 모르고 있었던 어수룩함을 자책했다. 예의를 던져버린 언어는 어떤 곳에 쓸모를 찾을 수 있는 것인지. 상대방을 공격하는 것만을 목적으로 하는 언어가 창궐하는 그 공간의 법칙을 익히지 못했던 어리석음을 후회하고 있었다. 보통 사람이라면 범접해서는 안 될 문예지 게시판을 기웃거린 게 죄가 된다면 견딜 수 없는 일이었다. 나를 공격했던 이에게 아무런 대꾸도 하지 않고 물러서야 했던 이유를, 변명이라는 구차한 이름을 붙이지 않으려 의식하며 힘들게 말했다. 상대에게 화가 날 수도 있고 자신의 견해에 대항해올 때 논리와 지식으로 응징할 수는 있겠지만 저열한 싸움판에는 끼어들고 싶지 않았다고 했다. 치열한 논쟁의 중간에서는 견해를 같이하는 사람들끼리 협력이 따를 수 있고 과격한 언어가 나올 수도 있겠지만 시종일관 공격만으로 도배해 버린 것은 차마 눈을 뜨고는 볼 수 없었다는 의사를 분명히 표시했다.

그런데 즉각 되돌아온 회갈색쥐의 답장에는 특별한 제안이 들어 있었다. 독자게시판이 실명제로 바뀌는 것에 항의하는 뜻으로 회원 탈퇴를 하게 된 몇 사람이 모여 온라인 동호회를 하나 만들었는데 나도 가입해 달라는 요구였다. 나는 망설이지 않을 수 없었다. 왜냐하면 나를 공격하여 내 온몸에 힘을 앗아가 버렸던 그 장본인도 이미 동호회에 들어왔다는 소식 때문이었다. 그런 뻔뻔한 인사를 봤나, 분개는 이내 수그러들고 말았다. 그 사람의 이메일을 직접 받아버린 후였다. 싸움은 때로 싸우는 자신들은 전혀 모르는 채 엉뚱한 곳에서 엉뚱한 사람들이 상처를 입을 수도 있다는 사실을 몰랐었다는 사과의 뜻이 담겨 있었다. 고모담이라는 이름이 보낸 메일의 끝에는 이렇게 쓰여 있었다.

나는 여자입니다.

3. 장맛비

풀카운트가 도착하면서 사람들의 기다림은 끝나는 것처럼 보였다. 참석하기로 한 회원 중에서 자작나무가 아직 오지는 않았지만 자정 넘어야 당도할 거라는 소식에 그 시각까지 목을 빼고 기다리지는 않을 것 같았다.
비는 줄창 쏟아지고 있었다. 가까운 곳에 바다가 있다는 사실은 부질없는 것이었다. 보이지 않는 먹빛 바다로부터 들려오는 장쾌한 음향은 그 진원이 분명하지 않았다. 파도 소리가 가까워지는 것도 같고 유리창을 때리는 빗소리 같기도 했지만, 소리들은 일정했다.
동문선 사람들이 평소 온라인에서 서로에 대한 예의 바름을 자부해왔던 만큼 처음부터 단정한 만남이었다. 소주잔을 급하게 주고받기는 했어도 서로를 거슬리게 할 구석이 있을 리 없었다.

오히려 소주는 첫 만남의 어색함을 희석시킬 수 있는 촉매 역할을 하고 있었다.

박공마루님 솜씨가 참 좋았었는데 생각할수록 아쉬워요. 안 그래요?

저격수가 사람들에게 동의를 구하고 있었다. 그는 모니터를 통해서 상상했던 것보다 훨씬 강한 인상을 보여주었다. 짙은 눈썹에 어금니 쪽으로 각이 깊은 턱, 나이가 마흔이라 했는데 현역군인답게 단단한 체형을 갖고 있었다. 박공마루의 친구인 자작나무가 아직 오지 않았어도 사람들은 여전히 박공마루에 대해서 얘기했다. 문예지의 게시판 시절부터 왕성한 글솜씨를 보여 왔던 박공마루가 최근 동호회를 탈퇴한 이유에 대해서 사람들은 이런저런 추측을 나열했지만 확실한 것은 없었다. 자작나무가 오면 확인해 보자며 서로의 잔에 술을 가득 채울 뿐이었다. 어찌 보면 온라인에서 필담을 나눌 때보다 더 다정한 모습이었다.

해가 기울어질 때까지 참석한 회원은 나를 포함하여 일곱이었다. 당초 스무 명은 모일 것이라던 회갈색쥐의 장담을 감안하면, 적은 숫자였다. 불참을 미안해하며 전화를 걸어준 사람들이나 문자를 보낸 준 사람도 참석 인원에 포함시켜야 한다는 회갈색쥐의 말이 괜히 처량하게 들렸다.

날씨 탓이잖아요. 그래도 이런 장대비를 뚫고 달려와 이렇게 모여 있는 우린 얼마나 대단한 사람들인가요?

꽃다지라는 닉네임을 가진 여자도 뜻밖의 인상을 가진 사람이었다. 회원들을 많이 모이게 하여 모임의 성황을 이루겠다는 회갈색쥐의 호언은 이미 빗줄기에 묻혀 사라져 버린 후였다. 꽃다지는 자신의 넉넉한 몸매만큼이나 낙천적으로 상황을 바라보는 여자였다.

비 오는 날에는 생선회를 먹는 게 아니라면서요?

풀카운트가 고모담의 잔에 술을 따르며 말했다.

없어서 못 먹는 거지, 비 오는 날이면 어떻고 천둥 치는 날이면 또 어때요?

풀카운트와 술잔을 부딪치며 내뱉는 고모담의 말에는 교태 이상의 것이 묻어 있었다. 고모담의 목에 걸린 십자가 목걸이를 바라보던 나는, 그들을 따라 단숨에 술잔을 입안으로 털어 넣었다.

횟집에서 생선회 말고 다른 게 있나요? 풀카운트님. 그냥 드세요. 오늘 같은 날 때마침 비가 내리니까 나는 더 좋구만.

회갈색쥐가 건배를 제의했다. 자리에 앉은 이후로 벌써 세 번째의 건배였다. 회갈색쥐를 제외한다면, 고모담은 동문선의 숱한 멤버 중에서 내가 직접 만난 적이 있는 유일한 사람이었다. 그녀와 만난 적이 있다는 사실은 단순히 온라인상에서 대화를 주고받았다는 뜻이 아니었다. 그렇게 따지면 이 자리에 모여 있는 모두가 다 잘 아는 사람일 터였다. 하루도 거르지 않고 동문선에 접속하여 끝없는 대화를 나누었던 사람들이었으니까.

나는 처음부터 고모담을 의식하고 있었다. 누구도 눈치채지 못하도록 은밀하게 눈웃음을 주고받으려 했다. 고백하건대 나는 며칠 전부터 그녀와의 만남을 상상하며 두근거리는 가슴을 단속하고 있었다.

맹물에 뜬 들기름 같았던 아내. 그녀에게서 예전의 모습을 되찾기 어려워졌다고 깨달았을 때 고모담은 나를 그냥 내버려두지 않았다. 한 번쯤 만나야 되는 것 아닌가요? 고모담의 말을 듣고 그녀의 찻집으로 달려가던 날 공교롭게도 아내는 집을 뛰쳐나갔다. 그래도 상관없었다. 고모담은 나와 동행할 수 있는 가장 좋은 벗이 될 수 있으리라 믿었다. 나보다 세 살 더 많은 나이로 알고 있었지만 세상에서 오직 그녀만이 나를 인정해 줄 거라 생각했다. 그녀가 접속하는 자정 무렵을 기다리며 인터넷의 이곳저곳을 뒤지고 다녔다. 이름도 들어보지 못한 서구 문예 이론을 카피해서 카페 동문선에 옮겨 담으며 내가 하는 얘기인 양 적당히 짜 맞추기도 했다. 하루는 들뢰즈와 가타리를 운운하며 욕망하는 기계와 욕망하는 생산에 대해서 말했고, 또 하루는 프랑스의 영화 이론에 대해서 떠들었다. 내 아이디로 올렸으면서도 정작 나는 그것들에 대해서 잘 몰랐다. 자정을 넘기면 유령처럼 모니터에 등장한 고모담이 대답했다. 어젯밤 올려주신 롤랑 바르트의 신화론은 굉장했어요. 나를 새로운 세계로 인도해 주신 거지요. 롤랑바르트를 이토록 정갈하고 맛깔스럽게 정리해 내는 분은 처음 봤어요. 세상에는 오직 그녀만이 존재하여, 나를 궁금해하고 나에 대해 감탄했다.

 회사를 그만두고 놀고먹는 신세가 된 지 반 년 정도가 지났을 때만 해도 아내는 예전의 모습 그대로였다. 내가 다른 일을 찾을 수 있을 것이라 믿는 눈치였다. 중소기업이었지만 전산 파트의 일을 배운 사람이니 또 그만한 일자리가 없겠냐며 내 손을 꼭 잡아주기도 했다. 회사의 옛 동료들을 만나 술을 마시고 엉망으로 취해 들어온 날도 아내는 곁에 있었다. 감원대상의 우선순위였으면서도 나를 먼저 자르고 뻔뻔스럽게 버티고 있는 관리부장을 함께 욕하기도 했다. 지금에 와서는 기억하기도 어색한 일이 되고 말았지만, 고흥 하수종말처리장에 내려가 잡역 일을 하고서 보름 동안의 급료를 받아 집에 돌아왔을 때 아내는 밤새도록 울었다. 다음 날 아침 와이셔츠와 넥타이를 깨끗하게 다리며 다시는 그런 곳에 가지 말라며 애원했던 아내.

시간의 무게를 이겨낼 장사는 없었다. 서른다섯 살에 직장을 잃고 삼 년이 지난 지금에 와서 지나간 시간을 돌이켜보아 무엇 하겠는가만, 처음 일 년여를 그럭저럭 견뎌내던 아내는 이 년째로 접어들면서 무직자의 아내가 보여줄 수 있는 인내와 관용을 더 이상 남겨두지 않았다. 딸아이가 커나가고 있기 때문이었다. 유치원에 다녀야 할 연령이 되었을 때 흔한 미술학원조차 보내지 못하고 집에서 빈둥거리는 딸아이를 보며 심사가 뒤틀리기 시작한 것이다. 전자제품 영업사원 일을 시작한 아내가 술에 취한 채 늦은 귀가를 일삼던 작년 가을부터 나는 아예 외출을 하지 않았다. 한 마디의 말도 하지 않고 흘러가 버리는 날도 있었다. 친구들의 전화번호를 차츰 휴대폰에서 지워나갔으므로 남아 있는 친구도 별로 없었다. 그 무렵, 두레박의 끈조차 떨어져 나가고 없는 우물 속의 나에게 유일한 숨통이 되어준 것이 바로 동문선이었다.

문학카페 동문선. 문예지 게시판에 출몰하던 낯익은 이름들과 신춘문예 지망생들이 새로이 들락거리기 시작한 그곳에서 나는 어느덧 만만찮은 문예이론가가 되어 있었다. 웹사이트의 하이에나인 양 이곳저곳을 섭렵하며 하루 종일 짜 맞춘 지식을 한글 파일에 저장해 두었다가 저녁이 되면 동문선에 올렸다. 운영자인 회갈색쥐는 나의 노고가 고맙다며 문예이론강의 코너를 하나 만들어 주었다. 그 코너는 기라성 같은 회원 중에서도 오로지 나에게만 글을 올릴 수 있는 권한이 주어졌다. 그에 화답이라도 하겠다는 듯이 나는 하루도 거르지 않고 한두 꼭지의 짜깁기한 이론을 올렸다. 사람들의 말에 의하면 나는 동문선의 이론가일 뿐만 아니라 동문선은 나로 인해 존재한다고 했다. 며칠째 감지 않은 머리카락을 박박 긁어댔어도, 웃자란 수염발을 만지작거리거나 무좀 걸린 발가락을 꼼지락거렸어도, 나는 신나기만 했다. 날마다 세상은 새로웠다. 새로 가입한 회원들에게는 근엄하면서도 친절한 언어만을 떠올리며 인사를 나누었다. 나에 대한 사람들의 기대는 은근했으며 그것은 나를 지탱하게 하는 놀라운 힘이 되고 있었다.

컴퓨터 앞에 앉아서 날을 새버리는 날도 허다했다. 아침이 되어 출근을 서두르던 아내가 방문을 열어젖힌 채 나를 쏘아보았다. 미친 또라이 새끼. 아내의 말을 곱씹으면서도 나는 근원을 알 수 없는 쾌감에 젖어들었다. 미친놈이어도 좋았다. 아내와 딸에게는 철저히 무시당하고 있었지만 동문선에서만큼은 나는 정승 같은 호사를 누릴 수 있었다.

여간해서 그칠 비가 아니었다. 장마전선이라고 했다. 저기압을 이끌고 북상을 할 거라고, 우비를 입고 등장했던 기상 캐스터가 그렇게 말했다. 박공마루가 화제에서 사라지자 최근의 문학상에 대한 얘기가 나왔다. 그랬다가 잠시 지역감정 얘기도 나누었는데 지역감정이 어디 있느냐 그건 정치인들의 전유물이지 않느냐는 선에서 모두들 동의하고 술 한 잔씩을 더 마셨다. 구시포라는 이름을 보면, 과거에 무진장 호황을 누렸던 파시였었나 봐요. 누군가 구시포의 내력에 대해 궁금해 하자, 선뜻 이를 해결해 준 사람은 역시 풀카운트였다. 그는 아는 것이 많은 사람이었지만 겸손이야말로 최대의 미덕인 듯 연신 자신을 낮춰 말했다.

풀카운트는 변호사였다. 그는 자신의 직업보다 소설 습작이 더 행복하다고 버릇처럼 말해 온 사십 대 초반의 남자였다. 동문선 사람들의 박학다식을 증명할 수 있는, 상징 같은 위인이었다.

영화에서처럼 법정에 서서 그렇게 멋지게 변론하는 줄 아세요? 영화가 사람들 눈을 다 버려 논 거지, 뭐. 증거를 수집하고 추리 능력을 발휘해서 의뢰인을 위해 화려한 말솜씨로 변론하는 변호사의 모습, 그런 게 현실에서 어딨어요? 영화에서나 있지. 법정에 가면 서류 제출로 대신하거나 사무실에서 써준 서류의 일부를 국어 책 읽듯이 읽어 내려가는 경우는 있어도.

풀카운트는 사람들의 흥미를 단숨에 끌어 모으는 화술을 갖고 있었다. 변호사인데 그럴 수밖에, 생각하며 나도 고개를 주억거렸다. 술이 약한 회갈색쥐는 얼굴이 벌겋게 달아올라 있었고 고모담은 여전히 풀카운트의 옆자리를 지키고 있었다.

풀카운트의 처음 닉네임은 신림동 룰루였다. 그가 이름을 바꾼 이유는, 신림동 시절을 그리워할 만한 시기는 이미 지났으며 일상의 변호사 업무를 대할 때 타성에 젖지 않기 위해서였다고 했다. 좋은 글솜씨와 함께 사람들의 호감도 높아서 가끔은 동호회를 화끈하게 달아오르게 하는 수완도 있었다. 외줄 위의 긴장, 으로 하려다가 닉네임이 너무 길면 안 될 것 같아서 야구에서의 투쓰리 풀카운트라고 정했다고 했다. 사법 연수원 시절에는 한 차례 유급 당했을 정도로 무사태평한 성격이었다는데 두 번째 유급을 당하면 쫓겨난다는 위기의식 때문에 공부를 새롭게 했다는, 그래서 겨우 변호사 노릇이라도 해먹고 사는 것이 자신의 인생에서 기적과 같다고 했다.

　서른 살 넘은 사람도 고시 공부를 할 수 있나요?

　회갈색쥐가 풀카운트의 잔에 소주를 채우며 물었다. 그는 비평준화 시절, 전주의 명문고 출신이었다. 컴퓨터 매장을 관리한다는 지금의 직장에 만족하지 않을 수도 있었다. 무엇보다도 내가 관심을 둔 것은 나도 한때는 공무원 시험을 준비해볼까 했던 때가 있었기 때문이었다.

　서른이면 많은 나이가 아니야. 두 가지 정도의 제약을 극복할 수 있다면 나이를 더 먹었더라도, 고시 공부를 할 수는 있지. 우선은 고삼 시절로 돌아간 심정으로 죽어라고 책만 들이팔 수 있느냐는 것 하나하고, 또 하나는 생계 문제야. 수만 페이지의 수험서를 읽고 외우고 이해해야 하며 답안지를 수십 번 쓰고 첨삭하고 다시 쓰고 하는 과정을 눈만 뜨면 되풀이해야 하는데, 와이프라도 잘 만나서 생계에는 아무런 신경을 쓰지 않아도 되는 여건이라면 모를까. 나이를 먹어갈수록 그런 게 골치 아파지거든.

　풀카운트의 진지함과 상관없이 나는 고모담의 목걸이에 시선을 두고 있었다. 간혹 고모담과 눈길을 마주치기 위해 애썼지만 웬일인지 그녀는 의식적으로 나를 외면하는 듯했다.

　아내가 잠들기를 기다려 슬그머니 컴퓨터를 켜고 고모담과의 접속을 시도해 오던 습관은 오래도록 이어졌다. 습관이 병이 되었을지도 모르겠다. 일단 모니터에 고모담이라는 이름이 깜박이고서야 가슴을 쓸어내릴 수 있었고 어둠 저편으로 고모담이라는 이름이 사라져 버릴 때는 나도 덩달아 물러나야만 했다. 새벽이 되도록 그녀가 등장하지 않는 날은 형벌 같은 악몽에 시달렸다. 벌겋게 달아오른 얼굴로 그녀의 이름만을 불러댔지만 나의 호출은 대답 없는 메아리가 되어 천산만학에 부랴부랴 흩어져 갔다. 그럴 때마다 나는 밤새도록 이 골짜기 저 봉우리를 어슬렁거리며 헤매고 다니는 한 마리의 짐승일 뿐이었다.

그녀가 살고 있다는 찻집을 상상할 때는 내 안에 잠재되어 있는 모든 촉수가 일어섰다. 그녀의 글에 담긴 표현들을 살려낸다면, 그 찻집은 고즈넉한 시골 국도 변에 호수가 바라다보이는 인적이 드문 산골에 위치했다. 수면 위로 피어오르는 물안개를 바라보며 더운 찻물을 토르르 따르고 있을 때 물빛만이 일렁이는 시야 안으로 수줍은 새떼들이 몸살을 앓듯이 내려앉을 것이다. 내 눈자위가 붉어지더라도 코끝이 시큰거리더라도 그걸 들키지 않으려 일부러 웃음 지었다 해도 그건 그녀에 대한 호감의 표시일 터, 찻집에 가득 울려 퍼지는 대금 소리가 비록 오디오의 시디 음향이라 할지라도 혀끝에 안겨오는 작설의 참맛대로 진짜처럼 느껴질 것이다.

그녀와의 접속이 순조롭게 이루어진 날이면, 누구에게도 해본 적 없는 얘기를 술술 나누었다. 아침을 맞이한 뒤에도 차오르는 행복감으로 나는 전혀 다른 사람이 되어 있었다. 처음으로 새들이 지저귀는 소리를 느끼기 시작했으며 동네 아이들이 학교에 가는 것도 투명한 웃음소리로만 들렸다. 산다는 것은 진정 경이로운 축복이었다. 아내의 잔소리와 더불어 시작되는 아침의 분주함도 덤덤히 감내할 수 있는 여유가 생겼다. 인터넷 채팅에 미친 새끼. 꼴값을 떨어요. 출근하면서 기어이 한마디 하고 마는 아내의 빈정거림도 웃어넘길 수 있었다. 음악 사이트를 찾아서 골라낸 경음악에다 볼륨을 조절했다. 오늘은 시선을 동양 쪽으로 돌려서 장자의 양생주를 뒤져볼까, 절로 콧노래가 흘러나왔다.

그곳에도 바람이 불고 있을까. 그녀의 찻집을 상상하며 흥건한 아침잠에 빠져들었다. 한 번도 가본 적이 없는 곳이었지만 낯설게 여겨지지 않는 그녀의 찻집은 오래 살던 동네처럼 친근하기만 했다. 그랬을지도 모르겠다. 숱하게 찾아갔던, 꿈속의 바로 그곳이었을지도 몰랐다. 푸른 물감으로 전신을 휘감은 채 꿈속의 나를 온통 사로잡던 몇 시간 동안 내 가슴에 넘치고 넘쳐 해일이 되어 밀려오는 모든 노래들이 그녀의 찻집에서 흘러나왔을지도 모르겠다.

구시포 모임에 참석할 것인지를 묻고 싶었고 나의 참석 여부도 결정해야 했는데, 닷새 동안이나 그녀와의 접속이 이루어지지 않았다. 늦은 봄비가 내리고 있는 밤이었다. 관심 밖으로 멀어진 일이었지만 아내의 귀가 시간은 예측할 수 없었고 딸아이는 잠들어 있었다. 트레이닝복 차림으로 차 있는 곳까지 천천히 걸었다. 우산도 없이 비를 맞았지만 서두르지 않았다. 한 방울이라도 더 비를 맞아야겠다는 심산이었다. 비 탓인지 늦은 밤길은 한산했다. 신호 대기할 때는 어김없이 와이퍼를 멈추었다. 그 시간 동안만은 신기하게도 시야 안의 모든 것들이 빗물 안에 멈춰 서 있었다. 세상의 모든 것들이 그 자리에 정지해 버렸으면 하고 빌었다. 나란히 키를 맞추고 서 있는 건물들과 술에 취해 걸음걸이가 흐트러진 사람들, 방금까지도 무성하기만 했을 취객들의 사연들과 그 안에 묻어 있을 슬픔과 울화들마저 그대로 멈춰버릴 수 있도록 빌고 있었다. 그랬는데, 빗속에서 포장마차 불빛 하나가 다가왔다. 침묵으로 지은 집 같았다. 포장마차의 백열등 불빛 아래 앉아서 혼자서 소주잔을 들이켰다. 취기가 올라오자 이내 고모담이 어른거렸다. 구시포 모임에 가면 그녀를 다시 볼 수 있을까. 생각만 해도 설레는 가정을 빗물에 담아보는데 내가 마시는 것이 투명한 소주인지 더 맑아지는 빗물인지를 가늠할 수 없었다. 구시포는 어디에 있는 곳인지, 만일 고모담이 참석하지 않는다면 내가 그곳에 가서 무얼 하겠다는 것인지, 그렇게 따지고 보니 내가 동문선에 드나들고 있는 이유가 오직 고모담 때문인 것으로 좁혀져 있다는 것을 비로소 인정할 수밖에 없었다. 아득한 준령 너머에 존재하고 있는 고모담과 구시포라는 이름을, 안주를 대신해서 번갈아 입속으로 중얼거렸다.

술을 너무 많이 마시는 것 아닌가? 이러다간 자작나무님 오시기 전에 모두 취해 버리겠어요.

화제는 박공마루에서 풀카운트의 얘기로 넘어가 버린 뒤였다. 고모담은 근육이 드러난 풀카운트의 팔뚝에 상체를 기울이며 그의 얘기를 흥미롭다는 듯이 듣고 있었다. 나는 슬며시 자리에서 일어났다. 고모담에게 잠깐 밖으로 나와 보라는 눈치를 보내볼까 생각도 했지만 자신이 없었다. 그녀는 처음부터 나의 시선을 애써 무시하고 있었다.

바람도 없이 수직으로 떨어지는 빗줄기를 바라보았다. 횟집의 처마이긴 했으나 빗물이 달려들어 바지를 적셨다. 바다는 어둠의 저편으로 물러가 있었으므로 잘 보이지 않았다. 입안에 넣고 우물거리는 달콤한 사탕같은 비가 아니지 않느냐고 호령하는 것 같았다. 나는 우산을 펼쳐 들고 방파제 쪽으로 걸어갔다. 우산을 옆구리에 붙인 채 바지춤을 풀어 오줌을 내갈기고 나서도 바다는 쉬이 다가오질 않았다. 우산을 찢을 듯이 내려 꽂히는 장대비의 굉음에 청각마저 무뎌질 지경이었다. 고모담이 나를 따라서 밖으로 나오지 않는 것은 차라리 다행인지 몰랐다. 그녀의 행동에 안절부절못하며 미욱하기만 한 나의 내면을 정통으로 훑고 지나가는 빗물 때문에라도 나는 그녀의 멱살을 잡았을지도 몰랐다.

아내와 딸아이가 다시 돌아올 수 있으리라는 희망이 거품조차 가라앉아 버린 지금에 와서, 생면부지의 낯선 사람들과 만나 웃음을 흘릴 수 있는 내가 스스로 생각해 봐도 신기했다. 하루쯤 게으름도 부려 보고 늦잠도 자고 잠자리에서 빠져 나오지도 않고 눈을 떴더라도 그냥 그대로 있어도 좋을, 아무것도 아닌 소박한 즐거움을 빗소리에 섞어 즐겨볼 수 있는 날은 없었다. 지나간 어제 하루 일을 생각하며 한 번 웃어보다가 사지가 편안해지도록 기지개도 켜고 하품도 마음껏 했으면, 그래서 이제 됐다 싶으면 그때 일어나면 되는 날은 이제 다 지나가 버렸다. 그래야 마땅한 내 처지에, 안락한 휴식의 시간을 천천히 음미할 수 있다는 가정을 왜 하필 고모담과 묶어 생각했던 것인가. 찻물이 끓는 동안 커튼을 열고 창밖을 바라볼 때 우산을 쓴 채 부산한 걸음을 재촉하는 이웃 사람들을 발견하고서 이럴 때가 아니지 하며 일과를 재촉하려는데 그녀가 끼어들다니, 횟집 간판의 형광 불빛이 빗물이 무리 진 시야 밖에서 둥둥 떠다니고 있었다.

고모담이 살고 있다는 찻집을 찾아갔던 날, 메신저 일대일 대화를 통해서 은밀하게 주고받았던 얘기들을 떠올려 보았다. 고모담이 알고 있는 나는 서른여섯 살의 노총각이었고 내가 알고 있는 고모담은 서른아홉의 이혼녀였다. 전남편으로부터 감내해야만 했다는 위선과 폭력의 올무에서 진정으로 해방시켜 준 사람이 바로 나라고 했다. 이런 사람들이 온라인을 떠나 실제의 현실 세계에서 만나고자 했다면 그 이유가 무엇인지 스스로에게 진지하게 물을 필요는 없었다.

찻집은 상상했던 것보다는 작고 누추했다. 운치 있고 개성 있는 가게로 묘사되었던 모습을 비약해 상상했던 결과였는지도 모르겠다. 정체가 심했나 봐요. 목이 빠져 죽는 줄 알았어요. 그녀는 치아를 다 드러내고 웃으며 한쪽 손을 내밀었다. 평소 카페에서도 호방한 글투로 인해 여걸이라고 인정받는 만큼 나를 맞이하는 태도는 시원시원했다. 사진으로 대했던 모습보다는 나이가 더 들어 보였다. 찻집에도 술은 있는 법이라며 전통주 주발을 가지고 나오는 고모담을 지켜보며 그녀의 나이가 마흔 살은 훨씬 넘었을지도 모른다는 생각마저 들었다.

오늘 장사가 글렀다고 문 닫는 게 아냐. 어느 순간 말꼬리를 자르더니 오래된 동생처럼 다정스럽다고 했다. 동문선 사람들의 이야기를 꺼내려는 내 입을 가로막더니 곁으로 바싹 다가앉았다. 그녀의 머리카락이 내 어깨에 흩뿌려지는 것을 느끼고 고목탁자에 손을 내려놓았을 때 그녀의 웃음소리가 들렸다. 문양이 새겨진 백자 술잔에 채워진 투명한 술을 냉큼 한 입 털어 넣고 창밖으로 시선을 돌리려고 했다. 웃음소리가 기분 나쁘게 들렸다는 것을 감추려 했다. 한 잔이 다시 채워지기를 기다렸는데 그녀가 내 입술을 향해 다가왔다.

기분 나빠하지 마. 세상 시름이 깊다고 마냥 울고 있을 순 없는 거잖아. 슬픔이 목울대를 자극하거든 얼른 한 잔을 더 마셔버리면 돼. 가만히 눈 감아버리면 끝나는 거야.

조여 오는 그녀의 무게에 갑작스러운 부담을 느끼며 몸을 젖히고자 했다.

그러지 말고, 내가 한마디만 할게. 내 말 잘 들어. 나한테만은 사기 치지 마. 나한테는 안 통해. 알아들었어?

그녀는 나의 뒷머리를 잡아끌어 머리카락을 한 움큼 휘어 감더니 자신의 가슴 안으로 눌러 넣었다. 알 수 없는 완강한 힘이었다. 숨이 막히는 것 같았지만 아무런 저항도 할 수 없었다. 작고 가냘프게만 보였던 그녀에게서 어떻게 그런 완력이 생겨났는지, 나는 가만히 눈을 감고 말았다.

모든 걸 잊고 편히 쉬고 싶었다. 파문이 될 수 있는 일에는 관여하지 않으리라 작정했었는데, 나의 의지는 나를 제어하지 못했다. 그녀는 허리를 활처럼 굽혀 속옷을 벗어 던지더니 자신의 음부를 내 앞으로 들이밀며 나지막이 속삭였다.

그 먼 길을 달려왔으면, 대답해. 위선 같은 거 부리지 않겠다고.

실직한 지 삼 년 만에 정통하게 터득한 게 있다면 그것은 체념이었다. 체념을 하면 곧바로 뒤따라오는 가늠 수 없는 공허함, 등덜미를 휘젓고 지나가는 싸늘한 허탈감에 나는 익숙해진 사람이었다. 그녀에게 사정하듯 말했다. 술 한 잔만 따라주세요. 나는 다급하게 술잔을 비웠다. 그때 술 한 방울이 그녀의 마른 무릎 위로 떨어졌다. 세상은 어차피 내가 생각하는 대로 움직여주지 않았는데, 실천하지도 못할 말들을 내뱉고 그 말이 부채가 되어 돌아오는 줄 뻔히 알면서 또다시 같은 말을 토하고 살았던 내 안의 이율배반, 나는 고단하기만 했던 그동안의 체념을 털어버리려는 듯 그녀의 무릎에 떨어져 있는 술 방울을 찾아서 허리를 구부렸다.

 밤 깊은 시각이었는지 아니면 새벽이었는지도 모르겠다. 어렴풋이 눈을 떴을 때 그녀는 내 곁에서 잠들어 있었다. 교성을 지르던 그녀를 고스란히 들여다보았다. 유두는 검었고 가슴은 쳐져 있었다. 화장을 지워낸 맨 얼굴에 사십 대 여인의 풍상이 그늘처럼 드리워져 있었다. 이 사람이 누구지? 낯선 여자의 얼굴을 느꼈을 때 나는 화들짝 놀라 자리에서 일어났다. 국부 근처의 뼈마디가 일제히 통증을 호소하고 있었다. 살점은 사라지고 뼈만 살아나 이룬 교합이었나. 마른 사람들끼리의 격렬했던 관계가 남긴 흔적이었다. 아내와의 잠자리는 기억하기에도 먼 일이 되어버렸지만 아내에게서는 한 번도 느껴보지 못했던 경험이었다. 주섬주섬 속옷을 찾아 입으려는데 그녀가 눈을 가늘게 열고 말했다. 벌써 일어나면 어떡해. 나는 아직도 목이 마르거든.

4. 이웃들

어딜 갔다 오는 거요? 이 비를 다 맞고. 그러다 감기 들어요.

횟집 앞에 서 있는 사람은 저격수였다. 그는 방파제에서 돌아오는 나를 계속 지켜보고 서 있었다. 우산을 털고 현관으로 들어섰을 때 내 손을 잡아 부축해주기까지 했다. 그는 현역 군인이라는데 계급이 무엇인지 어느 곳 어떤 부대에서 근무하는지는 알려주지 않았다. 게시판에 올라오는 그의 글은 군대에 관련된 얘기가 많았다. 남자 회원들의 호응이 좋은 것은 당연한 일이었고 여성들도 진지한 호기심을 보이기도 했다. 나는 자리에 앉자마자 저격수의 잔에 술을 채웠다. 빈 술병이 늘어가는 만큼 담배 연기도 짙어졌다. 고모담의 상체는 여전히 풀카운트의 몸에 밀착되어 있었다. 방 안을 점령하고 있는 축축한 습도보다도, 더 끈적거리는 그녀의 눈동자에 황급히 시선을 떼어냈다.

돈, 그거 많이 못 벌어요. 나이 먹고 나서 연수원 수료하는 사람이라면 뻔한 거죠. 로펌에 고용 변호사 되는 건 아예 포기하고 개업이나 해야 하는데, 아무래도 단독 개업은 부담스러우니까 합동사무소 정도를 하는 건데요. 법원 근처에 괜찮은 자릴 잡으려면 수억 깨지는 거죠. 그래도 나이 먹은 게 좋은 건 하나 있어요. 중견 변호사로 착각하거든요. 젊은 연수생이 개업하면 초짜인지 금세 뽀록이 날 건데, 그럴 일은 없잖아요.

풀카운트의 달변에 사람들이 유쾌하게 웃었다. 고모담은 정도 이상으로 교태를 섞어 웃다가 담배 연기가 목에 걸렸는지 기침까지 했다. 그랬는데 풀카운트가 몸을 젖히며 그녀의 등을 두

드러줬다.

　나는 또 한 잔을 마셨다. 내 안에서 질투심이 꿈틀거리고 있다면 그건 용납하기 어려운 청승일 터였다. 나는 힘주어 눈을 감았다. 차디찬 빗물을 맞고 새벽 버스 정류장에서 서성이던 날을 떠올렸다. 발걸음을 옮겨 떠나길 좋아했지만 야속하게도 지극히 몽상적인 것만이 통용되던 시절이었다. 버스에 올라타야 하나 말아야 하나. 여전히 가망 없는 회색의 이정표를 향해 끝없이 달려야 하나 말아야 하나를 고민했을 때처럼 시선을 둘 곳이 없었다. 바다를 핑계로 밖으로 뛰쳐나간다는 것도 자존심이 허락하지 않았다. 장맛비의 술렁임에 묻혀 있는 바다 앞에서 지금 나는 무엇을 기원하는 성호를 그을 것인지. 한때는 신앙이었던 가족들마저 쉽게 내게서 멀어져 갔는데 이제 와서 무엇을 붙잡으려 하는지.

　부대에 전화해 봤는데, 아직 괜찮다는 겁니다. 이렇게 큰비가 오는 날은 비상 같은 것이 걸리는 수도 있거든요.

　풀카운트 쪽으로 시선을 두고 있던 내게 저격수가 말했다. 그렇지. 군대라는 곳에서는 이런 날이 초치는 날일 수 있었다. 실비 내리는 밤중에 판초우의를 입고 경계 근무를 나가는 심정일 수는 없었다. 나는 등 뒤에 있는 유리창 문을 활짝 열어 젖혔다. 탈출구를 찾지 못해 방 안에서만 너울거리던 담배 연기들이 아우성을 치듯 일시에 몰려 나갔다. 그 대신 유리창 밖에서 굵은 입자의 빗물이 튀었다. 나는 피하지 않고 그대로 앉아 있었다. 보드라운 손길 같은 빗물이 얼굴로 목덜미로 손등으로 마구 떨어졌다.

만일 비상이라도 걸리면 저격수님은 부대에 들어가셔야 하는 겁니까?

　나는 저격수의 사각 턱을 바라보았다. 장교일까 하사관일까를 가늠해 보고 있는데 그는 호쾌함을 내세우려는 듯 쇳소리 섞인 웃음을 터뜨렸다.

　당장 달려가야죠. 여기에서 부대까지 네 시간도 넘게 걸릴 테니 지금이라도 슬슬 일어나야 하는 것 아닌가 몰라.

　말은 그렇게 했지만 다급한 것 같지는 않았다. 요즘 군인들은 무전기 대신 휴대폰으로 연락을 취하는 세상이라고 했던 회갈색 쥐의 말이 생각나서 그를 따라 슬그머니 웃었다.

　태풍이 몰아치던 날에 나는 군복을 입고 있었다. 한강 잠수교가 통제되고 강물의 파고가 제한수위에 육박하던 그날, 나는 휴가를 마치고 부대 복귀를 위해 임진강으로 향했다. 뒤집어쓰고 있던 우산마저 강풍에 찢겨 날아가 버린 후 교통은 마비되고 시야는 어두워졌다. 복귀 시간을 어겼을 때 천재지변이라는 변명이 통할 수 있을 것인지에 대한 가정을 힘들게 끄집어냈지만 나는 똑똑히 보고 있었다. 경기 북부를 강타하던 태풍 앞에 배어나던 절망의 깊이와 나의 내면과 조우하기만 하면 결코 놓치지 않는 군대라는 곳의 조바심. 그곳에서 좀처럼 가라앉지 않던 불안의 그림자들. 천신만고 끝에 부대로 복귀했을 때는 자정이 가까워진 시각이었다. 중사 계급의 일직사관은 상급 부대에 탈영보고를 하지 않은 걸 다행으로 알라며 5파운드 곡괭이 자루를 들고 나왔다. 그때의 중사 계급은 지금에 와서 얼굴조차 가물가물하지만 문득 내 앞에 앉아 있는 저격수가 그와 닮았다는 생각이

들었다.

어머, 회갈색쥐님은 완전히 갔네. 재워야겠는데요.

꽃다지가 붉게 달아오른 얼굴을 통통한 손으로 가리며 말했다. 술상에서 한 발치쯤 물러앉아 있던 회갈색쥐는 마침내 정신을 잃고 벽으로 돌아 누워버린 뒤였다. 잠자리라는 게 따로 없었다. 횟집의 빈방들 중에서 남자들과 여자들의 방을 구분하여 자기로 했다. 술을 마시면 취하게 되어 있고 취하다보면 쓰러져 눕게 되어 있는 법인데 쓰러져 눕는 곳이 바로 오늘의 잠자리라고 말했던 회갈색쥐는, 자신 스스로가 맨 먼저 그걸 실천해 버린 셈이었다.

나는 다시금 고모담을 바라보았다. 그녀가 화장실에 갔던 두 차례를 모두 풀카운트가 따라 나갔었다. 나는 그녀가 자리를 벗어나는 횟수와 시간을 재보고 있었다. 길지 않은 시간에 자리로 돌아오긴 했지만 스스럼없이 따라 나가는 풀카운트의 모습이 거슬리기만 했다. 그럴 때마다 나는 소주를 한 잔씩 더 마셔야 했다.

사람들은 다들 취해 있었다. 자정이 되어서 찾아온 자작나무라는 남자도 긴 운전의 피로를 탓하며 술도 몇 잔 마시지 못하고 쓰러져 버렸다. 얼마 후 꽃다지도 속이 거북하여 못 견디겠다며 처음으로 잠잘 방을 찾아간 사람이 되었고 저격수는 여전히 술잔을 권하고 있었다. 고모담과 풀카운트는 처음과 똑같은 자리에서 서로의 잔을 부딪쳤다. 두 분은 서로의 몸에다 술을 부어놓은 것 같아요, 오늘 밤 연애라도 하시려나, 하며 내내 눈을 흘기던 꽃다지는 이제 방에 없었다.

빗소리가 쉬지 않고 이어졌다. 비가 내리지 않았다면 바다를 향해 달리고 싶은 심정이었다. 뭍이 끝나는 곳에 바다가 있었고 바다가 시작되는 곳에 해송들이 무리지어 있었다. 나뭇가지 사이로 어지러이 흩날리는 바람이 보인다면, 사람들에게 바람이 보인다고 거짓말도 좀 하고 흩날리는 나무들의 몸살도 보인다고 말하고 싶었다.

풀카운트의 능란한 화술은 쉴 사이가 없었다. 온라인에서의 글솜씨도 보통이 넘는 수준이었지만 그는 고모담의 마음을 완전히 사로잡은 것으로 보였다.

정지용 시인이 비를 보며 말하길 종종 다리 까칠한 산새 걸음걸이 같다고 했어요. 오늘에서야 그 뜻을 깨닫게 되네요.

화장실에 다녀왔는지 바지에 젖은 물기를 털며 풀카운트가 말했다. 그가 무엇을 보고 온 것인지 몰라도 다시금 정지용의 시를 부연하고 있었다. 날렵한 빗줄기가 한순간 퍼붓다가 갑자기 도랑을 이루는 땅바닥을 보고는 수척한 흰 물살이 갈가리 손가락 펴고 몰려든다고 표현했으니, 여러 곳에서 모여드는 빗줄기를 손바닥을 편 손가락으로도 보았다는 시인의 눈을 거침없이 찬양하고 있었다. 그랬는데, 내내 우려했던 일이 눈앞에서 벌어지고 있었다. 고모담의 눈자위가 차츰 풀어지더니 그녀의 몸이 풀카운트 쪽으로 무너지고 말았다.

고모담님이 술을 많이 마셨네요.

풀카운트는 고모담의 몸을 뒤에서 껴안으며 일으켜 세웠다. 그리고는 그녀를 부축하여 밖으로 나가고자 했다. 그런데 풀카운트도 술에 취해 다리에 힘이 풀렸는지 그 자리에 주저앉고 말았다.

지금 뭐하는 거요? 나는 하마터면 소리를 내지르며 자리를 박차고 일어설 뻔했다. 풀카운트가 제풀에 나자빠지지만 않았더라면 빈 병을 술상의 모서리에 내리치고 악을 썼을 것이다.

재워요. 재워야겠어. 많이들 마셨구만. 하긴 요 술병들 좀 봐.

저격수가 일어서더니 넘어져 있는 사람들을 수습하려 했다. 나는 그들의 모습을 담담하게 바라보았다. 취기를 털어 내려는 듯 눈자위에 힘을 모으던 풀카운트가 고모담의 한쪽 팔을 손으로 끼며 일어섰다. 그녀를 기어이 데리고 나가겠다는 의도였다. 나는 눈을 감았다. 이 순간 이후로 그들에게 무슨 일이 벌어지더라도 맹세코 눈을 뜨고 싶지 않았다. 이대로 잠들어버렸으면 싶었다. 늦은 밤 술집에서 나와 홀로 밤길을 걸을 때와 같았다. 지금까지 사람들 앞에서 부리던 호기로움이 일거에 가라앉고 그들을 향해 손짓하던 작별 인사가 공허한 궤적을 그리며 내려앉는 것을 혼자가 되어서야 비로소 깨닫곤 했다.

지금이 몇 시인지, 그로부터 얼마나 시간이 더 지났는지 알 수 없었다. 고모담을 여자들 방으로 데려다주고 오겠다던 풀카운트는 아직까지 돌아오지 않았다. 술상도 치우지 않았으므로 방 안은 폭탄이라도 맞은 듯 너저분했다. 회갈색쥐는 여전히 방 귀퉁이에 곯아떨어져 있었고 자작나무는 입을 벌린 채 코까지 골았다. 등허리를 구부리고 누워 잠을 청하려 했는데 잠이 오지 않았다. 저격수도 잠이 들었는지 이따금 큼큼거리는 소리만 낼 뿐 사위는 적막에 휩싸여 버렸다. 오직 빗소리만이 살아나 활개를 치고 다녔다.

오늘 밤 처음 만난 사람들이었다. 그들의 문장에는 낯이 익었다 해도 아무래도 그들은 자신을 송두리 채 드러내지는 않았다. 말하고 싶은 그 무엇이 있었다 해도 편하게 말할 수 있는 자는 없었다. 우리는 이웃이라며 굳은 연대를 다짐했던 동문선이 왠지 유령처럼 사라져버릴지도 모른다는 생각이 들었다. 설사 그렇게 된다 해도 하등에 문제될 게 없는 사람들이었다. 동문선을 숱하게 기웃거리며 잘 알지도 못하는 문예이론을 끌어다 올려붙였지만 나는 그곳에서 낮은 곳으로만 흘러가는 개천 같은 존재였는지도 모른다. 흘러가다 머문 시궁창에서 악취를 내뿜다가 어쩌다가 만난 고모담이라는 여자에게 마음이 흔들렸는지도 모르겠다. 나는 자세를 바꾸어 눕다가 픽 웃고 말았다. 자신의 찻집에서 고모담이 그랬다. 사랑이 어디 거추장스런 수사로만 이루어지는 거냐고. 자신을 도발적인 여자라고 단정하지 말라고. 또다시 헛웃음이 나왔다.

저격수의 몸짓과 손놀림이 수상하다는 사실을 알아차린 것은 모두가 잠에 빠져든 지 한참을 지나서였다. 새우잠을 자는 모습으로 모로 누워있는 내 뒤에서 그가 자고 있다는 사실은 이상할 것이 없었다. 그의 손이 내 엉덩이를 슬며시 쓰다듬기 시작했을 때만 해도 견딜 만한 일이었다. 그는 술에 취해 잠든 사람이었고, 잠결이었으니 곁에 있는 사람을 여자로 착각해서 벌어지는 일이라고 치부하면 그만이었다. 그런데 시간이 지날수록 그게 아니었다. 술에 취해 잠든 사람의 손놀림치고는 지나치게 느렸고 점점 거칠어지는 숨소리가 나를 어이없게 만들었다. 정색을 하고 자리에서 일어나 그에게 일갈해 버리면 그가 어떻게 나올까를 생각하고 있는데 급기야는 자신의 발기된 성기를 둔부 쪽에 바싹 붙여왔다. 나는 생각다 못해 손을 뒤로 옮겨 그를 떼어 놓고 말았다. 그것은 그 순간 내가 표현할 수 있는 바, 최대한의 온건한 예의라고 생각했다. 멈칫거리던 그가 갑자기 죽은 사람처럼 가만히 있었다. 술 탓이지, 그럴 수도 있겠지, 하며 다시 잠을 청하려 했다. 그랬는데 잠시 숨을 고르던 그가 같은 행동을 다시 시도해 왔다. 이 자가 정말. 참을 수 있는 한계의 꼭짓점에 다다른 것은 엉덩이를 주무르던 그가 내 허리띠를 풀기 위해 버클에 손을 댄 순간이었다.

미친놈 아냐?

나는 짧고 굵은 된소리를 내지르며 상체를 일으켜 세우고 앉았다. 그리고 한참 동안 그를 노려보았다. 그는 원래대로 돌아가 아무 일도 없었다는 듯이 다시 잠든 척했다. 본래 이런 작자였었나 생각했는데 더 이상 그 자리에 누워 있을 수 없었다. 나는 한숨을 내쉬며 방을 빠져 나왔다.

비바람에 한들거리는 해송 사이를 걸었다. 술은 깨버려 멀찌감치 달아나 버린 후였고 다시 잠들지 못할 것 같았다. 저기 어디 즈음에 수평선이 있을 것이라 짐작하며 바다 쪽을 바라봤다. 살다 보니 오늘 같은 밤도 겪게 되는구나 싶었다. 그사이 벌어진 일들이 오래된 삽화처럼 바다 너머로 가물가물해졌다. 이대로 날이 밝으면 특별할 것도 없는 하루아침이 밝은 것일 테지만 지금까지 빗나가 버린 예사로운 날들 중의 흔한 아침일 수만은 없을 것 같았다.

횟집으로 돌아가는 길을 걷고 있는데 인스턴트커피 자판기가 있는 평상 쪽에서 한 사람의 기척이 보였다. 담배 불빛으로 보아

저격수 그 작자가 집요하게 나를 따라 나온 것이 아닐까 싶었는데 가까이 가서 보니, 고모담이었다. 양 볼을 깊이 패어내며 그녀가 피워 낸 담배 연기가 밤하늘로 흩어져 갔다. 가까이 다가가 그녀의 얼굴을 자세히 보니 어딘지 좀 이상했다.

울고 있는 거예요?

숱한 날들이 지나갔다. 하루가 가고 또 하루가 지나던 그 어느 날의 밤이었을 때 밤길을 걸어가다 외등 높은 골목길 아래에서 올려다 본 밤하늘이 꼭 그랬다. 술 취해 비틀거리는 발걸음을 멈추고, 이제는 울래야 울 수 있는 감정도 모두 메말라 버린 줄 알았는데 밤하늘을 올려다보니 그게 아니었다. 밤하늘에 이슬이 다 맺히다니, 나는 눈시울을 손등으로 문질렀다.

5. 비망록

이것 봐요. 숙맥이라는 건 말이야. 그건 자랑이 아니지. 당신이 선수가 아니라는 것은 내 진즉 알고 있었지만 이런 식으로 끈적끈적하게 집착할 줄은 정말 몰랐네.

고모담이 종이컵에다 담배를 비벼 끄며 말했다. 머리카락을 한 손으로 쓸어 올리며 나를 바라보았는데 눈이 붉게 젖어 있었다. 나는 하마터면 그녀의 얼굴을 내 가슴 안으로 당길 뻔했다. 슬픈 눈이었다.

적당한 기회를 잡아 고백을 해야겠다고 생각한 적도 있었다. 사람의 운명은 알 수 없는 일, 어차피 이혼 절차를 밟는 대로 그녀의 찻집이 있는 곳으로 떠나고자 했다고 말하고 싶었다. 지역이 무슨 상관이며 나이 차이라는 건 얼마나 터무니없는 장벽인가, 보고 싶은 사람은 보고 살아야 하지 않느냐며 싸구려 연극배우의 대사를 흉내 낸다고 키득거릴지라도 하고 싶은 말은 하려고 했었다.

　풀카운트님은 좋은 사람이지요? 직업도 매력 있고, 적어도 여자를 힘들게 할 남자는 아닌 것 같아요.

　나는 엉뚱한 위선을 부리고 있었다. 풀카운트는 방금 전까지도 나를 질투의 화신으로 만든 장본인이었고, 소주병을 깨 이마를 갈겨 버리고 싶었던 사람이었다. 직업을 따지지 않더라도 그는 어느 곳 한 군데도 빠진 구석이 없었다. 그를 결코 이길 수 없으리라는 자백은 하나마나 한 것이었다.

　여봐요. 언젠가 불교 경전『숫타니파타』를 얘기했던 적이 있었죠? 뱀이 허물을 벗듯, 이라고 했었나? 당신, 순진한 척하는 거야? 아님, 진짜 쌩통이야 뭐야? 허물을 벗고 온전한 자신의 모습을 드러내는 작자들이 요새 어딨어요? 온라인이란 걸 정말 모른단 말이에요? 당신한테는 일기장 검사 맡듯이 검증해 줄 선생이라도 존재하는가요? 늘 신부님 앞에서 고백 성사하는 심정으로 사는 거요?

　등나무 천장에서 빗물이 떨어져 그녀 앞에 놓인 종이컵 속으로 튀어 들어갔다. 그녀는 다시 담배를 꺼내 물더니 불을 붙였다. 그녀는 알 듯 모를 듯한 얘기를 계속했다. 내가 그동안 올렸던 문예 이론을 처음부터 끝까지 읽어본 사람이 몇이나 될 것 같으냐는 물음에는 나도 할 말이 없었다. 푸르스름한 담배 연기가 빗물 사이로 흩어져 갔다.

미안해할 필요 없어요. 익명의 그늘 아래에서는 그 어떤 죄의식도 부질없는 것이니까요.

그녀는 마른침을 끄윽 밀어 넣으며 나를 바라보았다. 나도 그녀를 바라보며 침착하게 말했다.

그래요. 문예 이론은 이제 그만둘 거예요. 앞으로 동문선에 내가 글을 남긴다면 그건 필경, 비망록이고 싶지만은 않을 거예요. 잊어 버려야 할 기록이라면 더 좋겠지요. 지난 시간의 일들을 반성한 것들을 쓰고 싶으니 반성문이라 해도 좋아요. 하지만 단 한 행간이라도 남에게 상처를 주는 것이면 안 된다고 생각해요. 글쎄, 자신은 못하겠어요. 어쨌든 내가 남에게 상처를 주면 나도 남에게 상처를 받을 것이니 그 선후는 알 수 없겠지만요.

내가 뱉은 담배 연기도 빗속으로 흩어져갔다. 그녀가 돌연 내 눈을 들여다봤다.

우습지 않나요? 솜씨 좋다는 박공마루가 왜 탈퇴했는지 아직도 모른단 말이에요? 그 새끼가 썼다는 글과 똑같은 것들이 블로그의 이곳저곳에 망령 난 노파처럼 싸돌아다니기에 내가 한 소리 퍼부었기 때문이에요. 저격병인가 저격순가 하는 작자는 현역 군인이기는커녕 어디서 방위병이라도 제대했는지도 모를 위인이고, 풀카운트 저 새끼는 주둥아리에 엉겨 붙으면 다 사기가 되는 놈이라서.

그녀는 티셔츠의 깃을 세우며 자리에서 엉거주춤 일어섰다. 나는 그녀를 주저앉힐 수 없었다. 한때 동문선에서 글을 자주 올리는 사람들과, 백아와 종자기가 나누었다는 지음을 소망했던 시절이 있었다. 그러다가도 가끔은 그 소망이 그 반대편 낙망의 배면 너머로 사라지는 느낌을 받기도 했다. 까닭을 알 수 없었다. 내 안에서 꿈틀거리던 속물근성을 어찌 감춰볼 방도도 없이 틈만 나면 제어하지 못하고 드러냈기 때문이었다.

방에는 다들 자나요? 한잔 더 할 수 있겠어요?

그녀는 현관문 앞에 서 있었다. 풀카운트는 사이버 사기꾼과 같다고 했다. 변호사는 고사하고라도 사법시험 1차 합격도 해본 적이 없는, 신림동 고시촌에서 기숙하다가 지난 대선 때 대통령 후보 팬클럽 사이트에 드나들며 온갖 사이버 패악을 저지른 후 지금은 전혀 새로운 닉네임으로 둥지를 옮겨 다닌다 했다.

고모담님은, 그럼 왜 그자에게…….

찝쩍댔느냐, 따위의 말은 차마 꺼낼 수가 없었다. 오늘 밤 보여줬던 그녀의 행동에 대하여 내가 흔쾌히 이해하고 받아들일 수 있는 것은 그다지 많지 않았다.

언젠가 말하지 않았나요? 나는 여자라니까요. 그런데, 그 자식, 봐요. 저 방에서 저렇게 뻗어 버렸잖아. 찌질이 같으니라구.

그녀는 씹어뱉듯이 말하고 현관 출입문을 열었다. 잠시 후 문을 빼꼼이 열어 얼굴만 들이밀더니 한마디를 더했다.

여봐. 아직도 더 부릴 만한 허울이 남아 있는 거요? 한잔 더 하려면 들어와요. 안 와도 상관없지 뭐, 나 혼자라도 마실 테니.

그때 넘실대는 파도 소리가 들렸다. 오랜 시간을 적응했기 때문인지, 빗소리와 구별이 될 성도 싶었다. 온라인이란 게 본디 그런 거야. 첨엔 다 그래. 차츰 겪어 봐. 나중엔 무뎌지게 될 테니. 조금 전까지 고모담이 했던 말은 귓바퀴에서 쉽사리 떠나지

멀고 먼 이웃들 155

않았다. 아무것도 아닌 것들이 까불고 있어. 호통은 필요 없다는 듯이 나긋나긋한 음성으로 말하던 그녀. 절이 싫으면, 중이 떠나버리는 방법도 있거든.

나는 출입문을 열고 안으로 들어갔다. 시체처럼 쓰러져 있는 사람들을 도열하듯 바라보다가 고모담이 앉아 있는 술상 앞으로 다가갔다. 그러면서도 귀를 틀어막지도 않았고 비틀거리지도 않았다. 빗물 한 방울이 등줄기를 타고 흘러내리던 순간, 움찔 몸을 움츠렸던 것을 빼놓고는.

- 『문학들』 2006년 여름호

운수 좋은 날

별꼴이야. 손가락 사이즈를 장부장이 묻던걸?
반지를 끼면 참 예쁠 것 같은 손이래.
조그맣게 오므린 연홍이의 입술이 떠오르자
김천은 눈을 질끈 감았다. 시동이 걸린
차는 빗속을 뚫고 차고지를 벗어났다.
그런 말은 여관에 가자고 유혹하는 것과 똑같은 거야.
그 새낀 유부남이잖아.
널 가지고 놀겠다는 노골적인 흑심이란 말이야.
김천은 로터리에서 신호대기를 하기 위해
차를 멈췄다.

1. 새침하게 흐린 품이 눈이 올 듯 하더니 눈은 아니 오고

 비가 내렸다. 먼 외곽에서 동터오는 여명을 김천은 도시의 복판에서 바라보았다. 바람을 이기지 못하고 어지러이 나부끼던 빗물이 눈보라처럼 흩날리다가 와이퍼 앞에서 쓰러졌다. 사나운 날씨 탓이었는지 출근길의 수입은 평소보다 많았다.
 새벽에 교대할 때 운전대를 넘겨주던 동근이 형이 그랬다. 많이 벌려고 하지 마. 오늘 같은 날은 안전운전이 최고여. 그랬어도 김천은 궂은 날씨가 더 좋았다. 우산이 뒤집혀질 정도로 심술맞은 비바람이 몰아치는데 택시를 외면할 깍쟁이는 드문 법이다. 평소 같으면 꽉 막혔을 도로도 오늘따라 잘 뚫렸다.
 정오가 지날 무렵인데 벌써 150킬로를 넘게 뛰었다. 김천은 방향을 회사 차고지 쪽으로 잡았다. 점심을 회사 식당에서 먹을 요량이었다. 운이 좋으면 연홍이를 바라보며 밥을 먹을 수도 있었다.

오전만 해도 짭짤한 수입이었다. 첫 손님으로 여자나 안경 낀 사람은 태우지 말아야 한다지만 오늘 첫 손님은 안경 쓴 여자 손님이었다. 역한 술 냄새를 의식해 문을 반 뼘쯤 열었더니 여염집 주부 같아 보이지만은 않던 중년 여자는 5천 원이 넘는 거스름돈을 받지 않았다. 날이 밝아진 후에 태웠던 할머니 셋은 터미널에 가자해 놓고 각자 천 원씩 걷었다. 3천 5백 원의 요금 중에 5백 원을 깎아달라고 했다. 그랬는데 할머니들이 내린 터미널에서 장거리 손님이 탔다. 단숨에 벌충되고도 남았다. 러시아워 때는 긴 코스로 이어지는 손님을 태운 후 연달아 합승이 이뤄졌다. 양해를 구하지 않았어도 그들은 불만을 표시하지 않았다. 로터리 기사식당에서 늦은 아침식사를 때우고 나오는데 교복을 입은 남자 고등학생 하나가 우산을 접은 채 다가와서는 2천 원밖에 없다며 학교까지 좀 태워달라고 사정했다. 이 녀석은 지금이 아니면 영영 학교에 안 갈지도 모른다는 조바심이 앞서자 바로 타라고 했다. 학생을 내려주고 나니 시외 손님이 탔다.

"뇌경색이래. 왼쪽이 완전 마비됐다는데, 시벌늠들이 요번에도 또 산재 처리를 안 해주겠다고 했다누만."

식판을 든 양씨가 따라왔다. 열흘 전에 운행을 마치고 차고지에 들어오자마자 운전석에서 쓰러졌다는 마형님 얘기를 밥을 먹는 동안 늘어놓았다. 119 앰뷸런스가 와서 병원에 데려갔다는 것과 이튿날 교대 후에 몇 사람이 병문안을 갔어도 정작 마형님은 만나지 못했다는 사실은 알고 있었다.

"작년, 성중이 담뿌 사건도 우리가 멍청했던 거여. 저 새끼들은 끝까지 발뺌했잖어. 택시 업계가 힘들다고 난리 치지만, 법인

택시 기사가 힘든 거지 어디 택시회사가 힘든 거여? 하여간 도둑놈의 새끼들."

식사를 마친 양씨가 물컵을 내려놓으며 씩씩거렸다. 최근 노조 집행부 일을 맡게 된 김천에게 들으라고 일부러 하는 말 같았다. 성중이는 택시 경력 5년째였던 작년 겨울에 덤프트럭 밑에서 구조되었다. 렉카차 기사는 현장을 보자마자 차량결함을 의심했다는데, 회사는 택시공제의 보험처리 과정에서 불거진 정비 불량 사실을 철저히 부인했다. 병원에 누워 있던 성중이는 제대로 보상도 받지 못하고 병원비가 무서워 반강제로 퇴원하고 말았다.

"만 원이라도 더 벌겠다고 죽어라 독바리 뛰어 봤자, 사납금만 빵빵히 채워주고 회사 좋은 일만 시켜주는 거여. 마형님도 성중이 꼴 나는 거 아녀? 시집도 못간 딸내미들은 어떡하냐? 암튼 이번 만큼은 노조에서도 그냥 물러서면 안 돼. 본때를 보여야 한다구."

식당 앞 자판기에서 커피를 뽑아들고 플라스틱 의자에 앉으려는 순간 스쿠터 소리가 들렸다. 연홍이가 들어오는 소리였다. 사납금이 들어오는 대로 액수와 상관없이 연홍이는 스쿠터를 타고 은행으로 달려갔다. 김천은 양씨 뒤에서 연홍이를 바라봤다. 가까이 앉아 밥을 먹을 수는 없었지만, 연홍이가 밥때를 놓치지 않은 것만도 다행이었다. 그녀 말을 그대로 빌리자면, 배차부장인 장부장은 살쾡이 같은 놈이었다. 자기네 가스를 써달라는 유류회사로부터 1리터에 40원씩 리베이트를 받고 있었다. 배차도 2교대를 원칙으로 해야 하지만 기본급 인건비를 줄이기 위해 교대 근무를 무시하고 독바리를 권장하는 놈이었다.

운수 좋은 날 161

구내식당 쪽으로 가던 연홍이가 김천 쪽을 보더니 살짝 웃었다. 담배를 빼어 물던 양씨의 눈은 다행히 다른 쪽을 보고 있었다. 연홍이에게 화를 냈던 지난밤이 떠올라 김천은 마음이 심란했다. 한 번만 더 회식을 빙자해서 연홍이를 꼬드긴다면 장부장을 가만두지 않으리라 마음먹었다. 장부장 그 새낀 맘이 딴 데 있단 말이야. 그걸 몰라? 만약 술자리에 가자고 하면 곧바로 전화해. 차로 확 받아버릴 테니까. 하지만 쉬운 일이 아니었다. 서른을 넘긴 연홍이가 원하는 것은 결혼이었다. 근사한 결혼식까지는 못 올리더라도 살림이라도 합치기를 원했다. 적은 돈이지만 월급을 쪼개서라도 푼푼이 모아두어야 했다. 장부장 눈 밖에 나서 짤리기라도 한다면 김천으로서는 낭패가 아닐 수 없었다. 그도 역시 삼십 대 중반을 넘긴 후로는 생각이 변했다. 연홍이를 알기 전에는 독바리를 뛰기도 했다. 한 달에 25일 하루 17시간씩 매일 평균 300킬로씩을 뛰면 사납금 떼고도 기본급을 합치면 남들보다 수입이 많았다. 하지만 모든 것은 혼자였을 때의 얘기고 무엇보다도 몸이 따라주지 않았다. 시간이 나지 않으니 술도 마실 수 없었고 친구도 끊어졌다. 독한 놈이라는 주위의 조롱도 듣기 거북했다.

연홍이를 만나고 나서 2교대 근무로 바꿨다. 짝꿍인 동근이 형에게 오후 조를 맡기는 건 쉬운 일이었다. 오후 조가 사납금을 만 원씩 더 내야 했지만 손님은 오후 조가 더 많았으므로 동근이 형도 불만이 없었다. 김천은 5시 교대를 준수했다. 연홍이가 퇴근하기를 기다려 포장마차에 들려 소주도 함께 마실 수 있었다. 눈에 띄게 예쁜 얼굴도 아니고 날씬한 몸매도 아니었지만 김천은 연홍이가 좋았다.

회사 사주의 장남인 장사장과 그의 동생 장부장은 애당초 김천과 게임이 되지 않았다. 대항할 힘도 없고 의사도 없었지만 김천은 장부장이 싫었다. 장부장은 시도 때도 없이 연홍이에게 시녀 노릇을 시킨다고 했다. 그녀는 경리 업무 말고도 커피 심부름이나 사무실 청소 따위를 해야 했고 심지어 장부장의 구두도 닦았다. 나쁜 새끼. 김천은 수류탄을 쥔 탈영병처럼 심장이 뛰는 걸 느꼈다. 강한 자 앞에서 한없이 강해지고 싶은데 약한 자 앞에서 매정한 칼날을 휘두르는 장부장을 보고도 김천이 할 수 있는 일은 별로 없었다. 회사의 도처에서 장이사나 장부장을 마주칠 때마다 속으로 나쁜 새끼라고 수없이 되뇌어 보지만 얼른 운전석으로 내달아 문을 닫아버릴 뿐이었다. 운전하는 도중 조그만 일에 쉽게 분개하면서도 정작 자신의 자존심에는 아무런 방어도 못하는 남자, 김천은 이를 악물고 빗속을 걸어갔다.

별꼴이야. 손가락 사이즈를 장부장이 묻던걸? 반지를 끼면 참 예쁠 것 같은 손이래. 조그맣게 오므린 연홍이의 입술이 떠오르자 김천은 눈을 질끈 감았다. 시동이 걸린 차는 빗속을 뚫고 차고지를 벗어났다. 그런 말은 여관에 가자고 유혹하는 것과 똑같은 거야. 그 새낀 유부남이잖아. 널 가지고 놀겠다는 노골적인 흑심이란 말이야. 김천은 로터리에서 신호대기를 하기 위해 차를 멈췄다. 와이퍼가 멈춘 틈을 타서 거센 빗줄기가 유리창으로 달려들었다.

2. 이 우중에 우장도 없이 그 먼 곳을 칠벅거리고

중년 남녀 한 쌍을 대학가 모텔 촌에 내려줬다. 뒷좌석에 앉아 있던 내내 남자는 여자의 얼굴을 쓰다듬으며 별 우습지도 않은 얘기로 킬킬거렸다. 대낮에 벌이는 행각치고는 민망하기 그지없었다. 불륜 커플은 금방 알아차릴 수 있었다. 부부 사이라면 운전사를 투명인간 취급하는, 농도 짙은 스킨십을 나눌 리 없었다. 김천은 룸미러에서 시선을 거두었다. 불륜일수록 당당했다. 모텔 안으로 들어가는 그들을 뒤로 하고 김천은 속도를 높여 그곳을 벗어났다.

대학 오거리 버스승강장에서 삼십 대로 보이는 한 사내를 태웠다. 그는 우산이 없었는지 뒷좌석에 타자마자 옷깃에 묻은 빗물을 털어내더니 양해도 구하지 않고 담배를 꺼내 물었다. 김천은 순간 화가 치밀었지만 티를 내지 않았다.

"산으로 갑시다."

밑도 끝도 없는 행선지였다. 가만 보니 사내는 귀마개를 올려붙인 겨울용 등산 모자를 썼고 두툼한 등산복 파카를 입기는 했다.

"산이라뇨? 무슨 산을?"

"산으로 가잔 말이요. 산꼭대기. 안 들려?"

김천은 룸미러를 통해 사내를 뜯어보았다. 낮술을 마신 게 분명했다. 등산복 차림이니 산에 가고자 하는 사람으로 보이긴 했지만 비바람이 몰아치는 이런 날씨에 산행이라니, 어이없는 일이었다. 갸름한 얼굴에 희다 못해 누렇게 뜬 피부, 고생을 모르고 살아온 내력이 그의 얼굴에 묻어 있었다. 이빨 끝으로 담배필터를 물고 있는 모습은 불량기를 드러내려는 안간힘 같았다. 시비를 걸기 위해 택시를 잡아 탄 사람인 듯 등산복은 운전석을 향해 턱을 치켜들었다.

"손님. 어떻게 산꼭대기를 갑니까? 이 빗속에 말입니다."

이런 사람일수록 강하게 나가면 안 된다는 것을 김천은 알고 있었다. 맞부딪쳐 부러질 필요는 없었다. 끓어오르는 감정을 억누르고 있는 김천의 등 뒤에서 고함이 터져 나왔다.

"야이, 새꺄! 손님이 가자면 찍소리 말고 갈 것이지, 무슨 말이 많아? 택시 운전하는 주제에."

깜짝 놀란 김천이 차를 세우려 했다. 이따위 막말이나 듣자고 이런 고생을 하나 싶어 한숨이 다 나왔다. 화장실도 제때에 못가기 일쑤고 밥때를 놓쳐 한 줄짜리 김밥으로 끼니를 때울 때도 있었다. 네비게이션을 장착하기 전에는 행선지를 찾지 못해 혼나기도 했다. 아무리 그렇다고 해도 무턱대고 욕부터 앞세우는 이런 인간들은 답이 없었다. 택시 일을 시작했던 처음 6개월간 스페어기사 시절에는 배차를 받지 못해 그냥 집으로 돌아갈 때도 있었다. 돈을 벌지 못하니 쓸모없는 사람이었다. 재즈 바를 어설프게 흉내 낸 실내포장마차를 변두리 공단 입구에 열었다가 가진 돈을 몽땅 날려 먹은 지 2년 만이었다. 그사이에 사촌 형의 우유대리점에 나가기도 했고 신용카드 영업이나 채권추심을 하는 신용정보회사를 다니기도 했지만 먹고 살만한 벌이가 되지 못했다. 거기에 비하면 제 손으로 직접 현찰을 만지고 있는 지금이 더 나았다. 훤칠한 키에 농구스타 채명근을 닮은 외모라 하여 어디 가서 굶어죽을 상은 아니라 했지만 김천의 주머니는 늘 비어 있었다.

"손님. 그러니까 어느 산으로 모셔달란 겁니까?"

김천은 한껏 부드러운 목소리로 되물었다. 차는 이미 세워버린 뒤였다. 등산복이 자동문을 내리더니 유리창 밖으로 담배꽁초를 내던졌다. 내려진 창 안으로 빗물이 들이닥쳤다. 김천은 자신의 눈에 불이 붙는 것을 느꼈다.

"난 말이야. 산에 가려고 집에서 나왔거든. 그러니, 산에 가자고. 산! 산, 몰라?"

등산복은 입가에 비웃음을 머금었는데 김천을 말려들게 하는 의도적인 술책으로 보였다.

"손님. 낮부터 술을 많이 드신 걸 보니 무슨 언짢은 일이 있으셨나 본데요. 다 잊으시고. 우선 거 창문 좀 닫아 주십시오. 비가 많이 들치잖습니까?"

"언짢은 일? 좆 까고 있네. 나이도 어린 택시 운전수 새끼가 별 시답잖은 소릴 다 해요."

등산복은 무조건 싸우려고 작정한 사람 같았다. 김천으로서는 분통이 터질 일이었다. 따져보고 말 것도 없이 등산복의 나이는 자신보다 많아 보이지 않았다. 아무리 많이 먹었다고 쳐줘도 서른 중반은 넘지 않은 것으로 보였고 자신은 실제 나이보다 더 들어 보이는 편이라 사십 대로 보는 사람들도 많았다. 무슨 힘겨운 일이 있었나 보다, 그리하여 화풀이할 대상을 찾다 못해 택시를 잡아탄 게로구나, 한 살이라도 더 먹은 내가 참아야지, 하는 마음을 유지하려 했다. 김천은 성자라도 된 듯 미소를 머금었다.

그럴수록 등산복은 열 받아 죽겠다는 태도로 일관했다. 빗물에 젖다보면 아무것도 아닌 일에도 화가 날 수 있다. 천태만상의 손님을 태우고 다니지만 자동차 안이라는 한정된 공간에서 상대방을 공격하는 것만을 목적으로 하는 언어는 필경 싸움을 유발했다. 불특정 대상을 상대해야 하는 택시 기사는 숙명처럼 유별난 경험을 해야 했다. 한밤중에 취객을 상대해야 하는 건 고역이었다. 사소한 문제로 시비가 붙어 문짝을 발로 차거나 백미러를 부러뜨리는 건 예삿일이었다. 그럴 때마다 원하지 않은 싸움을 벌여야 했고 자존심과는 무관하게 사태를 원만하게 수습해야 했다. 스페어기사 딱지를 떼고 운전 일에 겨우 재미를 붙여 갈 무렵, 선배들이 그랬다. 이 바닥이 원래 그래. 첨엔 다 그렇다니까. 그래도 적응하다 보면 나중에는 무뎌지게 되니, 속이 문드러져도 참고 일단 넘겨버리면 돼.

　그렇게 생각하다 보니 등산복이 차 바닥에 자꾸 침을 뱉는 것도 참을 수 있었다. 그렇지. 오바이트하는 것보다는 낫지 않겠어? 서른셋에 택시를 시작해서 마흔까지 일하고 있는 양씨는 인생의 30대 전부를 택시에 바쳤는데 남은 돈은 하나도 없다고 했다. 교대 없이 혼자서 뛸 때는 하루 18시간씩 사흘간 연달아 일을 하고나면 한낮에도 자연스럽게 눈이 감겨 졸음운전이 됐다. 몸이 아파 하루라도 쉴라치면 사납금이 입금되지 않았다고 급여에서 공제를 당했다. 출근 시간에는 봉고차와 카풀에 손님을 다 뺏기고 퇴근 시간 이후에는 대리운전이 손님을 가로채 갔다. 공제조합에 20만 원만 내면 해결될 사고도 나중에 개인 면허를 받기 위해 무사고를 유지하려면 몇 배나 되는 수리비를 자비로 부담해야 했고 승객이 시비를 걸거나 난동을 부려도 애써 참아야 했다. 택시총량제로 개인 면허가 올 스톱된 상황에서 모든 게 부질없는 일이 되고 말았지만.

"산이 여러 군데잖습니까? 설악산을 가자는 거요? 지리산을 가자는 거요? 구체적으로 말씀을 해주셔야 차를 움직이죠."

김천은 자신이 생각하기에도 기특할 정도로 침착했다. 무슨 말이든 늘어놓아 등산복이 품고 있는 적의를 희석시키고자 했다. 불경기가 오래 이어지다 보니 세상을 한탄하는 사람도 많으리라 싶었다. 실직이나 부도와 같은 몹쓸 일을 겪었는지도 모른다. 말 못할 봉변을 당한 사람들이 갖는 결심은 단순할 것이다. 누구든지 나서라. 머리로 받아버릴 테니. 등산복의 심정을 헤아려 보는 순간, 김천의 심정은 차분해졌다. 오죽하면 힘없는 택시기사를 붙잡고 시비를 붙을까. 이 순간만 넘기면 된다. 이런 정도의 불쾌한 기억은 먼지처럼 날려 버릴 수 있다. 오래지 않아 기억에도 남지 않은 과거로 돌아앉을 것이다. 봉변도 단련이 되면 일상이 되고 불편한 기억은 돌처럼 굳어져 오히려 내던지기 쉬워질 수도 있다.

"빨리 가잔 말이야. 빗속을 달려, 우리 산 정산에 앉아 오백 한 잔씩만 마시자구."

등산복은 처음부터 반말 투였다. 맨 정신이었다면 아무렇지도 않았을 것을, 술 때문이라 위안하고 말기에는 김천은 억울했다. 등산복을 태우지 않았더라면 지금쯤 얼마나 편하고 좋았을까를 생각하니 가슴 안이 먹먹해졌다. 사실 태우고 싶지 않은 승객은 많다. 택시를 잡는 모습을 보면 한눈에 판단이 섰다. 제 발걸음도

가누지 못해 비틀거리는 승객은 그냥 지나쳐 버리면 그만이었다. 실수로 잡히더라도 콜 손님 모시러 가야 한다며 발뺌해 버리면 됐다. 스무 살도 안 되어 보이는 고삐리 녀석들이 술에 취한 채 '따블'을 외치는 모습을 보면 내려서 두들겨 패주고 싶을 때도 있다. 목적지에 도착했는데도 끝까지 잠에서 깨지 않고 뻗어버리는 승객도 있었다. 못된 마음을 먹는다면 지갑을 털어버리고 승객을 아무데나 던져 버릴 수도 있었다. 실제로 유사한 사건들이 벌어졌다. 만취한 남자가 택시 기사에게 어깃장을 놓다가 스트레이트 한 방을 맞고 코뼈와 앞니가 부서진 채 한적한 외곽도로에 버려진 사건은 일주일 전에도 있었다. 하지만 이 모든 경우들은 두말할 나위 없이 밤에 벌어지는 일이었다. 빗길이긴 하지만 오늘처럼 오후 세 시에 일어나는 상황은 아닌 것이다.

"손님. 거 참, 바닥에 침 좀 뱉지 마시라니깐요. 문 좀 올리시고요. 비가 다 들치는구만."

"내 돈 주고 택시 타는 거면, 내 맘대로 하는 거지. 무슨 참견이야? 빨리 출발해. 길가에 왜 차를 세워놓고 지랄이야? 지금 승차 거부하는 거야?"

등산복은 침을 모아 다시 차 바닥에 뱉었다.

"거, 환장하겠네. 침을 뱉으려면 창문이 열려 있으니까 밖에다 뱉으라고, 좀."

참다못한 김천이 자동문을 끝까지 내려버렸다.

"어? 이 새끼 봐라. 추워 죽겠고만, 창문 안 올려?"

등산복이 김천의 목을 뒤에서 감아 당긴 채 주먹을 내뻗었다. 김천이 등산복의 손아귀를 물리치며 상체를 숙였고 동시에 사이

운수 좋은 날 169

드 브레이크를 끌어올렸다.

3. 온몸이 옹송거려지며 당장 그 자리에 엎어져

 "지구대 음주 소란행위는 경범죄 처벌법에 의해 즉각 범칙금이 부과될 수 있습니다. 그만들 하세요."
 경사 계급장이 질렸다는 투로 손사래를 치며 뒤편으로 빠졌고 김천 또래로 보이는 경장이 다시 나섰다. 빗물에 머리카락을 흠뻑 적신 등산복은 분이 풀리지 않는다며 줄곧 소리를 질러댔다.
 "이래서 회사 택시들을 싹 쓸어 없애버려야 한다 이거야, 개인택시만 다녀도 충분하거든. 개인택시에는 저따위 한심한 기사 새끼들이 있을 리 없잖아? 저 새끼처럼 손님에게 불친절한 기사들은 벌점을 매겨서 택시 면허를 취소시켜 버려야 한다니까. 시민의 민생을 생각하는 정부가 돼야지? 경찰은 뭐하는 거야? 저런 새끼를 가만 놔두고?"
 등산복은 경장 계급장을 상대로 다시금 연설을 늘어놓을 기세였다. 경장은 등산복의 말을 잘라버렸다.
 "쓸데없는 소리 그만하고, 일루 와 봐요. 내 말 잘 들으세요. 일단 신고가 접수되면 우린 무조건 사건 처리를 해야 하니까, 잘 생각해 봐요. 젤 좋은 건 두 분이 화해를 하시는 거예요. 가만 들어 보니 이런 거고만? 손님은 기사님이 운행 거부를 해서 항의를 하자 뒤돌아서서 머리채를 잡아끌었다는 거고, 기사님 말은 다짜고짜 뒤에서 목을 감고 머리를 계속 때렸다는 거잖아요? 딱 보니까 상처도 크지 않는 것 같고 서로 사과를 하면 간단히 풀릴 수도 있는 문제란 말이에요."

경장의 말이 채 끝나기도 전에 그게 아니라며 등산복이 악을 쓰며 달려들었다. 김천은 회사로 연락을 했다. 이러다간 교대시간도 못 맞출 것 같은 조바심이 들어 짝꿍인 동근이 형에게도 전화를 했다.

112에 전화를 건 사람은 김천이었다. 정차되어 있는 차 안에서 난데없는 몸싸움이 일어났다. 그래도 김천은 침착하고자 애썼다. 상대를 자제시키려 했던 노력은 등산복의 폭력 앞에서 부질없는 것이었다. 물기 묻은 등산복의 왼팔이 김천을 목을 감싸 조였고 뒤통수를 주먹으로 가격했다. 강도는 약했더라도 참을 수 없을 정도로 모욕적인 상황이었다. 김천은 조건반사를 하듯 휴대폰을 들어 112를 눌렀다. 등산복의 손을 뿌리치고 돌아서서 그의 멱살을 움켜잡았다. 이런 거지같은…… 한주먹감도 안 되는 새끼가, 세상 살기 싫은 거지? 무슨 일 땜에 이러고 다니는지 몰라도, 너 오늘 한번 돼져 봐. 김천은 손을 뻗어 등산복의 머리카락을 잡아챘다. 그러면서도 김천은 경찰을 부른 이상 주먹만은 쓰지 말아야겠다는 다짐을 곧추세웠다. 그런데 패트롤카에서 내린 경찰들을 본 순간 등산복이 비명을 지르기 시작했다. 와, 나이도 어린 택시 기사 새끼가 승차거부도 모자라 이제는 손님을 패네. 아이고 죽겠네. 좆같은 세상, 억울해서 못 살겠네. 경찰들은 한심하다는 시선을 흘리며 그들을 뜯어말렸다.

"승차거부하면 어떻게 되는 줄 아시죠?"

경장은 김천을 향해 의자에 앉으라는 유도를 했다.

"승차거부, 아니라고요."

제풀에 지쳐 의자로 주저앉던 김천이 어이없다는 식의 항변을 했다.

"지금 기사님이 승차거부를 했다는 게 아니고, 승차거부를 하면 무조건 과태료 20만 원이 부과된다, 이걸 말하려고 한 거예요."

사흘 분의 수입이었다. 그렇게 걸려들어 20만 원의 벌금을 맞아본 경험을 가진 기사는 다시는 승차거부를 하지 못했다. 속절없이 흐르고 있는 지금 시간도 아까웠다. 두 시 반쯤에 등산복을 만났으니 벌써 두 시간여를 보내버렸다. 한 시간에 서너 번의 손님을 태운다고 치면 못해도 이삼만 원은 날려버린 셈이었다. 오전에는 평소보다 많이 벌었나 싶어서 좋아했는데, 오후 들어서 이렇게 공칠 줄 몰랐다. 운이 좋은 날인 줄 알았더니 재수 옴붙은 날이었다. 사과고 합의고 뭐고 다 그만두고 빨리 나가서 돈을 벌고 싶었다. 경찰 얘기를 듣던 등산복이 생담배를 입에 문 채 이죽거렸다. 경장은 등산복이 문 담배를 손가락으로 가리켰다.

"거, 담배에 불붙이면 안 돼. 여긴 금연구역이야. 그리고 댁도 웃을 일이 아니에요. 뭘 잘했다고 웃어? 택시 기사를 만만하게 보다간 큰코다쳐. 운행 중인 자동차 운전자를 폭행하거나 협박을 하면 특가법, 즉 특정범죄 가중처벌에 관한 법률이 적용된단 말이요. 5년 이하의 징역이나 2천만 원 이하의 벌금이라고."

"여봐요. 경찰 아저씨. 폭행은 무슨 폭행? 멀쩡한 대낮에 택시 한번 잘못 탔다가 얻어터지고 이렇게 개망신 당하고 있는데, 지금 누구 편을 들고 있는 거야?"

"거, 담배에 불붙이지 말라고."

"담배 좀 피우면 안 되나?"

"멀쩡한 대낮? 옳지. 그래서 이 모양으로 낮술을 드신 거구만? 비 오는 날에는 서로 조심해야 한단 말이지. 허긴, 술이 웬수지, 사람이 문젠가?"

저쪽 테이블에 물러나 있던 경사 계급장이 이쪽으로 걸어오더니 다시 끼어들었다.

"이런 경우는 무조건 쌍방이거든요. 쌍방 폭행은요, 서로 좋을 게 하나도 없어요. 누가 더 상처가 심한가, 누가 더 상해진단서가 많이 나오느냐에 따라서 많이 나오는 측이 피해자, 적게 나오는 측이 가해자, 이런 식으로 되는 겁니다. 벌금도 차이가 나고 그래요. 그런데 둘 다 큰 피해도 없는 것 같은데, 꼭 끝까지 가봐야겠소? 서로 사과하고 여기서 끝내란 말이요. 그래야 서로 좋은 거지, 사람들이 왜 말귀를 못 알아들어?"

서로들 화해해서 사고 접수를 그만두라는 경사 계급장의 권유는 계속 이어졌다. 지구대를 들락거리던 다른 경찰관들이 정수기에서 물을 받아먹거나 전화를 하는 동안 그들을 쳐다봤다. 무심한 표정 같았으나 비오는 낮 시간에 저런 한심한 인간이 있을까 비웃는 것 같았다.

무엇인가를 뇌까리다가 김천을 향해 키득거리던 등산복이 지구대 출입문을 열고 들어온 한 여자를 보고 고개를 떨어뜨렸다. 우산을 접은 여자는 아무 말도 하지 않고 등산복 쪽으로 걸어왔다. 당혹스러움이나 어려움보다는 실망과 수치심이 그녀의 얼굴에 짙게 드리워져 있었다. 경장 계급장은 등산복의 배우자임을

운수 좋은 날 173

확인한 뒤 그녀를 지구대 한쪽에 있는 의자에 앉기를 권했다.
"하다하다 별짓을 다 하네? 비오는 날, 산에 간다고 나서더니 파출소가 산인가 보네? 참."
여자는 기가 차다는 표정을 짓다가 머리칼을 쓸어 올렸다.
"낮술을 드셨나 봐요. 사모님도 오셨으니까 인제 아저씨 모시고 들어가셔야 할 텐데, 여기 기사님과 화해를 하셔야 한단 말입니다."
경장의 정중함은 당장에 별 도움이 될 것 같지 않았다. 여자의 등장에 잠시 기가 죽은 듯 보이던 등산복이 다시 머리를 쳐들었다. 처음부터 존칭마저 사라져 버린, 고함 섞인 남자들끼리의 대화가 독기를 품은 여자가 끼어든다 해서 나아질 기미는 없었다. 등산복이 억지소리를 지를 때마다 상황을 짐작한 여자는 김천을 바라보며 좀 참아달라는 애원조의 표정을 안쓰럽게 지었다. 김천의 주머니에서 휴대전화의 진동이 울렸다.

- 많이 벌어! 안전운전!

연홍이가 보낸 문자 메시지였다. 김천은 싸울 상대를 잃어버린 무사처럼 힘이 빠져 버렸다. 답답하고 싫었다. 한시바삐 지구대를 벗어나고 싶었다. 경찰들의 고충도 만만치 않아 보였다. 평소 길거리에서 교통 법규 위반을 적발 당해 스티커 발부 문제로 승강이를 벌였던 기억들이 무덤덤하게 되살아났다. 경찰들도 수완이 좋았다. 등산복과 김천을 상대로 번갈아가며 화를 내기도 하고 겁을 주기도 했다. 계속 그런 식으로 버틸 거요? 본서로 연행해야지 안 되겠네? 상대방 입장을 생각해 봐요. 댁 같으면 좋겠소?

"이제 나는 가겠습니다. 저 사람은 알아서 하세요."

김천이 경장을 보고 힘없이 말했다. 알량한 의협심이나 남자로서의 자존심 같은 건 이 순간 아무 짝에도 쓸모없다는 생각이 들었다. 연홍이 얼굴이 떠오르자 등산복은 보기도 싫었다. 지금 이 시간에 왜 여기에 있어야 하나, 따져보니 걷잡을 수 없는 후회가 밀려왔다. 저런 자식은 법의 심판을 받아 혼을 내줘야 한다고 생각했지만 더 이상의 다른 방도가 그에게는 없었다.

"어딜 가? 겁쟁이 새끼, 이거 완전 쫄았잖아?"

여자 때문이었는지 등산복은 아까보다는 풀이 죽은 목소리였지만 완전히 물러서지는 않았다. 돌아서려는 김천이 다시 등산복을 째려보았다.

"여봐. 나를 언제 봤다고 반말이야? 말끝마다 욕지거리고?"

"나이도 어린 새끼한테 반말 좀 하는 게 뭐가 잘못인데?"

"어리다니? 누가 누구보고 어리다는 거야? 막내 동생뻘도 안 되겠고만."

어차피 나이 문제가 통용될 상황은 아니었지만 등산복이 악다구니를 쓰고 달려들다 보니 할 말이 없었다. 마흔을 바라보는 김천으로서는 삼십 대 중반도 되어 보이지 않는 등산복의 무모한 객기가 치기 어리게 느껴졌다. 그런데 등산복이 기어이 수류탄을 까서 내던지고 말았다.

"너, 민증 까봐. 이 새꺄."

민증을 까보자니, 이게 단단히 미쳤구나 싶었다. 그런 말은

운수 좋은 날

어린아이들이나 쓰는 말인 줄 알았다. 그러한 행위가 자신과는 무관한 것으로만 여기고 살았는데, 그야말로 경찰 입회하에 서로의 생년월일을 확인해야 하다니, 김천의 입가에 헛웃음이 맴돌았다. 나이를 확인한 다음 등산복이 어떤 식으로 꼬리를 내릴지 상상해 보니 그렇게 하는 것도 괜찮을 성 싶었다. 어떤 경우든 피가 거꾸로 돌 지경이었지만 김천은 모든 걸 감내하겠다는 투로 침착하게 지갑을 꺼냈다. 경장은 자신의 손에 건네진 두 사람의 주민등록증을 번갈아 확인했다. 별것도 아닌 일임에도 괜스레 김천의 가슴이 두근거렸다.

"이쪽이 더 나이가 많긴 하네."

판정을 끝냈다는 듯이, 경장은 등산복에게 시선을 던졌다. 순간 등산복의 얼굴이 활짝 펴졌다.

"거 봐. 어린노무 새끼가."

김천이 두 눈으로 확인한 등산복의 나이는 자신보다 세 살이나 많았다. 순식간에 맥이 풀리고 말았다. 주민등록증에 명기된 나이의 숫자는 그 이전의 분쟁과 시비를 일거에 무력화시키고 등산복을 기고만장하게 만들었다. 주객전도, 사건의 주제는 저만치 나자빠져 버리고 엉뚱한 승리자가 탄생한 것이다.

회사의 심과장이 지구대에 도착했을 때는 상황이 종료된 후였다. 짧은 스포츠머리에 씨름선수 같은 덩치로 기사들의 교통사고 현장에 나타나 사고 수습을 도맡아 하는 직원이었다. 하지만 심과장이 할 일은 이제 없었다. 김천은 등산복을 대놓고 외면했다. 더 이상 말할 기분도 아니었고 할 말도 없었다. 경찰관들에게 수고했다는 의례적인 인사만을 남기고 자리를 뜰 참이었다. 험상궂은 심과장의 인상에도 주눅 들지 않고 등산복은 득의 연한 미소를 머금은 채 여유를 부렸다. 그래봐야 김천에게는 별 볼일 없는 위인으로 보일 뿐이었다. 살아오면서 오늘 같이 통쾌한 승리는 처음이라는 듯 등산복은 엄지손가락마저 치켜세웠다. 기가 막힐 노릇이었다. 경장은 갑자기 바쁜 티를 냈다. 어서 모두들 나가라는 의미였다.

"우리 지구대는 말이에요. 1톤 트럭인데, 5톤 화물을 적재하고 다니는 거라고 보시면 됩니다. 완전 용량 초과예요. 이런 과부하가 따로 없죠. 비번도 반납하면서 근무하는 날이 허다해요. 오늘처럼 대낮부터 주취자에게 치이는 날엔 기운이 빠져요. 유동인구는 많아 패싸움을 벌이지, 시민 인권을 최우선시해야 하는 지침에 따라 취객들이 난동을 부려도 꼼짝할 수 없거든요. 5톤이 사는 동네이니, 5톤을 적재할 수 있는 엔진과 완충기가 필요해요. 그만한 시설과 인원이 채워져야 한다 이겁니다. 과적 차량은 반드시 사고를 내기 마련이잖아요. 어이구, 이러니 우리도 날마다 죽을 맛이죠."

경장은 친절한 경찰관의 이미지를 한껏 드높이고 싶었는지 주차장까지 따라 나왔다. 빗물을 피해 주차센터 처마 밑에서 악수를 하고 돌아서려는데, 등산복이 비위 거슬리는 웃음을 던지며 기어이 한마디를 더했다.

"어이, 아우님. 교대 시간도 넘었을 텐데, 차는 넘겨버리고 저기 가서 우리 오백 한 잔씩만 하고 가지?"

여자가 그의 옷소매를 잡아끌었고 등산복은 여전히 기분 나쁜 웃음을 내던지며 반대편으로 사라졌다. 김천은 휴대폰을 빼들고 동근이 형에게 전화를 걸었다. 상황이 종료되었으니 올 필요는 없고, 형이 있는 곳으로 가겠다고 했다. 멀지 않은 곳에 교대 장소가 있었지만 빗길이기 때문에 당장 서둘러야 했다. 교대 시간인 다섯 시를 넘겼기 때문이었다. 세 시간을 허비한 탓에 손해가 이만저만이 아니었다. 오늘 같은 날만 이어진다면 25일 만근 시 주어지는 기본급은커녕 오늘 분 사납금 채우기도 버거울 것이다.

동근이 형을 만나 교대하려면 차를 청소하고 가스도 채워줘야 하는데 심과장이 자기 차로 회사에 들어가자고 했다. 웬일인지 장부장이 김천을 찾는다고 했다. 김천은 빠르게 몸을 움직여 택시의 뒷좌석으로 올라탔다. 빗줄기가 거세게 들이닥쳤지만 등산복이 뱉어놓은 침 무더기를 닦고 매트도 정리해 주어야 했다. 그런데, 택시 문을 열어둔 채 매트를 끄집어내는 순간 김천의 입은 떡 벌어지고 말았다. 뒷자리의 매트 사이에서 곱게 접힌 5만 원 지폐 두 장을 발견한 것이다. 헉, 이게 뭐야? 등산복 그 자식이 떨어뜨렸나 보네? 이 정도면 사납금 주고도 충분히 남고 말지. 김천은 잽싸게 지폐를 주머니에 집어넣었다. 가만, 오늘 참, 희한한 날이네?

4. 이 원수엣 돈! 이 육시를 할 돈!

어두워진 뒤에도 비는 그치지 않았다. 짧은 이동 거리였지만 우산이 없었으므로 비를 맞아야 했다. 김천은 비를 피하지 않고 심과장을 따라 걸었다. 겨울을 알리는 비인데도 차갑지 않았다. 사무실 현관에 연홍이가 서 있었기 때문이다. 연홍이는 퇴근 시간도 제대로 지키지 못하고 사무실의 온갖 뒤치다꺼리를 떠안고 있었다. 그녀는 김천에게 불모의 땅에서 솟아나는 새순 같은 존재였고 잠 못 드는 이의 창가에 찾아와 희망을 노래하는 파랑새 같았다. 김천은 매끄럽게 생긴 외모에 비해 좋은 조건을 가진 남자가 아니었다. 가끔은 건들건들 몸을 흔들며 자신의 미래를 내맡기기에 부족해 보일 수도 있는 남자였지만 그녀는 김천을 따랐다. 김천은 사무실 앞에 서 있는 그녀에게서 눈을 뗄 수 없었다.

노조에서 평소 말하길, 장부장이 부르는 자리에는 가지 말라고 했다. 그렇지만 오늘은 어쩔 수 없다. 경찰 지구대에서 회사로 구원 요청의 전화를 걸었던 입장에서 장부장을 대놓고 뿌리칠 수 없었다. 김천은 장부장과 시선을 마주치지 않으려 좌우의 동정을 살폈다. 그들이 자리한 곳은 고급스런 분위기가 나는 숯불구이 집이었다. 택시 일 하면서는 술을 마신다는 게 쉽지 않았다. 오전 조 일을 끝내고 교대를 하자마자 근처 대폿집에 들러 소주를 맥주 컵에 가득 따라 마시고는 서둘러 집으로 가버리는 경우도 많았다. 운전을 위해서는 충분한 수면이 필요했다. 오랜 시간 동안 술을 마셔 잠이 부족한 상태가 이어지면 일하는 데에 지장을 주기 마련이었다. 졸음운전을 이기다 못해 골목이나 공터에 차를 세워두고 부족한 잠을 채우다 보면 사납금을 채우기가 힘들었다. 폭음은 그만큼 손해였다. 몸이 축나려니와 돈을 못 벌었다. 그런 이유로 김천은 평소에도 술자리를 피하려 했지만 노조 집행부에 참여하게 된 최근에는 술 마시는 날이 부쩍 많았다. 빨리 들어가서 잠을 자라는 연홍이의 문자 메시지를 받고나서야 자리에서 일어서곤 했다.

"천이, 자네도 메타기로 장난치는가?"

장부장이 고기를 뒤집다 말고 농담인 양 물었다. 그냥 하는 말이 아니라는 것은 알고 있었다. 김천에게서 무엇인가 약점을 잡아내려는 의도는 노조 얘기를 꺼낼 때부터 짐작하기는 했다.

"무슨 말씀? 언제 얘기를 하시는 거요?"

아주 옛날에는 기계 조작도 했었다는 얘기를 들어보긴 했다. 하지만 요즘에는 봉인이 되어 있어 조작은 꿈도 꾸지 못하고, 대신 외국인이나 취객들에게 요금병산제를 이용해 바가지를 씌우는 경우가 더러 있었다. 미터기의 주행 버튼을 누르면 기본요금에서 2킬로 당 100원이 올라가도록 되어 있지만 복합 버튼을 먼저 누르고 주행을 누르면 1킬로 당 100원씩 가산되었다. 미터기로 표시되는 금액이니 누구인들 항의할 수도 없었다. 장부장이 말하는 장난은 이것을 말하는 것 같았다.

"회사에 대해서 불평이나 불만이 있으면 털어놔 보게. 그걸 들으려고 마련한 자리니까."

장부장이 소주 한 잔을 꿀꺽 넘기더니 김천에게 잔을 권했다. 나이도 대여섯 살 차이밖에 나지 않는 주제에 어린 조카 대하듯 말했다. 김천은 잔을 가만히 내려놓았다. 장부장의 술수를 모를 리 없었다. 기본급 증액이나 유류비 보조 여부 같은 단체교섭 수준의 화제를 요구한 게 아니었다. 새벽길을 나서며 김밥 한 줄과 우유 한 팩으로 끼니를 때우고 사는 운전자들의 속사정과 처우를 귀담아 들어줄 사람이 아니었다. 사납금 인상은 실질적인 임금 삭감과 같다는 주장이나 차량의 안전도 확보와 정기 점검의 현실화를 언급한다면 버럭 성질을 내고 나갈 버릴 사람이었다. 원수 같은 돈, 돈을 벌려면 별 수 있나? 김천은 말없이 술잔을 비웠다.

"딴 게 아니라, 이번에 마정수 씨 껀, 있잖아요? 노조에서는 뭐래요?"

대화에 끼어들 기회만 엿보던 심과장이 나섰다. 뇌경색이라면 구체적으로 어느 정도의 중증인지 김천으로서는 알 길이 없었다. 그는 더운 숨을 내뱉었다. 회사 사주의 차남인 장부장이 자신의 심복을 자처하는 심과장을 앞세워 김천을 만나고자 했던 의도가 드러나는 순간이었다. 심과장이야 서른을 갓 넘긴 청년으로 평소에도 편하게 지내는 사이였지만 장부장 말이라면 꼼짝 못한다는 사실쯤은 연홍이를 통해서 알고 있었.

"뇌경색이라지 아마? 모르긴 해도 심각한 모양이야. 다 큰 딸들이 있다는데, 불쌍해 죽겠어."

심과장을 향해 푸념을 섞어 던진 말이었어도 김천의 의도는 뚜렷했다. 회사에서 잔머리 굴리지 말고 사고 처리를 위해 최선을 다해줬으면 좋겠다는 뜻을 장부장에게 전하고 싶었다. 산재 처리가 안 된 탓에 끝내 병원에서 쫓겨난 성중이의 덤프트럭 사고가 떠올랐다. 장부장이 김천에게 술잔을 들기를 권했다.

"자네 얘긴 다 듣고 있네. 이번에 노조 집행부에 들어갔다면서? 집행부 사람들과 어울려 맨날 술 먹고 다니느라 사납금 맞추기도 힘들다는 얘기 말이야. 어째, 좀 한심하지 않나? 나이가 몇인가? 결혼도 해야지."

퍽이나 김천을 생각해 주는 것처럼 장부장이 말했다. 저렇게 말하는 꿍꿍이는 뭘까, 헤아려 보던 김천이 소주 한 모금을 털어 넣었다. 늦은 귀가와 통음이 연일 이어졌다. 결론도 나지 않는 안건을 갖고 토론하는 데에 김천은 익숙하지 않았다. 집행부 모임 시각을 알게 되면 동근이 형에게 피해가 가지 않도록 교대 시간을 맞추려 애썼다.

정신을 차려보면 술집이었다. 빨리 귀가해서 한숨이라도 눈을 붙여야 다음 날 일을 할 수 있을 텐데 그럴 때는 오히려 모임이 더욱 늘어졌다. 건성으로 교대를 해서 운전대를 잡으면서도 이러다간 큰일 나겠다 싶었다. 날이 밝도록 술이 깨지 않아 음주측정을 하게 되면 적발될 만한 상황도 있었다. 소주잔을 마주하며 얘기를 나눴던 지난밤의 화제들이 가쁜 숨을 내뱉으며 되살아났다. 그런 날은 하루가 길었다. 숙취와 잠의 한판 승부가 종일토록 이어졌다. 술은 왜 마셔가지고 이런 개고생을 하나, 후회하다가 연홍이를 생각하면 정신이 번쩍 들었다. 이러다가 돈은 언제 벌어? 해바라기처럼 김천만 바라보고 있는 여자인데 참으로 살기 팍팍한 여건으로 만들었구나 싶어서 죄스러웠다. 어떤 때는 사무실 출입을 일부러 피하기도 했다. 힘겨운 나날을 보내고 있을 연홍이와 마주칠 자신이 없었다. 운전만 해도 먹고 살수 있다는 자신감은 당초부터 없었다. 아무리 성실하게 일을 해도 사납금과 가스비, 식비를 제하면 하루에 3만 원을 가져가기 힘들었다. 연홍이의 박한 봉급으로 희망을 당겨올 수 없었다. 호사스럽게 살지는 못하더라도 목구멍에 거미줄을 걷어낼 수 있어야 두 사람의 살림을 합칠 수 있었다. 연홍이에게 드러내놓고 말하지는 않았지만 김천은 늘 벼랑 끝에 선 심정으로 스스로를 무장하고 있었다. 그래도 택시 일이 마음 편하고 떳떳했다. 이직을 결심하고 다른 일을 해보겠다고 물을 바꿔 들어갔다가 자맥질만 하고 물러서는 상상을 수도 없이 반복했다.

"천이 자네는 꼭 내 동생 같아서 하는 말인데, 노조에 너무 깊숙하게 개입하지는 말게. 누울 자리를 보고 다리를 뻗으란 말이네. 자네 앞가림도 해야 한다는 거지. 뭐 오해하지는 말고. 막말로 자네한테 노조를 탈퇴하라고 한 것도 아니잖나? 그러니 우리 둘이 친하게 지내보자는 말이네. 무슨 일이 생기면 서로 연락도 좀 하고."

말은 그렇게 하고 있었지만 회사 사람이면 누구나 아는 대로 장부장은 노조 격파가 궁극적 목표인 사람이었다. 실제로 노조를 무시하고 탄압하는 데에는 그의 형인 장이사보다 더한 사람이라고 정평이 나 있었다. 작년에도 이런 일로 한차례 홍역을 치른 적이 있었다. 기사들의 성향을 선별해놓고 개별적으로 술을 사주고 다니면서 온건한 조합원부터 하나둘씩 탈퇴를 종용했다. 하지만 노조를 탈퇴했던 조합원의 양심선언이 잇따라 터져 나왔고 노동조합 노동관계조정법을 위반한 부당노동행위로 지목되면서 지금의 새 노조가 태동하게 되는 계기를 만들었다. 사측의 노조 탈퇴 종용을 묵인했던 당시 노조는 조합원들의 임시총회 요구에 맞부딪쳐 와해되었고 그 바람에 전임 집행부에 몸담았던 여러 사람이 회사를 떠나고 말았다.

"왜 이러셔? 부장님이 나 같은 사람과 친해지고 싶겠어요? 이유는 딴 데 있겠죠."

김천은 헤프게 웃음을 흘렸다. 이건 뭐 숫제, 회사 쪽 밀대가 되어달라는 거 아냐? 노조 탈퇴 회유는 작년에 된통 혼쭐이 났기 때문에 다시 시도하지는 않을 것이고 노조 측의 동향이나 정보를 알려줄 끄나풀이 필요했던 모양이었다.

"아이고, 김기사님. 다른 이유가 뭐가 있겠어요? 간혹 만나 소주나 한잔씩 나누자 그런 거죠."

심과장이 고깃덩어리를 이빨 끝으로 뜯어 우물거렸다. 이래서 장부장이 부르는 술자리는 가지 말라는 거구나, 김천은 한 잔의 술을 더 마셨다. 의식의 물꼬를 틀어막고 가슴 안을 먹먹하게 했던 의문들이 조금씩 풀어졌다. 연홍이에게 전해들은 회사 내부의 문제점들은 떠올리기도 싫었다. 원래 그런 자들이니 별 도리가 없다 해도 회사에서 그들이 저질렀던 일들은 무지막지했다. 장부장은 재력 있는 집에서 태어나 쉽게 회사의 중심에 서게 되었고 유흥과 탐닉을 위해 가진 돈을 탕진하며 살았다. 회사 사람들은 그의 뒤통수에 대고 짖고 까불다가도 면전에서는 꼼짝도 못했다. 오히려 그를 인정하고 있는 자신을 발견하고는 제 스스로 깜짝 놀라서 계면쩍은 표정을 감추기에 급급했다. 회사 안에서만큼은 그는 제왕이었고 누구도 그걸 부정할 수 없었다.

"고기 타잖아. 어서 많이 들게. 천이. 나는 노조에 대한 생각을 바꿨어. 노조도 회사를 위해서 꼭 필요한 조직이란 걸 알았다는 말이네. 그런데 말이야. 어디까지나 회사가 번창하기 위해서 노조가 존재해야 하는 거지, 회사를 말아먹게 하는 조직이라면, 누가 그걸 원하겠나? 회사가 있어야 기사도 있는 거고, 회사가 잘 나가야 기사도 먹고 사는 것 아닌가? 그런 의미에서 노조가 내부적으로 어떻게 돌아가고 있는가 하는 정도는 알아 두어야겠다, 하는 게 내 생각이야."

 장부장의 속셈을 짐작하고 있는 김천으로서는 심과장처럼 따라 웃을 수 없었다. 마형님 산재처리 건이 돌출한 것은 어쩌면 부수적인 문제인지도 몰랐다. 택시부제나 총량제 조사, 사납금 인상과 관련한 갈등이 당면한 문제로 예고되어 있었다. 이들과 대적하여 노조가 이길 수 있을까. 김천은 휴대폰을 만지작거렸다. 아까부터 연홍이에게서 연달아 문자 메시지가 들어왔다. 노조 집행부와의 술자리라고 둘러 붙였더니 술 그만 마시고 빨리 귀가하라는 내용이었다.

 "내가 노조를 무시하는 걸로 보이나? 이렇게 노조 간부와 어울려 술을 마시고 있는데도?"

 장부장의 잔을 받기 위해 김천은 휴대폰을 주머니에 넣었다. 노조가 이들을 이길 수 있다는 확신이 들지 않는다 해서 무조건 질 것 같다며 나자빠질 수도 없었다. 장부장 말처럼 노조는 모두를 위해서 반드시 존재해야 했다. 편을 가르려고 해서 갈라지는 게 아니고 애초부터 하나 될 수 없이 나뉘어져 있는, 그래서 서로가 적의조차 갖지 않으면 피차에 존재 가치도 없는, 서로를 완고하고도 치밀하게 밀어내야만 서로에게 도움이 되는 관계인 것을 알았다. 전임 집행부는 이들과 밀월 관계를 가졌기 때문에 와해되고 말았다. 노조위원장이 대놓고 사장을 이해해야 한다고 말했고 사장 형제와 술이나 마시고 다녔기 때문에 균형이 무너진 것임을 알았다. 이런 마당에 이들의 프락치 노릇을 할 수는 없었다. 김천은 술잔을 소리 나게 내려놓고 자리에서 일어섰다.

"내일 운행도 해야 하고, 먼저 가봐야겠네요. 비싼 고기 잘 먹었습니다."

돌아서는 김천을 심과장이 막아섰다. 당황했는지 장부장은 붉어진 낯빛을 감추려 헛기침을 했다.

"김기사님. 왜 이러세요? 우와, 진짜 성질 급하시네. 이 자리가 불편해서 그러슈? 그러면 더 편한 데로 모셔야겠네?"

5. 괴상하게도 오늘은 운수가 좋더니만

긴 하루였다. 지겨울 만큼 내리는 겨울비였지만 맞을 만했다. 더 거세게 내려서 회초리처럼 아프도록 맞고 싶었다. 궁색하긴 했지만 비는 구실을 만들어줬다. 장부장이 인도하는 길을 따라가며 김천은 모든 걸 비 탓으로 돌렸다. 평소에는 일어나기 힘든, 이상한 일들을 겪은 날이었다. 생각해 보면 모두가 빗속에서 벌어진 일이었다. 그래, 비만 안 내렸어도 달라졌겠지. 장부장과 함께하는 술자리는 비 때문에 벌어진 많은 사건 중 하나라고 돌려 버리고, 내일이면 모두 잊을 수 있다고 믿고 싶었다. 이미 비에 젖은 몸이니 거기에 술 한 잔을 더 붓는다고 해서 크게 달라지기라도 할 것인가. 눈자위가 풀어지더라도 머리카락이 흐트러져 산발이 되더라도 빗물에 술 한 잔을 섞어 마시면 그만이었다.

젖은 네온 불빛을 따라갔다. 또 다른 술집이었고 심과장의 투박한 웃음소리가 넓은 룸의 테이블 위로 떨어졌다. 양주와 맥주를 섞은 폭탄주가 분주히 돌아다녔고 심과장은 노래방 기계로 노래를 불렀다. 도우미 여자가 김천 옆에 앉아 술을 따라 주었는데, 스피커 소리에 섞여 알아들을 수 없는 말을 지껄였다. 노래를 마친 심과장이 여자의 볼우물을 꼬집었다.

"너, 우리 팀장님 모시는 걸 영광으로 알아라."

심과장은 김천을 팀장님으로 불렀다. 기사님이라고 부르는 것보다는 싫지는 않았지만 낯선 여자들 앞에서 부리는 허세치고는 씁쓸했다.

"쟤들은 뭐하러 불렀어?"

김천이 심과장 귀에 대고 말했다. 심과장이 연출한 조치였겠지만 김천은 불편했다.

"신경 쓰지 말고 신나게 노시라고요. 야, 뭐하냐? 우리 팀장님 잔이 비었잖아?"

심과장이 마이크를 잡기 위해 자리에서 일어섰다. 김천은 얼음 하나를 끄집어내어 입안으로 집어넣었다. 택시 회사 운전수 처지로서는 가보기 어려운 식당과 술집을 따라다니며 장부장의 눈치를 살피고 있는 자신의 모습이 낯설기만 했다. 부박한 도시의 거리에서 몇 백 원 단위까지 헤아리며 하루의 수입을 따지는 택시 운전사의 삶은 비루했다. 먹고 살기 힘든 현실이라지만 내색하지 않았다. 그날 번 만큼 쪼개어 싸구려 술을 마셨다. 그랬지만 누구에게도 꿀리지 않았다. 감나무 잎사귀에 떨어지는 빗방울 소리를 들으며, 오늘처럼 빗줄기가 굵어지면 빗소리를 안주 삼아 술을 마셨다. 기분 좋게 술에 취한 채 동료들과 어깨동무를 하며 서로의 지친 어깨를 다독여주었다. 남루한 동료들의 잔에 술 한 잔 가득 부어준 뒤 내일을 위한답시고 집으로 돌아갔다.

오늘 밤은 어떻게 기억될까. 해괴한 일들만 벌어졌다. 꼬일 대로 꼬인 하루였다. 등산복 사내만 만나지 않았어도 괜찮은 날이었다. 하긴 등산복이 흘린 돈까지 수입으로 잡았으니 사납금 내고도 남긴 했다. 게다가 비싼 고기를 먹고 여자와 함께 좋은 술도 마시고 있으니 오늘이야말로 운수 좋은 날이라 할 만했다. 살다 보면 호강하는 날도 있는 법이지. 김천은 지그시 눈을 감았다.

내일 운행이 걱정이긴 했다. 동근이 형과 5시 교대를 지켜야 했다. 술 깬 순간에 떠오르게 될 지난밤의 기억들, 실없기만 한 언행들이 만신창이가 된 정신에 바싹 달라붙어 있을 것이다. 갈증 난 스펀지에 물이 스미듯 종일토록 비가 내렸다. 자동문을 내리다가 옷소매를 때리던 빗물에 움찔 놀랐을 순간을, 유리창 와이퍼 밖으로 물러가면서 아득한 아파트 단지 너머까지 천지를 장악하던 빗줄기를 기억할 것이다. 부스스한 머리칼을 대충 쓸어 넘기고 야구 모자를 눌러 쓴 채 핸들을 잡을, 내일 새벽에도 비가 내릴까. 근린공원 외진 도로에 차를 세운 채 밀린 잠이라도 청해야 할지 모르겠다. 공원 벤치에 앉아 조간신문을 읽고 있는 중년 남자가 부러워 보일 때 철봉대 난간에 또르르 굴러 떨어지는 물방울, 푸르스름하게 흩어져 가는 담배 연기 속에 또 하루가 열릴 것이다. 김천은 시큰해진 콧날을 손등으로 문질렀다.

"팀장님도, 노래 한 곡 하셔야죠."

심과장이 김천에게 노래책을 가져다밀었다. 그는 김천의 비위를 맞추는 데 전력을 다하고 있었다. 그걸 김천도 모르지 않았다. 심과장이 아니었으면 김천은 이 자리에 있지 않았다. 반드시 김천을 데려올 것이며 끝까지 책임질 것, 그리하여 노조를 무력화시키는 동력의 단초가 되게 할 것, 심과장이 장부장에게 내려받은 오늘의 과제는 이런 것일지도 몰랐다.

계절이 깊어졌다. 소설이 지났으니 대설이 다가올 테고 소한 대한을 맞이하면서 몇 차례의 폭설주의보를 이겨내야 한다. 스노체인을 장착한 차량을 운전하여 순백의 눈꽃을 자신의 몸 위에 얹어놓은 가로수 길을 달릴 것이다. 적막한 도시의 새벽을 달리는 자신의 모습을 떠올렸다. 꽃들이 지고 새들도 떠나가고 없는 도시를 달리는 택시 운전사의 모습이었다. 노래의 전주곡이 흘러나오자 김천은 마이크를 잡았다. 어떤 이는 꿈을 간직하고 살고 어떤 이는 꿈을 나눠주며 살며 다른 이는 꿈을 이루려고 사네. 노래를 부르는 동안 여자가 김천의 뒤에서 허리를 꼭 껴안았다.

"이 오빠, 인생도 좆나 구질구질한 모양이네?"

여자의 굴곡진 몸이 김천의 등과 허리로 강하게 밀착되어 왔다. 세상에 이처럼 많은 사람들과 세상에 이처럼 많은 개성들, 저마다 자기가 옳다 말을 하고 꿈이란 이런 거라 말하지만. 김천은 눈을 감은 채 노래를 불렀다. 적막한 들녘에는 아무것도 없었다. 언 살이 터지는 아픔 끝에 흉물스러운 생채기만 남았다. 밤늦은 시각에 운전석을 벗어나서 문득 올려다 본 밤하늘은 얼마나 막막했던가. 나 혼자만 이런 고생을 하며 살고 있다고 생각하면 모든 의욕을 잃어버린 채 될 대로 되라 포기하고 싶을 때도 있었다. 에라, 모르겠다. 이런 날도 있는 거지. 내일 일은 내일 생각하자. 김천의 목청은 한껏 높아졌다. 그 순간, 심과장이 출입문을 향해 소리쳤다.

"왜 이렇게 늦게 와? 우리 부장님 눈 빠지시겠네."

아수라장 같은 룸 안으로 한 여자가 들어왔다. 그 여자가 연홍이일 수 있다는 가능성에 대해서는 한순간도 생각해 본 적이 없었다. 당혹스러운 표정을 감추기에는 자신의 처지가 구차했다. 김천은 마이크를 바닥에 패대기쳤다. 마이크의 둔탁한 파열음이 스피커를 찢고서 터져 나왔다. 놀란 눈을 홉뜨고 있던 연홍이는 이내 울 것 같은 얼굴이었다. 장부장이 연홍이를 맞이하는 모습을 본 순간 김천의 시야는 까맣게 암전되어 버렸다.
"팀장님. 이게 뭐여? 노래 부르다 말고."
심과장이 김천을 향해서 다가왔다. 여자는 팔뚝에 더욱 힘을 가하며 김천의 뒤에 붙어 있었다. 장부장은 쭈뼛거리고 서 있는 연홍이의 손을 잡아 자신의 옆자리로 끌어당겼다. 김천은 주먹을 들어 눈을 씻어냈다.
"이래도 되는 거야?"
"어허? 팀장님?"
"경리과 여직원 꼬드겨서, 이래도 되는 거냐고?"
김천이 심과장의 손길을 뿌리치며 테이블 건너편에 앉아 있는 장부장에게 소리를 질렀다. 노래 반주곡이 그치면서 조용했던 공간이 새로운 소란으로 달아올랐다.
"저 새끼, 저거 뭐라는 거야? 저 눈 좀 봐. 사람 잡겠네? 지가 왜 이래? 고생하는 직원들 불러내 술 한잔씩 사주겠다는데, 왜 지랄이야? 어이, 분위기 조지지 말고, 곱게 앉아서 술이나 마셔."
장부장은 신경 쓸 것 없다는 투로 연홍이를 앉히려고 했다. 김천은 오른손에 잡힌 재떨이를 머리 위로 쳐들었다. 여자들이 비명을 지르며 한쪽으로 몰려들었다.

"김기사님. 왜 이래요? 미쳤어? 지금?"

심과장이 몸을 던져 김천을 막으려 했으나 김천의 손을 떠난 재떨이가 반대쪽 벽을 향해 날아갔다. 웅크렸던 몸을 세워 일어서려던 장부장이 다시 테이블 밑으로 몸을 숨겼다. 김천이 이번에는 안주 접시를 쳐들었다. 연홍이의 입에서 단말마의 비명이 터져 나온 것과 동시에 김천은 그대로 주저앉았다. 뒤통수에서 맥주병이 깨지는 둔탁한 소리와 함께 묵직한 충격이 달려들었다.

"미친 새끼. 술을 곱게 처먹어야지……."

심과장의 오른손에 깨진 맥주병이 쥐어져 있었다. 몸이 풀려버린 김천은 그대로 주저앉았다. 연홍이의 울음소리가 김천의 귓가에 아득한 꿈결인 양 멀어져 갔다.

똑같은 나날이었다. 눈을 뜨면 시작되는 하루, 아무렇지 않게 되풀이되어 온, 평범하기 이를 데 없는 하루였다. 겨울을 알리는 비가 속도와 기세를 바꾸지 않고 종일토록 내렸다. 떠나는 사람을 데려다주고 돌아오는 사람을 데려왔다. 자신도 모르는 사이에 운명처럼 올라 탄 택시에는 떠남에 대한 두려움과 만남에 대한 설렘이 부유물처럼 떠 있었다. 그렇게 하루가 지나갔다. 밤비는 굵어지고 있을까. 김천의 눈이 스르르 감겨졌다. 괴상하게도 오늘은 운수가 좋더니만.

-『문학들』 2012년 가을호

와이키키 브라더스

영화가 그랬어. 옛날 생각나기에

딱 좋은 장면들이었어. 가투가 끝나고 최루 연기를 뒤집어 쓴 채

다들 대폿집으로 몰려가 '진짜 노동자'를 부를 때는

기타를 치던 지나간 시절이 부끄럽기까지 했으니.

엘피 디스크가 자취를 감추고 황홀한 시디 음악이 나오면서

언플러그 음악들이 추억의 장면으로 사라져간 것처럼,

세상은 변했고 사람도 변했으며 나도 확실히 변했어.

그랬는데 이 한 편의 영화가

지나간 필름들을 죄다 되돌려놓고 마는 거야.

1

 3인조 밴드였다. 검은 벽면에 와이키키라는 영문 로고가 비스듬히 드러누운 채 네온의 빛을 희미하게 드러내고 있었다. 스스로의 발광에 지쳐 쓰러져 있는 듯 납작 엎드린 로고 바로 밑에서는, 드러머가 어깨를 들썩이며 스틱을 두드렸고 그 오른편에는 제 앞에 놓인 마이크에도 일정한 거리를 유지하고 있는 건반주자가 위아래로 튕겨 오르는 손을 들여다보고 있었다. 성우라는 이름을 가진 주인공은 기타리스트였다. 웃을 일이 별로 없는 세상을 살고 있다는 표정이었다. 샘물처럼 깊고 맑은 눈빛을 연기하는 그가 기타를 맨 한쪽 어깨를 늘어뜨린 채 마이크를 바짝 끌어당겼다. 그는 보컬이기도 했다.
 그래. 셋이면 충분하지. 네 명까지야. 세컨 기타 대신 키보드를 쓰기도 하지만 그래도 기타 음과 같을 수 있나? 나는 화면에서 시선을 떼며 고개를 돌렸다. 언제인가 명기도 그런 말을 했다. 베이스음은 말할 것도 없고 리듬 박스까지 완벽하게 터져 나오는 신디사이저가 판을 치는 세상이 올 줄 알았다면 차라리 드럼보다도 건반을 시작할 걸 그랬다고 했다. 그런데 거짓말처럼 이 영화에서도 똑같은 장면과 대사가 나왔다.

재미있겠죠?

도로의 건너편 신도리코 가게에서 온 여자였다. 십여 분이 지나도록 이리저리 기웃거리다 마침내 선택한 테이프는 세 개였다. 이 여자는 테이프를 골라놓고 영화에 관해 논평하기를 좋아했다. 어떤 때는 미리 준비해 온 사람인 양 영화에 대한 이런저런 상식을 늘어놓기도 했다. 나는 고개를 끄덕이기도 하고 슬며시 웃어주기도 했지만 사실은 알아들을 수 없는 이방의 언어를 듣는 심정일 때도 있었다. 맨 위에 놓인 테이프는 니콜라스 니클비였다.

찰스 디킨스의 원작이거나 영화에 나오는 제이미 벨 때문만은 아니에요. 자, 보세요. 20세기 폭스사 마크 보이죠. 헐리우드 영화는요. 콜롬비아나 20세기, 유니버설 정도면 틀림없더라구요. 적어도 배신을 당하지는 않거든요.

나는 그녀의 뭉툭하고 짧은 손가락 끝을 바라보았다. 20이라는 숫자가 입체적으로 새겨진 폭스사 마크 위로 그녀의 웃음소리가 잘게 부서져 내렸다. 바코드를 찍어 고유넘버를 입력시킨 뒤 테이프를 비닐봉지에 담아 그녀 앞으로 내밀었다. 그녀는 의기양양하게 가게의 문을 나설 테지만 복사기의 애프터서비스 문제로 몇 차례 전화 상담을 하다보면 정작 영화의 줄거리들은 토막 난 채 흩어지게 될지도 모를 일이었다.

가게는 여전히 한산하기만 했다. 오후 내내 들어온 손님이라야 아파트 1203호 여자가 5분 넘도록 진열대를 뒤적이더니 최신 한국 영화 두 개를 빌려 갔고 그 후로 미용실 아가씨가 여성 잡지 한 권을 가져갔을 뿐이었다.

아내가 도착했을 때는 영화도 중반을 넘어설 무렵이었다. 화면에서는 알코올 중독에 걸린 음악 학원 원장의 넋두리가 칼칼한 노랫소리로 살아나는 장면이 나오고 있었다. 봄비를 맞으면서 충무로 걸어갈 때 쇼윈도 그라스엔, 청승맞은 그의 목청이 사라지기도 전에 아내가 리모컨의 전원을 눌러 버렸다. 소주를 병째로 들고 있던 늙은 원장은 졸지에 화면의 어둠 속으로 사라지고 말았다.

또 이걸 봐? 명기 씨 만나면 똑같이 재현이라도 해보시게?

아내의 핀잔 어린 말투를 돌려세우며 나도 똑같이 눈꼬리를 쳐들었다.

좀 일찍 올 것이지. 명기, 일 나갈 시간 다 되어버렸잖아.

나는 레코더의 버튼을 눌렀다. 열 번도 넘게 보았기 때문에 다음 장면까지 죄다 기억하고 있는 영화였지만 테이프를 천천히 끄집어낼 때는 속에서 쓴 물이 올라왔다.

엉뚱한 말을 할지도 몰라. 그럴 땐 과감히 뿌리쳐야 해요. 명기 씨는 어디로 뛸지 모르는 사람이잖아.

아내는 카운터로 자리를 바꿔 앉은 후 컴퓨터 모니터를 보며 매상을 확인했다. 서랍을 열어 만 원짜리 지폐 두 장을 꺼내 줄 때까지 나는 그 앞에 서 있었다. 명기가 나를 만나자고 하는 이유를 아내는 궁금해했지만 정작 만나자고 한 사람은 명기가 아니라 바로 나였다. 내가 할 수 있는 일이 또 뭐가 있는데? 나는 바지춤을 추스르다 말고 지폐를 받아서 주머니에 구겨 넣었다.

되감기 도중에 먹혀 버린 테이프 하나를 아내 앞으로 밀어두었다. 가게의 출입문을 열고 나가는 내 등덜미를 향해서 아내는 기어이 한마디를 보탰다.

다 좋다 해도 절대 그 일만은 안 돼. 그런 줄만 알아.

2

그 일이란 게 그랬다. 모든 여자들이 다 좋아하더라도 자신의 여자만은 싫어하는 일. 그러다 보니 그 무렵의 친구들은 대놓고 여자를 사귀지 않았다. 친밀한 사이로 발전하더라도 내 것이라는 소유의 도장을 찍지 않았다. 그것만이 자유롭게 여자들을 만날 수 있는 방법이었다. 누가 가르쳐 준 것은 아니었지만 혹시라도 그중에 심각한 표정을 짓고 접근해 오는 여자가 있으면 슬쩍 비껴 나가기도 했다.

가끔 록 밴드의 공연 실황을 볼 때 그런 생각이 들었다. 요즘도 밴드는 인기가 있다. 모양과 취향의 미세한 변화일 뿐 록 밴드를 좋아하는 사람들은 지금도 여전했다. 실력도 있고 명망도 갖춘, 그러면서도 정통 록을 구사하는 밴드의 공연장 실황이 케이블 티비의 음악 전문 채널에서 나올 때마다 나부터 가슴이 두근거리는 것을 느꼈다. 명멸하는 사이키델릭 조명 아래로 구름처럼 모여든 청중들을 향해 소리를 내지르다가 스스로의 열기에 도취한 몸짓으로 헤드뱅을 하고 있는 청중의 모습에 맞춰, 똑같은 간격으로 헤드뱅을 하는 기타리스트와 보컬을 볼 때 나도 모르게 손가락 끝에 힘이 들어갔다. 손가락의 끝은 허리띠에 닿아 있을 뿐이지만 가죽 벨트의 매듭을 뜯을 때마다 둔탁하면서도 긴 울림을 가진 베이스기타 음이 나는 것 같았다.

해질 무렵의 도심은 또 다른 채비를 하고 있었다. 사람들은 삼삼오오 짝을 지어 저마다의 자리로 이동했다. 도로는 이내 번잡해졌고 사람들은 옷깃을 여민 채 그 안으로 빨려 들어갔다. 거추장스런 겉옷은 빨리 벗어버려야 할 부담이었다. 도처의 술집들은 사람들의 잡스러운 사연들을 접수할 것이며 술에 취한 사람들은 정도 이상으로 자신의 사연을 과장할 것이다.

다 왔어. 케이에프시 막 지나간다.

명기에게서 휴대폰이 왔다. 그는 약속 장소인 나이트클럽의 후문에 나와 있다고 했다. 그가 일터로 삼고 있는 업소라는 게 언제나 일정한 것은 아니었다. 수시로 바뀌는 탓에 고정된 일자리라는 것은 당초부터 기대할 수 없었다. 한 곳에서 몇 개월씩 일할 때도 있지만 며칠 만에 그만두는 때도 있었다. 어떤 때는 지방으로 일자리를 옮겨버려 오랜 시간 동안 연락이 두절되기도 했다. 이번 업소는 넉 달쯤을 넘기고 있으니 제법 오래 끄는 셈이었다.

너만 마셔라. 난 이따 일 끝나고 마시지 뭐.

명기가 내 앞에 놓인 잔에다 소주를 따랐다. 투명한 빛깔로 채워지는 술잔을 물끄러미 바라봤다. 저녁 식사를 하자고 들어온 식당이었지만 명기는 밥을 먹지 않았다. 몇 가지의 반찬이 나왔는데 그 속에 콩나물 무침도 있었다. 명기야. 콩나물이다. 봐

라. 나는 젓가락을 들어 콩나물 몇 가닥을 집어 들었다. 우리 같은 딴따라들은 말야. 요런 걸 잘 섭취해야 돼. 콩나물 대가리만 있어도 소주를 몇 병씩은 깔 수 있잖냐 말야. 명기는 언제나 그랬다. 용돈이 궁했던 어린 시절이었기 때문에 다른 안주야 생각지도 못했었겠지만 어쭙잖은 치기도 엉겨 붙어 있었을 것이다. 게다가 음악을 한다는 사람들이니 콩나물 모양의 음표를 연결시키고 싶었던 심정일 수도 있었다. 다만 그 장소가, 지산동 연습실의 차가운 시멘트 바닥이었는지 그 골목 언저리의 허름한 선술집이었는지는 정확히 기억나지는 않았다. 그런 게 중요한 것은 아니었으니까.

애 엄마는 잘 있지?

나는 소주를 한 모금 넘기다 말고 명기를 바라보았다. 그는 주름 패인 눈웃음으로 대답을 대신하며 술병을 들었을 뿐이었다. 그런 것은 묻지 말고 술이나 마시라는 뜻이었다.

봄이 되었고 교정의 플라타너스들도 제법 생기를 되찾을 때였다. 남자애들은 하나둘씩 군대로 끌려갔고 여자애들의 머리칼은 파마 스타일로 바뀌었다. 지금 생각해 봐도 어이없는 일이긴 하지만, 맨 처음 안미와 명기를 만나게 해준 것은 다분히 충동적이었다. 그러나 한 번 감행한 위선은 덧칠해질수록 질기고 뻔뻔해지는 법이었다. 유치한 프러포즈는 그만두더라도 그 흔한 고백조차 해본 적 없는 안미를 명기에게 덥석 소개해 준 것은 한 번이라도 그녀를 더 만날 수 있지 않겠느냐는 약아빠진 계산 때문이었다.

학교 전체를 털어 봤자 자신들끼리 좋아서 뭉쳐 만든 록 밴드가 겨우 서넛 정도였다. 학살자의 처단을 요구하는 유인물이 기습적으로 뿌려지던 학내였지만 어깨에다 기타를 매고 다니는 학생들이 심심찮게 보이기도 했다. 세고비아 통기타를 잡으면 귀에 익은 로망스 멜로디 정도는 누구나 뜯으려고 달려들었을 뿐만 아니라 록 밴드를 하는 남자애들을 보면 알게 모르게 흠모하는 여학생들이 분명 있었다. 그렇더라도 안미는 그런 부류는 아니었다.

카타콤에서 젤로 맘에 드는 애가 누군지 말해 봐. 안미에게 그런 제안을 하면서도 정작 나의 속내를 말하지는 못했다. 며칠 전부터 너희 집 근처의 슈퍼 앞에서 너의 귀가를 기다리며 속이 까맣게 타들어 가는 것을 스스로 지켜보고 있는 남자애가 있는데, 혹시 알고 싶지 않니? 라고 물었어야 옳았다. 스스럼없는 나이였을 때니까 그렇게 말했어야 했다. 그런데 내뱉은 말은 과녁과 동떨어진 곳으로 날아가고 있었다. 학교의 여러 록 밴드 중에서 가장 좋은 연주력을 갖췄다고 자부하는 카타콤의 베이시스트가 자신에게 지분 냄새 풍기는 수작을 거는 것이라고는 짐작조차 못하게 해야 한다는 생각만 들었다. 어쨌거나, 안미는 슬쩍 눈망울을 키우며 놀란 표정을 지어 보였다. 나는 그녀의 머리카락을 한쪽으로 모아 묶은 헤어핀을 내려다보고 있었다.

드럼 치는 친구 있잖아. 난 그 애가 맘에 들던데? 수줍어하거나 망설임 따위의 감정은 저만치 밀쳐버린 듯한 대답이었다. 난 어떠냐고 묻는다는 것은 당초부터 말이 되지 않았다. 드럼, 그 자식은 안 돼. 두고두고 후회했던 일이지만 그 순간 나는 역시 그 말을 했어야 했다. 왜 하필 드럼이야. 사람 보는 눈이 그렇게도 없니?

 카타콤의 다른 멤버들보다도 유독 명기에게는 따르는 여자들이 많았다. 눅눅한 곰팡내가 떠날 날이 없었던 지하 연습실이었지만 그곳에는 늘 여자들이 있었다. 공개적으로 이 사람과 만난다고 표방하는 멤버는 없었다 해도 무시로 여자들은 바뀌어가며 들락거렸다. 연습실에 출입하는 여자들은 대개 멤버 중 한 사람과 개인적으로 친해지고 싶어했다. 석유곤로 위에서 라면이 끓고 있는 동안 챙겨온 밑반찬을 주섬주섬 꺼내는 이도 있었다. 사운드 드라이브 앰프가 지직거리더라도 결코 귀를 막지 않았으며 저속한 음담패설이 자신을 향해 날을 세우더라도 마냥 즐거워했던 그녀들.

 그중에는 여고생도 있었다. 눈빛만 마주쳐도 얼굴을 붉히며 볼우물에 발그레한 웃음을 띠던 아이였다. 무명 얼치기 대학생 밴드였지만 연습실 한쪽 의자나마 자신의 자리로 차지한 채 그곳에 앉아 있는 것 자체만으로도 감지덕지하는 표정을 감추지 않았다. 이언 길런이 탈퇴하기 전까지의 딥퍼플이 가장 좋아요. 리치블랙모어가 중심이 되어 나온 하이웨이스타 같은 곡 말이에요. 꿈을 꾸는 듯한 표정을 짓다가 뭘 알기나 하는 것인지 하드록을 얘기하기도 했고 리듬에 맞춰 어깨를 들썩이기도 했다. 꼬마야, 새우깡하고 소주나 두어 병 사와라. 누군가의 말이 떨어지면 오라비의 명령을 받드는 듯 후다닥 달려 나가던 그 소녀를, 어느 날 밤에 명기가 데리고 나갔다.

 그 고삐리 해치우느라 땀 깨나 뺐는데 말야. 알고 보니 그게 아니더라고. 그런 보약이었을 줄 내 첨부터 알았겠냐. 고것 참,

까진 날라리 줄만 알았더니 알고 보니 그게 아니더란 말이야. 이 튿날 명기가 우리를 만나자마자 으스대던 말이었다. 무용담 같 기만 한 얘기를 듣고 있던 멤버들은 으아, 하고 비명을 지르며 그를 쏘아봤다. 에라 이 잡놈아. 그렇게 혼자만 포식하고 다니니 다리통에 살이 안 붙지. 그 순간 키보드를 매만지던 태근이가 명기의 귀를 잡아 뜯었다. 한 걸음 멈칫거리며 물러서던 명기가 이상한 소리를 내지른 것도 그때였다.

야아, 이거 왜 이래. 난 박애주의자야. 모두에게 베풀고 살아야지. 가릴 게 뭐 있냐. 명기의 너스레에 그 누구도 그 이상의 토를 달지는 않았다. 다른 멤버들 역시 같은 상황이 주어지면 그렇게 했을 것이라고 믿었다. 서로의 표정을 보며 확인까지 했다. 정도의 차이는 있었더라도 결국 우리 모두 비슷한 사람들이지 않느냐는 표정이었다.

쫌만 기다려라. 곧 끝나. 명기는 내 앞에 놓인 잔을 다시 채웠다. 소주 한 병이 어느새 비워지고 있었다.

11시에 2부 할 거고, 마지막 1시 타임은 30분만 하면 돼.

그때까지 기다리라고? 나는 더워진 가슴을 느끼고 있었다. 그 사이에 뭘 하느냐고 묻기도 전에 그가 서둘러 말했다.

테이블 하나 달라고 해서 맥주 마시고 있든지. 1부 타임 끝나고 갈 테니까.

3

무엇 때문에 만나자 했냐고 그는 묻지 않았다. 듣지 않아도

다 알고 있다는 뜻일 수도 있었다. 2층의 구석진 자리였지만 무대가 내려다보이는 곳이었다. 맥주 세 병에 안주 하나, 명기의 이름을 팔아 주문할 필요가 없을 정도로 술값은 쌌다. 성인 나이트클럽도 불황을 겪는 것인지 예전처럼 발 디딜 틈 없을 정도의 성업은 아닌 듯 보였다.

무대 위의 밴드는 최근에 유행하는 댄스 가요에 어설픈 랩을 섞어 연주하고 있었다. 보컬이 엉성했다. 일류 호텔 나이트 무대에는 한 번도 서본 적이 없을 것 같은 여자 보컬이 무대의 전면에 서서, 꽉 조이는 비닐가죽 자켓을 좌우로 흩날리며 노래를 불렀다. 그 뒤에는 검정 선글라스를 낀 기타리스트들이 염색한 머리만큼이나 똑같은 몸놀림을 흔들어 댔다. 명기는 그보다 더 뒤쪽에서 얼굴을 드러내지 않은 채 드럼을 연주했다. 귓바퀴를 파고드는 전자 음향이 플로어에 엉킨 남녀들의 몸짓 위로 악다구니를 퍼붓듯 쏟아졌다.

아무리 쳐다봐도 연주자들 중에서 명기보다 나이 먹어 보이는 이는 없었다. 심지어 베이스를 치는 남자는 서른 정도밖에 되어 보이지 않았다. 내가 만일 저 자리에 서겠다고 한다면 명기는 무슨 말을 할 것인지. 막상 말조차 꺼낼 자신이 없었다. 나도 버틸 만큼 버텼어. 요즘 누가 비디오 테입을 빌려 보냐? 하루 종일 가게에서 죽치고 있어봐야 테이프 몇 개 빌려주고 그 대여료 받아서 어떻게 먹고살겠냐? 그렇다고 이제 다른 걸 해볼 엄두도 나지 않아. 부동산 컨설팅 한다면서 까먹은 돈은 속이 뒤집혀서 이제 말도 꺼내기 싫어. 식구들 눈치 보며 사는 것도 하루 이틀이지. 나의 사연은 측은함으로 전달되기는커녕 되려 그는 내 멱살부터 잡으려 들지도 몰랐다. 명기야 나이트클럽 연주로 산전수전 다 겪은 셈이지만 나는 기타를 놓은 지가 벌써 십수 년이 지난 마당이니 그럴 수밖에 없을 터였다.

이젠 디스코텍 시대야. 디제이 하나면 돼. 이십여 년 전, 내가 마지막으로 일했던 나이트클럽의 사장이 우리를 쫓아내면서 했던 말이었다. 입장료만 내면 손님을 받을 수 있는데 밴드가 무슨 필요야? 동네 건달 출신이었던 사장의 고압적 말투 때문만이 아니라 앞으로 기타를 쳐서 밥벌이하기는 글렀다는 생각이 든 것이 문제였다. 나이트면 나이트인 거지, 디스코나이트가 다 뭐야? 누군가가 주절거린 볼멘소리는 복합형 멀티플렉스 음주가무 공간이라는 디스코나이트 클럽의 출현 앞에 공허하게 흩어져 가고 말았다. 블루스로 가지 말고 우린 계속 락을 해야 해. 그게 무슨 소리야? 락보다는 블루스가 먼저야. 악기 앞에서 폼 잡고 앉아 음악적 견해가 맞지 않으니 우리 팀은 갈라서야 한다던, 숱한 얘기들은 이제 더 이상 나눌 필요가 없었다. 현실과는 동떨어진 사치이며 호사일 뿐이었다. 업소 사장과 개런티 액수를 갖고 흥정할 필요는 더더욱 없었다. 아시안 게임과 올림픽이 곧 우리 나라에서 열린다는데 할 게 없어서 딴따라 짓거리냐? 시도 때도 없이 반복되던 아버지의 잔소리도 다시는 기타를 들지 않겠다는 나의 다짐을 받고서야 잦아들기 시작했다. 어깨까지 기다랗게 늘어뜨리던 머리카락을 짧게 잘라낸 것도 역시 그 무렵이었다.

느린 곡이 끝나자마자 댄스 음악이 이어졌다. 스틱을 잡은 명기의 손도 다시 빨라지기 시작했다. 언젠가 명기가 했던 말이 생각났다. 지금 자신은 뱃살까지 까뒤집히는 수모를 당하며 살고 있다고 했다. 그렇게까지 생각하는 그에게, 내가 다시 기타를 잡겠다고 하면 순순히 수용할 리가 없었다. 명기도 한때 드럼을 그만둔 적이 있었다. 동네의 새마을 금고에 취직했다고 해서 찾아가 봤더니 허리춤에 가스총을 찬 채 유리문을 지키고 있는 경비원이 되어 있었다. 짧게 잘린 머리카락과 헐렁하게 끼워 입은 검정 제복이 도무지 어울리지 않아서 만나자마자 웃음부터 참아야 했다. 며칠이나 그곳에서 근무를 했던 것인지 지금에 와서는 생각나지도 않지만 건물 옆의 좁은 골목에 쭈그리고 앉아 담배를 나누어 피웠던 기억은 분명히 났다. 산다는 게 이런 것 아니냐며 담벼락에 담배를 비벼 껐었던가. 어떻게든 다른 업종으로 일자리를 바꿔보려고 애쓰던 그가 다시 야간 업소를 찾게 된 것은 어쩌면 계절의 순환만큼이나 거역하기 어려운 숙명인지도 몰랐다.

명기는 언제나 록 음악을 곁에 두고 있었다. 에프엠 라디오에 나오는 빌보드차트 순위에 귀 기울이며 잉잉거리는 멜로디만으로도 즐거워하던 그 시절, 우리 중에 마란츠 컴포넌트를 조립하여 자신의 방에 들여놓은 유일한 친구가 그였다. 시대가 바뀌었을 때도 워크맨 이어폰을 끼고 고갯짓으로 리듬을 맞추기 시작한 이도 바로 명기였다. 레드 제플린이나 야즈버드를 추종하던 그도 마흔을 넘기면서부터는 취향조차 변했는지 프로그레시브 록에 관심이 간다 했다. 그렇더라도 명기를 생각할 때면 아직도 정통 록의 리듬만이 익숙하게 살아나는 것은 어쩔 수 없는 일이었다.

4

 마지막 계단을 올라섰을 때 다리가 꺾이고 말았다. 정강이가 계단의 모서리에 부딪혔고 통증 때문에 정신이 번쩍 들었다. 계단은 나를 다치게 했으면서도 한편으로는 넘어지는 몸을 부축해 준 꼴이었다.
 비실비실한 건 하나도 안 변했네.
 명기가 제 집의 출입문을 열 때까지 중얼거린 얘기는 주로 옛날의 내 모습이었다. 그에게는 안미와 관련된 어떤 얘기도 달갑지 않았겠지만 나는 그녀의 안부만을 묻던 참이었다.
 그의 방에서는 늙은 총각 냄새가 났다. 장마철에 세탁하지 않은 옷가지에서 나는 냄새였고 담배 냄새와 함께 달려드는 묵은 김치 냄새 같은 것이었다. 창문을 열고 그 냄새들을 쫓아내려 했지만 쓸데없는 짓이었다. 우리는 거의 동시에 담배를 찾아 빼어 물었기 때문이다.
 변한 건 아무것도 없어.
 명기는 담배 연기를 길게 내뱉으며 새삼스럽게 지나간 햇수를 숫자로 따지고 있었다. 지산동의 지하 연습실 얘기였다. 빈 소주병들이 고장 나 버려진 앰프 위에 나뒹굴었고 석유곤로 위의 찌그러진 양은 냄비에는 식어빠진 찌개 국물이 밥풀에 엉겨 붙어 있었다. 안미를 만나게 해준 며칠 후였는데 명기가 대뜸 내 귓가에 대고 얘기했다. 오늘 밤 말야. 그 기집애 따먹을 거다. 나는 그 소리를 의심했다. 따먹을 거라니. 일렉 기타의 튜닝하는 소리를 탓하며 나는 명기의 말을 다시금 확인해야 했다. 뭐라고?

지금 뭐라고 한 거야? 한순간에 손아귀의 마디마디가 힘으로 넘쳐나는 것이 느껴졌다. 그의 얼굴을 후려친 것은 내가 먼저였고 그다음에는 두 사람이 달라붙어 먼지가 나풀거리는 연습실 바닥을 뒹굴었다. 안 돼. 죽어도 안 돼. 나는 명기의 허벅지 밑에 깔렸으면서도 끝까지 그 말을 되풀이했다.

비로소 시야 안에 들어오는 그의 방을 둘러보고 있었다. 정돈되지 못한 옷가지들이 일자형 옷걸이에 걸려 있었고 그 옆으로는 케이스를 별도로 두지 않은 채 형형색색의 CD들이 나란히 키를 맞추고 있었다. 무리 지어 있는 디스크의 중심에 조그만 오디오가 있었는데 그 상표를 보자마자 나는 명기를 돌아봤다. 넌 여전히 마란츠구나.

포장마차에서 일어섰을 때부터 명기는 자기 집으로만 가자고 우겼다. 살다 보니, 집에서 혼자 마시는 술이 제일로 맛있어지더라. 왜 그런 줄 아냐? 보기 싫은 놈들과 섞이지 않으니 그게 편한 거지. 명기의 고집은 전화기를 타고 들려오는 아내의 힐난마저 무시해 버렸다.

심란해. 한 편의 영화가 사람을 이렇게 축 쳐지게 할지는 미처 몰랐어.

갑작스런 말이었는지 명기는 맥주 캔을 옮기다 말고 나를 바라보았다.

영화라니?

캔 하나가 내 앞으로 내밀어졌다. 나는 방 한쪽 구석에 장식용처럼 놓여 있는 낡은 기타를 보고 있었다. 좌우의 완벽한 대칭, 데칼코마니처럼 음악에 관련된 모든 것은 좌우대칭을 이루는 것이라고 우기던 친구는 건반을 치던 태근이었다. 콘서트를 열 때 멤버의 위치를 잡기 위해서였다. 보컬이 한가운데 서는 것이라면 왼쪽에 베이스 기타, 오른쪽에는 퍼스트 기타가 있어야 한다는 것이었다. 그렇게 보면 명기는 정중앙의 뒷면에 위치해야 한다는 논리였는데, 좌우대칭의 근거로 악기들의 예를 하나씩 들었다. 건반이든 기타든, 드럼의 심벌 벨, 하다못해 마이크나 앰프라 할지라도 좌우대칭의 조화가 이루어져 있다고 했다. 드럼이 한쪽으로 비껴서 있으면 리듬도 한쪽으로 치우칠 수밖에 없다는 것이었다. 대학 가요제에 못 나갈 거라면 강변 가요제라도 나가야 한다는 목표도 점점 사라지던 때였다. MBC 방송국에서 하는 영 일레븐이라 프로가 있었는데 그곳에 출연시켜 주겠다며 양주까지 얻어먹은 브로커도 이미 바닥을 뜬 지 오래였다. 그래서 계획한 것이 콘서트였고 카타콤의 멤버로서는 마지막 공연이 될지 모른다는 조바심이 서로를 옥죄고 있었다.

　어쩐지, 이번에 백수 노릇은 좀 오래가나 싶더라니, 세상에. 영화를 보다가 그런 생각을 했단 말이야?

　갑작스런 격정이 일었는지 그의 목소리에 씩씩대는 숨소리가 덮여 있었다. 나는 힘없이 내려앉은 그의 눈을 바라보고 있었다. 무슨 말부터 해야 할지, 그래서 풍향을 잃은 바람개비처럼 갈팡질팡하기만 한 이 심정을 그가 알아차리게 될지, 나는 맥주 한 모금을 천천히 들이켰다.

5

 우습잖아. 그 옛날 봉봉 브라더스나 부르벨스 4중창도 아니고 와이키키 브라더스라니. 처음에는 제목에서 부여한 의미조차 어색하기만 했어. 그러더니 웬걸. 영화를 보고 있는데 문득 서글퍼지잖아. 지나간 시절, 지산동 지하 연습실의 담배 연기가 새삼 그리워질 줄이야. 기타를 만져본 지가 벌써 언제야. 세월의 언덕을 아득하게 넘어 온 것만큼이나 까마득하기도 하고, 그래서 다시 기타를 잡아본들 제대로 연주 한 곡이나 해낼 수 있을지 모르겠지만 말이야. 왜 이렇게 가파른 기억의 비탈길을 숨가쁘게 달려와 그 지하 연습실이 떠오르는지.
 주인공으로 나오는 기타리스트를 생각해 봐. 태근이를 연상할 수 있겠니? 깡마른 몸매에 달라붙은 청바지를 입은 채 갈기머리를 늘어뜨리며 노래를 부르던 태근이 말이야. 밴드를 한다는 사실 그 자체만으로도 매력이었던 시절이 아니었나. 다들 그랬지. 그런 사람이야 그 시절로 돌아가면 얼마든지 있었어. 영화에서처럼, 엉망으로 취한 룸살롱 취객들 앞에서 옷을 하나씩 벗더니 마침내 알몸으로 기타를 쳐야 하는 설정이 아니더라도 얼마든지 슬픈 인물이었어. 그렇고 말고. 결코 부르고 싶지 않은 노래를 씁쓰레해진 목청을 삼키며 부르던 그 노래는 '아파트'가 아니었던가. 그의 알몸이 슬픈 것이 아니었어. 술 처먹은 손님들이야 장난이었을지 모르지만 테이블에 널브러진 술잔과 땅콩 부스러기는 한 사람의 꿈을, 아니면 지나간 청춘들을 마음껏 비웃었을 테지. 그 장면에선 왜 눈물이 나는 건지. 눈물이란 게 원래 이렇게 갑작스러운 것인가. 이런 주책.

　친구들이 생각났어. 그중에서도 특히, 아직도 드럼 스틱을 놓지 못하고 밤무대를 전전하는 너 말이야. 스테어웨이 투 헤븐을 연주해 내려고 무척이나 용을 쓰던 날들이었지. 기억나니? 곡의 후반부에 나오는 존 보냄의 드럼 연주를 너는, 드럼이 터지는 소리라고 하며 똑같이 따라서 하려고 했어. 마란츠 콤퍼넌트를 조립해놓고 이안 페이스나 에이프릴 와인, 하다못해 퀸의 드러머 로저 테일러도 종일토록 들으면서도 상큼한 박하사탕처럼 질리지도 않았을 그런 날이었잖아. 미국이나 일본에 가서 음악 하겠다던 네가 푸르기만 하던 그 꿈들도 다 접어두고 향토사단 군악대를 제대하고 나왔을 때, 기억할 수 있겠니? 지하 연습실의 자욱한 담배 연기 속도 아니었는데, 먹통 레코드를 얘기하다 말고 잠든 그 야전 침대에 아직도 허우적대는 꿈이 남아있을 리도 없었는데, 네가 힘겹게 말하더구나. 희미하게 웃었는지 어땠는지는 기억나지 않아. 하지만 생기를 죄다 빼앗겨 버린 것 같던 네 말은 또렷이 기억해. 드럼을 괜히 배웠나 봐. 건반이나 할 걸 그랬어. 오늘 전자 드럼이란 걸 첨 봤는데 정말로 충격 먹었어. 이깟 막대기가 뭐야. 기가 막힐 일이라는 표정이었어. 후회가 묻어 있었을까. 너는 술을 마시지 않았으니 그 말꼬리만이 살아남아 네가 한 잔 가득 따라 부어준 내 소주잔에 넘실거렸어. 재빠르게 엉겨 붙는 청승은 허겁지겁 떼어 냈겠지. 맑은 술잔이 그리도 슬퍼 보였을 테니 내가 그날 밤 취하지 않고 배겼겠니? 그래, 기억이 나나 보구나. 그런데 말야. 이런 비슷한 대사가 이 영화에서도 나오더라 이 말이야.

와이키키 브라더스

그랬잖아. 나를 밴드로 이끈 건 바로 너였어. 기타는 열두 살 때부터 치기 시작했으니 그 이력이야 누구에게 떨어질 일은 아니라면서. 그놈의 기타가 막걸리 기타인 탓에 전자음이 지직대는 일렉트릭 기타를 쳐보고 싶었지. 그런데 대한민국 청년들이라면 다 그렇듯이 군대라고 하는 불가항력의 강을 건너면서 모든 게 정반대로 바뀌고 말았어. 군에서 제대하고 나서부터는 팝을 듣지 않았고 기타에는 손도 대지 않았으며 심지어는 커피나 껌도 씹지 않았어. 맞아. 그땐 그랬어. 그러다가 정말 음악은 접어 버렸어. 기왕 접을 것, 확실하게 접어 버렸지. 미련도 없었어. 아니, 남겨둬서도 안 되지. 대신 말할 수 없는 부끄러움은 남았을지 모르겠어. 남도 극장 옆 골목에서 마신 소주에 서툴게 취한 채로 너와 음악적으로 완전히 결별하던 그날이 일차전이었을지도 몰라.

너도 보고 있니? 락 밴드 공연장에 몰려드는 젊은이들. 지난 시절의 대학생들이 구호를 외치기 위해 오른쪽 주먹을 내지르는 모습이 아니었어. 이건 순도 백 퍼센트, 락에 취한 아이들이야. 무아의 의식은 먼발치에 던져두고 자신도 모르게 허공에다 내지른 팔뚝은 또 하나의 일사불란한 연대가 되고 어깨를 걸고 나가는 동조가 되는 것 아니던가 말야. 바로 그 모습이었어. 락에 영혼을 뺏긴 이들. 따지고 보면, 우리도 역시 그 나이였던 시절에도 그랬잖아. 락을 연주하는 밴드 음악에 자신의 모든 걸 내맡기리라고 결연한 다짐을 나누던 시절이었으니까.

도심의 로터리라면 한두 곳쯤 레코드 가게가 있었잖아. 두텁고도 안정된 라이센스 레코드가 아니더라도 몇 백 원짜리 빽판이라는 걸 사서 사방 면에 종이테이프를 붙이고 견출지를 달아서 진열해 놓았지. 요즘 같으면 손가락 끝으로 CD의 표면을 조심스럽게 잡듯이 그때도 빽판의 가장자리를 조심스럽게 집어 들었어. 오디오 시스템이라 이름 붙이기도 민망한 턴테이블에 레코드를 올린 후 바늘을 내려놓는 순간, 가슴 밑바닥을 밀치고 올라와 일거에 전신을 무너뜨리는 락 사운드에 어찌할 수 없이 가쁜 숨을 몰아쉴 수밖에 없었어. 온몸에 전율을 던져주면서도 온전히 영혼을 빼앗아 가는 그 소리들. 그 나이였을 때, 그땐 그런 줄 알았지.

그런데 지금도 그런 아이들이 있었어. 세상이 바뀐 것처럼 모양과 빛깔만 약간 달라졌을 뿐 변한 건 없어. 공연장은 열광의 숨소리로 더워지기 마련이었고 일체와 연대는 한층 뜨거워졌어. 하긴 더 나이 먹은 세대는 우릴 보고 그랬겠지. 전자 악기가 다 뭐냐고 말야. 꿍꽝 때리는 일렉 베이스음이 들렸을 때는 아예 귀를 틀어막았을지도 몰라. 락이 뭐고 저항이란 것은 또 뭐냐. 사랑의 숭고함은 노래하지 않고 우울한 절망의 늪에 영혼을 빠뜨린 채 반항만을 일삼는 철부지들이라고 혀를 끌끌 찼을지도 몰라. 하지만 누구나 한 시절은 있는 법이지. 어린 나이에는 비트와 메탈이 강한 하드락이 최고이지 않았을까.

영화가 그랬어. 옛날 생각나기에 딱 좋은 장면들이었어. 가투가 끝나고 최루 연기를 뒤집어 쓴 채 다들 대폿집으로 몰려가 '진짜 노동자'를 부를 때는 기타를 치던 지나간 시절이 부끄럽기까지 했으니. 엘피 디스크가 자취를 감추고 황홀한 시디 음악이 나오면서 언플러그 음악들이 추억의 장면으로 사라져간 것처럼, 세상은 변했고 사람도 변했으며 나도 확실히 변했어. 그랬는데 이 한 편의 영화가 지나간 필름들을 죄다 되돌려놓고 마는 거야.

　황금동 콜박스 옆의 막걸리 홀도 당시에는 비주류였어. 한물 간 삼류급 딴따라 인생들이 마지막 몸부림을 치던 곳이었으니까. 영화 속의 밴드처럼 주류에 편입되지 못하고 변방으로 밀려나가고 마는 서글픔이 엄연히 도사리고 있던 곳이었어. 와이키키의 화려한 조명이 그들의 꿈속에 언제나 반짝거렸겠지만 사라져 간 벗들, 떠나간 첫사랑, 거기에다 송두리째 저당 잡힌 미숙하기만 했던 청춘의 날들이 조심스러운 발걸음으로 다시 다가왔어. 그래서 나는 끝내 얼굴을 감싸 쥐고 만 거야.

　다 보여. 제프백이 우상이었던 것처럼 그를 흉내 내어 한쪽 다리를 건들거리며 연주하던 어설픈 기타리스트가 보여. 그 뒤로 화려한 와이키키 조명이 눈부셔. 그런데 제발 수안보라는 지명만 뺐다면, 눈치도 없이 그걸 빼꼼히 들이밀고 있는 그 활자만이라도 치워 버렸으면 얼마나 좋았을까. 꿈결 같은 와이키키. 그걸 노래하는 브라더스 밴드.

6

　정신 차려라, 지금 나이가 몇인데? 아무리 먹고 살기가 팍팍한 세상이라지만, 이렇게 살고 있는 날 보고도 그렇게 모르겠냐? 왜 이렇게 사는 거야, 라고 악이라도 지르고 싶지 않냐고?

　명기의 반응은 예상과 크게 어긋나지 않았다. 비닐봉지에서 다시 빼낸 캔 맥주가 아직 차가웠다. 캔을 왼쪽 볼에 슬며시 가져다 댔더니 취기가 조금씩 달아나는 것 같았다. 명기는 무슨 말인가를 하고 싶어 죽겠다는 표정으로 나를 바라보았다.

 넌 지금의 내가 그렇게도 좋아 보이냐? 마누라는 자식새끼 데리고 도망쳐 버리고 그 옛날 막걸리 홀보다 못한 싸구려 나이트에서 늙다리 딴따라로 연명해 가는 내 모습이 너에게 감동이라도 주던? 내가 뭐, 술 처먹고 오바이트한 놈들의 영혼에다가 희망의 송가라도 불러 넣어주고 사는 성자라도 되는 것 같냐? 제발 정신 차리자. 우리도 진즉 불혹의 나이를 넘겼고 인생으로 치면 중년이야. 아직도 스무 살 청춘인 줄 아냐?

 그의 목소리는 가라앉아 있었다. 신경을 곤두세우지 않으면 잘 들리지도 않을 지경이었다. 처자식과 떨어져 살아야 하는 그의 처지를 모르는 바는 아니었지만 그래도 그들의 근황이 궁금하기는 했다. 금세 울먹일 것 같은 그의 표정이 가로막고 나서지만 않았다면 무턱대고 그것부터 물었을 터였다.

 숱한 여성 편력을 가졌던 명기가 실타래처럼 얽힌 여자관계를 일거에 정리하게 된 계기는 아주 단순했다. 바로 그날, 내가 연습 스케줄이 잡혀 있지 않았으면서도 어두컴컴한 지하 연습실을 찾은 이유를 지금에 와서 기억할 수는 없다. 어쨌든 열쇠를 열고 삐걱거리는 출입문을 열어 제친 사람은 나 혼자였고 그 시각에 누군가가 그곳에 있을 것이라고는 상상하지도 못했다. 처음에는 두 눈을 의심했다. 값이라고는 전혀 나가지 않는 중고 사운드 드라이브 앰프 위에 한 여자를 눕혀놓고 있던 명기가 화들짝 놀라 출입문 쪽으로 얼굴을 돌리고 있었다. 그랬는데 정작 더 깜짝 놀란 사람은 명기 앞에 누워 있는 여자를 목도하고 난 뒤의 나였다. 머리채를 쓸어내리며 황망하게 옷매무새를 가다듬고 있던 여자는 바로 안미였다.

기가 막힐 일은, 대수롭지 않다는 안미의 표정이었다. 나를 향해 어색한 웃음을 지으며 무엇인가를 변명하려 애쓰던 쪽은 오히려 명기였다. 한겨울에 찬물로 머리를 감으려 했다가 느닷없이 물벼락을 맞은 심정이었다. 개자식, 그러지 마라 했는데도. 명기에게 내뱉은 욕지기는 허무한 말장난이 되어 지하 연습실에 공허하게 흩어질 뿐이었다.

그렇지만 결과적으로는 다행이었을지도 모르겠다. 지금 생각해 보면 한없이 치졸했지만 한편으로는 더없이 순수하기만 했던 약속을 끝내 명기에게 받아냈기 때문이었다. 책임을 진다는 것이 무슨 뜻인 줄 알지? 안미의 친오빠나 되는 양 조심스러운 말투로 명기를 다그쳤다. 안미를 계속 만나야 해. 그리고 다른 여자를 넘보면 안 돼. 시한은 없어. 아마 죽는 날이 그날이겠지. 서툴게 약속을 해주면서도 명기는 내게, 네가 뭔데 그러냐는 식의 어떠한 항변도 하지 않았다. 안미에 대한 나의 속내를 이미 알고 있었음이 분명했다.

곧 울겠네. 이 자식.

나는 명기의 입에 물린 담배에다 불을 붙였다. 그는 말하지 않는 대신에 담배 필터를 깨물었다.

가만 보니, 집에서 술 먹는 게 편하다는 뜻이 바로 이거였구먼. 가족들이 그리워 울고 싶을 때 혼자 울 수 있으니까. 맘대로 울면서 술 마시려고. 그렇지?

그의 어깨를 슬쩍 건드려보았더니 그때야 얼굴이 조금씩 풀어지고 있었다.

　연락은 하지? 아이는 만나야 될 것 아냐?

　더 이상 물어볼 수가 없었다. 그의 말수가 줄어든 이후로 겨우 진정이 된 분위기를 다시 흩트릴 수는 없었다.

　군대를 제대하고 처음으로 명기를 만났을 때 그는 놀랍게도 안미와 함께 나왔다. 세 사람이 건강하게 다시 만난 것을 자축하는 의미로 술잔을 부딪치면서 우리는 서로를 대견스러워 했다. 사람에 대한 신뢰가 확인되는 순간이었기에 그 감격은 벅찰 수밖에 없었다. 게다가 이제는 스무 살의 투정 따위는 남아 있지 않았다. 돌이켜 보기조차 쑥스러워 얼굴이 붉어지는 치기는 사라지고 세상에 대한 두려움과 걱정이 다가서고 있었다. 명기는 일찌감치 복학 포기를 선언하고 야간 업소를 뛴 탓에 그 나이 또래 청년의 벌이치고는 제법 많은 돈을 벌었다. 안미와의 사이도 엇나갈 리가 없었다.

　하지만 불규칙한 생활이 문제였다. 밤에 일하고 낮에 쉰다는 직업의 특성을 이해해 주는 것도 하루 이틀이었다. 업소 일이 끝나고 며칠씩 통음이 이어지다 보면 타인에 대한 배려는 자연 소홀해질 수밖에 없었다. 친구들이 대부분 결혼을 하고 아이를 낳았을 때까지도 명기와 안미는 그대로였다. 딱히 헤어진 것도 아니었으며 그렇다고 불같은 만남을 지속하는 것도 아닌, 어쩡정한 상태가 속절없이 이어졌다. 친구들 사이에서는 명기에 관한 기대와 우려가 제멋대로 나풀거렸다. 그러다가 헤어질지도 모른다는 가정마저 제풀에 지쳐갈 무렵, 서른을 훌쩍 넘긴 나이가 되어서야 그들은 슬그머니 살림을 합쳤다. 축복하기도 어색해져 버린 결합이었다. 그도 그럴 수밖에, 드러머를 원치 않는 시스템으로 밴드들이 변해 가는데다 장기간의 불황에 맞물려 사양길로 접어드는 업소의 환경은 늘 불안한 것이었다. 가정을 꾸렸으니 가계를 살펴야 했고 아이를 낳았으니 양육을 해야 했지만 그게 뜻대로만 되는 것은 아니었다. 변변찮은 일자리로 내몰려 몇 달씩 지방에 머물러야 했던 때나 그것마저 일이 끊겨 집에서 빈둥거리던 시간들이 그에게는 가혹한 형벌이었을 터였다. 마침내 안미가 집을 나간 이유는 그래서 분명해 보였다.

7

한 번 만져 봐도 되겠냐?
나는 앰프 선도 매달지 않은 채 방 한쪽에 놓여 있는 기타를 집어 들었다. 스윙 일렉 상표가 붙어 있었다. 손끝 감각은 좀체 돌아오지 않았지만 몇 개의 코드를 더듬어 짚어 보았다.
옛날 생각 좀 그만하고 살 수 없겠냐? 사람이 우스워지잖아.
말이 없던 그도 옛 시절을 생각하고 있었던 모양이었다.
그래. 맞아. 우리가 만들었던 노래도 있었지 않았냐? 그걸 지금 연주할 수 있을까?
노래야 여러 곡 만들었지. 대학가요제 나가 보자고 말야.
빠를 때는 한 시간도 안 걸린 적도 있었다. 밴드 음악은 본래 한 사람에 의해서 만들어져서는 안 된다는 거창한 신념도 있었다. 명기가 그럴 듯한 멜로디를 웅얼거리면 태근이와 나는 기타와 베이스로 라인과 리프를 만들었고 마지막에는 명기가 드럼을 두드리며 전체적인 리듬을 형성했다. 어차피 완성된 곡이라는 것이 없었을지라도 숱한 멜로디들이 머릿속을 맴돌아 다녔다.

아직도 얼터너티브나 프로그레시브 락 쪽에 관심 있냐?

언젠가 명기에게 들어본 적이 있는 기억을 되살려 보았다. 그랬는데 그는 엉뚱한 대답을 했다.

요즘은 와인이 좋더라.

말끝에 약간의 미소까지 머금었다. 그게 무슨 말이냐는 투로 나는 그의 말을 기다렸다.

락도 말이다. 지겨울 때가 있나 봐. 요즘은 다들 퓨전이라잖냐. 메탈만 해도 그래. 우리가 좋아하던 헤비메탈도 슬러시메탈이나 데스메탈 같은 것으로 갈라졌거든. 나이가 들어서 그런 건지도 모르지. 소음에서 자유롭고 싶어졌다고 할까. 나이 찾다 보니 조금 쑥스럽긴 하다만.

그는 슬그머니 웃기까지 했다. 나는 고개를 끄덕이다가 시간을 봤다. 새벽 4시였다.

나이를 먹었다는 것은 말이다. 경제적 여유도 생겼다는 것 아니겠냐. 그렇다면 막걸리 파는 대폿집만 가게 되는 것은 아니거든. 그 옛날에는 먹고 죽을래야 소주조차도 없어서 못 먹던 시절이었지만, 갈수록 맥주도 마시고 양주도 마시게 된단 말이야. 처음엔 싱겁기만 하던 칵테일도 음미하다 보면 좋은 술로 여겨지는 것처럼 모던 락이나 아트 락, 프로그레시브 락, 얼터너티브 락 같은 것도 락은 락이니까. 그런데 말야. 훨씬 다양한 취향을 만나게 됨으로 해서 누리는 기쁨이란 게 있어. 여기 맥주만 해도 그래.

와이키키 브라더스

순간 명기는 맥주 캔을 치켜들더니 앞으로 내밀었다.

옛날엔 오비 아니면 크라운, 단순한 맥주만 있었지. 지금은 어디 그러냐? 우리나라 것만 해도 별의별 맥주가 다 있고, 수입 맥주까지 엄청나게 유통되고 있는 실정이란 말야. 그러다 보면 술 좋아하는 놈이야 이것도 마셔보고 저것도 마셔볼 수 있는 거지. 한 가지만 고집할 게 뭐 있겠냐? 엄밀히 따져 보면 다 맛은 다른 거니깐.

그는 맥주를 한 입 베어 물 듯 마시더니 다시 말을 이어 나갔다.

요즈음 난 말야. 재즈가 좋아졌어.

뭐? 재즈?

그래. 재즈. 진정, 나이 탓인지도 모르겠다. 우리 밴드 중에 막내가 기타 치는 애야, 낮에는 공익 뛰고 밤에만 와서 일하는 놈인데 말야. 글쎄, 얼마 전에 그놈과 느닷없는 설전을 벌인 적이 있거든. 그 녀석 말인즉, 락에서 해방될 밴드 활동은 상상할 수조차 없으며 아무리 나이가 먹더라도 블루스 정도지 재즈는 아니라는 거야. 재즈에서 무슨 폭발적인 맛이 나느냐는 거지. 그래서 내가 그 녀석을 다독이며 그랬다. 다 알아. 너만 할 때는 다 그래. 나도 그랬어. 락이 이 세상 최고의 음악인 줄 알고 살았어. 재즈를 듣고 이해할 나이가 되면 그때 다시 얘기하자. 그래도 그 녀석 기타 실력이 꽤 쓸 만하거든. 외모로야 그야말로 영락없는 락커지. 공익 하기 전만 해도 빨갛게 염색한 갈기 머리를 늘어뜨리고 가죽 바지도 입고 말야. 그 녀석을 보니, 락에 미쳐있던 나의 옛날 모습이 그대로 떠오르는 거야. 판박이처럼 말야.

그래. 무슨 말인지 알겠다.

나는 시계를 보며 자리에서 일어섰다. 집에 도착하기 전에 날이 밝아버릴지도 모를 시간이었다. 그렇다면 아내가 싫어하는 외박이 되는 셈이었다. 아내는 오직 그 이유 하나만으로도 내가 밴드 일을 해보겠다는 것을 극렬하게 반대할 사람이었다. 그런데 집에 가겠다고 일어선 나에게 명기는 미련이 남았는지 기어이 얘기를 계속했다.

예전엔 어찌 와인 맛을 알았겠냐? 강렬한 코냑이나 몰트 위스키 스트레이트가 제일 좋았고 그도 아니면 역시 소주가 최고라고 했지. 무조건 독할수록 좋은 술이라고 여겼으니까. 하드락처럼 짜릿한 맛 말야. 그런데 와인을 한번 마셔보니, 이건 헤어날 수 없는 수렁이야. 믿지 못하겠지?

와인을 마시려면, 이게 있어야지. 와인이 얼마나 비싼 술인데.

나는 손가락을 모아서 동그란 원을 그려 보였다. 현관을 나서려다 말고 다시 그를 보았다.

모르는 소리 마. 요즘은 와인이 대중화되어서 맥주보다 싼 것도 많아. 그래서 하는 말이야. 삼류 딴따라 소리나 듣고 사는 인생은 결코 행복해지지 않는다는 거야. 우리가 무슨 짓거리를 해서 연명할 시기는 지났다 이 말이다. 마시고 싶어도 마실 수 없는 술처럼, 듣고 싶어도 들을 수 없고 연주하고 싶어도 따라 할 수 없는 음악을 평생 보듬고만 살아야겠냐?

가만 보니 그의 말끝이 이상했다. 털어 내려 애를 쓰지만 자꾸만 엉겨 붙는 흥분이 묻어 있었다. 힘들어 보였다. 나는 신발끈을 조여 매고 일어서서 그를 쳐다보았다. 금세 울 것 같은 표정이었다.

무슨 말을 하려는지 다 알겠다고 말하고 싶었다. 그랬는데, 기어이 명기의 입에서 나를 붙잡는 말이 나오고 말았다.

가지 마. 얘기하다 말고 왜 가려고만 해. 말해 봐. 양조장의 걸레가 되어 노상 술기운에만 쩔어 있다고, 그래, 행복해진다던? 날마다 술 찌꺼기나 닦고 사는 인생이니까, 좋아 보이냐, 이 말이야.

마침내 무릎을 꺾고 주저앉는 명기의 몸을 부축하다가 나는 다시 현관에 앉고 말았다. 그의 눈꺼풀이 힘겹게 열렸다.

세상이 변한 줄 나도 알아. 알아주는 놈도 없고 받아주는 놈도 없는, 이런 개 같은 세상으로 확 변한 거야. 이제는 정말 삼류 딴따라 짓거리 때려치우고 싶다. 그런데 그게 안 되는 걸 어떡하냐? 재즈 밴드 하나 만들어서 말야. 근사하게 폼 잡고 앉아 두드리고 싶은 음악 하며 살고 싶은데, 끝내 못하고 죽을 것만 같은데, 이걸 어떻게 해?

- 『파랑새, 마젤란 해협으로 가다』 광주전남소설가협회, 2005년

밤행

공장 취업을 위해

그녀의 절친한 친구인 귀옥이가 부천에 내려가 있을 무렵이었다.

어떤 심로를 타고 내리는 눈물인지는 모르지만

그녀는 귀옥이의 편지를 읽으며 글썽였다.

이렇게 참혹할 수가.

그녀는 등나무 그늘에 책을 집어던졌다.

이까짓 마모된 지식이 무슨 소용이야. 책 가죽이

떨어져나가 등받이가 부서져 불구가 된 나무벤치 주변을

뒹굴었다.

열차는 서서히 제동을 걸고 있었다. 창밖으로 보이는, 검게 그을린 화차와 야적한 목재더미도 하나씩 멈추었다. 5시 49분, 시계를 보았다. 서울을 벗어난 열차가 목포에 닿기까지는 꼬박 6시간 15분이 소요된 셈이었다. 신물이 나도록 되풀어 읽던 조간신문을 외투의 주머니에 구겨 넣고 일어섰다. 동행이면서도 생면부지의 남을 대하듯 시종 말이 없던 종희도 따라 일어섰다.

맨 처음 곤두선 것은 후각이었다. 난간이 낮은 화물칸과 파김치처럼 뒤엉킨 레일, 길고 긴 세월의 풍화로 육탈된 철길의 침목들은 이역의 새로움을 주지 못했다. 바다냄새, 오직 그것만이 코앞으로 다가왔다.

곧 어두워질 기세였다. 역사 앞 광장에 서서 뒤쳐져 오는 종희를 돌아보았다. 어디로 가야 하나. 말하진 않았지만 그 생각을 하고 있었다. 초겨울의 마른 바람이 쓰레기 비닐봉지를 이끌고 저편으로 달려 나갔다.

"남쪽이라 해도 바람 때문에 춥긴 마찬가지야."

나는 외투의 깃을 올렸다. 행선지가 목포에서 그칠 것이 아니었으므로 하룻밤 유숙할 데를 찾아야했다. 그러나 마땅히 떠오르는 장소가 없었다.

"광주로 갔으면 좋았을걸……."

먼저 걸음을 옮기던 종희의 말이었다. 또 그걸 고집하나 싶어 한숨이 나왔다. 그녀의 말수가 줄어든 것은 광주로 가자는 의견이 묵살된 뒤부터였다. 광주는 호랑이굴이야. 넌 그곳에서 내리자마자 잡힐걸. 나는 광주라는 말만 들어도 등허리에 소름이 돋아 오른다고 말했다. 그러나 종희는 낙망의 우물에서 길어 올리는 두레박에다 광주를 매달아 내게 애원했다. 잡혀도 좋아. 광주로 가게 해 줘. 그곳에 소재한 대학의 놀이패들과 어울렸던 지난여름의 기억을 살려냈다. 그리고 막무가내로 달려들었다. 높은 숨결이 일렁이면서도 언제나 엎드려 있는 도시, 저절로 튕겨 오르는 신명 때문에 잡히더라도 부끄럽지 않을 곳이라 했다. 당초 광주행을 전제로 하여 은신을 결심했다는 것을 알면서도 나는 한마디로 잘라 버렸다. 폼 잡지 마. 도무지 알 수 없는 일이었다. 광주라는 고유명사 앞에서 왜 그렇게 자제력을 잃고 마는지 망월동인가 하는 묘역에 뿌리다 남은 소주 찌꺼기에 취한 사람들로 보였다. 강원도 명주에 가고자 했던 제안을 꺾고 목포에서 두 시간 배를 타야 한다는 신안 안좌라는 곳을 제시하자 그때야 종희의 반발이 머리를 숙였다.

"제발 잊어버려, 우선 밥이나 먹자구."

전남 신안은 학근이의 고향이었다. 어렵게 유학했던 그는 발전적 후퇴라는 말을 남기고 서울을 떠나 버렸다. 오래전의 일이었지만 그를 만나 사정 얘기를 하면 은거지를 마련해 줄 것이 분명했다. 하지만 오늘 당장 들어갈 수가 없었다. 오후 두 시에 정기적인 객선이 출항한다는 정보는 학근이와의 전화 통화로 이미 알고 있었다. 그렇다면 서울을 떠날 때 각오를 곧추세웠던 바대로 이방의 거리에서 어슬렁거릴 수밖에 없는 것인가. 광장과 도로를 경계하는 바리케이드를 비껴가며 늘어뜨려진 손을 주머니에 찔러 넣었다.

도로 맞은편에 파출소가 보였다. 그 때문에 한 걸음이라도 빨리 옮겨놓고 싶었다. 노란 경찰 마크를 이마에 붙인 건물은 낯설지가 않았다. 방석망으로 위장한 몸집은 서울에서와 다름없이 박쥐처럼 우리를 노려봤다.

"저리로 가."

광장의 왼편으로 꺾어 돌아 바다를 끼고 있는 선착장을 지날 무렵 종희가 손을 쳐들었다. 눈에 익은 대통령 후보의 선전 현수막이 횡대로 늘어선 그 아래 허름한 식당들이 줄지어 있었다. 돼지 내장 냄새는 갯비린내보다 짙었다. 식당 아주머니가 두르고 있는 행주치마에 곤때가 묻어 있었다. 비만한 체구가 움직일 때마다 냄새들은 서로 자리를 다투었다. 나는 국밥 두 그릇을 주문했다. 회칠이 벗겨진 벽에 대통령 후보의 선전 명함이 붙어 있었다. 나는 잠시 이 지역 출신의 후보를 떠올려 보았다.

"배 타는 곳이 어디쯤 있을까요?"

우연히 시선이 멈춘, 옆 좌석의 사내에게 물었다. 그는 홀로 막걸리 잔을 채우고 있었다. 의외였는지 자신에게 묻는 거냐는 표정을 들어 올렸다.
"어디 가실라고?"
대춧빛으로 달아 오른 그의 안면을 꺼칠한 수염발이 덮고 있었다. 생각보다 나이 들어 보이는 컬컬한 음성이었다.
"신안 안좌도 갈려구요."
"안좌가 한 두 군데간디? 안좌 어디?"
"읍동이라고 하던데요."
바다를 도하한 전화선인데도 학근의 목소리는 또렷했다. 용산역 앞 공중전화 부스에서 발을 구르는 내 모습이 보이기라도 하듯 그는 반가움을 감추지 못하며 안부부터 집어 올렸다. 자칭 섬놈이라고 소리 높이던 그의 얼굴이 손에 잡힐 듯 떠올랐다. 자세한 얘기는 만나서 하자는 말뿐 전후 사정을 한꺼번에 털어놓을 순 없었다.
"일루 쭉 따라가믄 큰 간판이 붙은 건물이 나올 것이요. 근디 오늘 배는 끊겼을 건디."
그는 사기 주발에 담긴 막걸리를 단숨에 입안으로 쓸어 담았다. 식도를 타고 내리는 숨소리가 일정한 거리를 둔 이쪽까지 들려왔다.
"어디서 왔소?"
흰 색깔을 잃은 밥 알갱이들이 붉은 국물에 엉켜 입으로 들어갈 즈음 사내가 물었다. 쇳소리에 견줄 만큼 그렁그렁한 목소리인데도 얼굴의 주름은 깊지 않았다. 서른다섯을 전후한 나이일 것이라고 짐작했지만 확신할 수는 없었다. 외모와 음성이 어울리지 않는 탓이었다.

"서울서 방금 왔어요."

종희에게서 전화가 온 것은 아침 이른 시각이었다. 구원을 요청하는 처지라는 걸 음색으로 알아챘다. 들창을 때려 갈기는 음험한 바람 소리에 비할 수 없이 낮게 내려앉은 목소리였다. 그녀가 위치한 곳이 용산역이라는 것도 불길한 예감 중 하나였다. 왁자한 소란이 나뒹구는 학교 부근도 아니고 그녀의 집이 있는 구파발도 아닌 용산역이라니 알 수 없는 일이었다. 광주로 가야 해. 얼굴을 대하자마자 꺼낸 그녀의 말 뒤쪽에 광주라 새겨진 신호 푯말이 보였다. 갖가지 의문들이 옷을 갈아입고 나타났지만 나는 묻지 않았다. 한동안 무거운 침묵이 이어진 후에야 이유를 알 수 있었다. 귀옥이가 잡혔어. 냉정을 찾으려 하는 눈치만큼 더 절박하게 느껴지는 말이었다. 짐작 못한 바는 아니었지만 한없이 수면 아래로 떨어져가는 소망을 다시 끌어올릴 수 없었다.

종희가 쫓기고 있다는 사실은 확인이라는 절차조차도 필요치 않았다. 며칠 전 학생회의 홍보부장인가 하는 자에게 거침없는 욕설을 쏘아대는 그녀를 보고 뭔가 일이 터졌구나 하는 의구심을 저버리지 못했다. 대학본부 화재 사건 때문에 내내 긴장을 풀지 않은 터였다. 과실로 인한 실화라 했지만 본부 앞에서 집회가 있었고 화염병이 총장실로 날아간 것은 사실이었다. 때마침 뿌려진 유인물의 작성자는 필경 종희였을 것이다. 문구의 행간마다에 살아 있는 간결체의 단호한 어투에서 종희의 흔적은 부인할 수 없는 실체를 띄고 있었다. 검게 치솟은 불기둥 주변에 날가리 헤쳐진 꼴로 흩어져 있는 유인물을 집어 들었을 때 머리끝이 빙글 도는 알싸한 현기증을 느껴야 했다. 대서특필한 신문에

서조차 밝히지 못한 용의자를 나는 알고 있는 셈이었다. 귀옥이가 잡혔다면 벌써 종희를 찾기 위한 몇 겹의 덫이 놓여있을 게 틀림없었다.

"두 분 다 학생이요? 서울 학생?"

붉어진 사내의 안색은 술 때문만이 아니었다. 명료한 발음과 생기를 잃지 않는 눈자위로 보아 취한 사람으로 보이지 않았다. 진홍색 얼굴빛과 버금가게 그의 손마디 역시 굵고 거칠었다. 허름하긴 했지만 양장바지에 잠바 차림만 아니었더라도 일견 날품팔이 노동자로 단정 짓기에 충분할 성싶었다. 작열하는 양광을 피해 그늘이 넓은 느릅나무 가에 앉아 수통을 열어 목을 축이는 병사의 심정으로 주발을 들고 있는지도 몰랐다.

"그렇습니다만…… 왜요?"

"아, 아니요, 암것도."

그는 손을 내저으며 시선을 거두어갔다. 질펀한 전라도 방언과 입을 열 때마다 엉켜 나오는 술 냄새가 역하게 느껴졌다.

식당을 나섰을 때 햇살의 종적은 없었다. 비릿한 어물 냄새가 다시금 코끝을 쑤셨다. 수평을 가늠할 수 없는 바다가 눈앞에 있었다. 평형을 잃고 산만하게 떠 있는 불빛들이 귀소본능을 거세당한 미아처럼 보였다. 바로 앞 어판장의 목조 선박들도 불빛의 잔영이 부르는 데로 떠나갈 기세였다. 나는 일정하지 않은 그들의 항로를 점쳐보며 어디로 갈 것인가를 다시 생각했다. 포만한 배를 다독이며 여관 신세를 져도 편안할 것인지, 도피의 첫날은 그렇게 보내야 할지도 몰랐다. 종희의 고집을 틀어막고 서울을 떠날 때부터, 예측할 수 없는 앞일에 대해 결단을 내렸어야 했다. 어쩌면 그보다 먼저 귀옥이와 어울려 다니던 것부터 저지시켰어야 했다. 수수방관하다가 사태를 이 대목에 이르게 해놓고 맹목적인 집착으로 돌변한다고 해서 풀어질 문제가 아니었다.

"이 길로 가면 배 타는 곳이 나온다 했지?"

목표물이 없는 행려가 싫어서 하는 말이었다. 가까운 곳으로부터 발동선의 엔진 소리와 여운을 자르지 않은 뱃고동 소리가 함께 들렸다.

"지금 가서 뭘 해?"

종희의 눈초리가 올려졌다.

"그럼 어딜 가?"

"우선 담배를 피우고 싶어. 가만히 앉아서 오랫동안 바다도 보고 싶고."

"그래? 그런 곳을 찾아볼까?"

그 많은 변화 중에서 예광탄과 같은, 내가 군복을 벗고 학교로 돌아왔을 때 그녀가 보여준 첫 파행은 담배를 꼬나물고 술잔을 비워내는 일이었다. 학교 앞 주점가에서 그녀를 몰라보는 주인은 없었다. 졸업연도를 놓치고 4학년을 두 해째 다니는 동안 그녀는 잡히지 않는 먼 곳으로 멀찌감치 달아나 있었다. 서슴없는 욕지기와 군인이었던 나보다 더 그을린 얼굴은 과거의 분필색 같던 피부를 상상할 수 없게 했다. 시도 때도 없이 뛰어드는 시위 대열 속의 그녀를 보고 나는 눈을 질끈 감았다. 말릴 대책이 없어. 반동하는 용수철 같이 튀어 오르는 그녀에게 애정을 포기하지 않은 관찰자로 만족해야 했다. 무엇이 그녀를 야생의 준

마로 변용시켜 놓았는지 그 이유를 헤아려 보았을 뿐 그녀의 행동에 가감이 되어주진 못했다. 다만 시간이 지날수록 감상과 안일 그리고 개인의 독주를 거부하는 그녀에게서, 철저히 되받아친 똑같은 포장의 독선을 느낄 따름이었다. 거칠어진 혓바닥으로 자신을 핥고 있는 종희야. 나는 그녀의 이름을 나직이 불러보았다.

"저 남자, 우릴 따라오는 것 같지 않아?"

불쑥 뒤쪽을 보던 종희가 말했다. 나는 그녀의 턱짓이 가리키는 곳을 돌아보았다. 성큼한 걸음으로 어두운 어판장의 저편에서 걸어오는 사람은 다름 아닌 조금 전 식당의 사내였다. 그를 보자 막걸리의 시큼한 냄새에 엉킨 구취가 단번에 되새김 되었다.

"설마 우리 뒤를 따라오는 건 아니겠지?"

"아냐. 아까부터 난 봤어. 계속 우릴 쳐다보면서 오고 있단 말야."

"저쪽으로 건너가 보자."

별안간 조급해지기 시작했다. 서울 학생이냐고 물었던 것을 상기했을 때 혹시나 하는 가정이 머리를 들고 일어섰다. 그리고 아무리 위장한 사람이라 할지라도 은폐할 수 없는 수염발에 철지난 외투, 정갈하지 못한 언행을 감안한다면 아무래도 가정의 확산은 무리일 듯도 싶었다.

"손에 들고 있는 것 좀 봐. 저게 무어야?"

횡단보도를 건너며 그녀는 다시금 불안해했다. 빨라진 보행으로, 될 수 있는 한 뒤를 돌아보지 않으려 했지만 그럴수록 뒤통수가 간지러웠다. 종희의 고조된 억양을 따라 고개를 돌려 본 시야에, 확연히 달려드는 것이 있었다. 우리와 똑같은 행로를 밟고 온 사내의 손에 들려 있는 물건이었다. 신문지로 감싼 뭉치를 그는 손아귀에 쥐고 있었다. 젠장 무전기 아냐?
"뛰어!"
나는 종희의 손을 잡았다. 사내의 걸음이 줄곧 우리의 족적을 밟아 왔음을 밝혀낸 마당에 다른 판단이란 있을 수 없었다. 나는 허리를 꺾고 뛰었다. 심장의 벽이 무너지듯 쿵쿵거렸다. 동계의 방망이질 소리가 폐부의 밑바닥에서 솟구쳐 올라왔다. 사내도 역시 단거리 주자의 흉내를 내듯 팔목을 가슴팍까지 붙이고 달려왔다. 이역의 항구도시에 발을 딛고 서면서부터의 모든 소망은 절망의 배면 너머로 떨어졌다. 간격을 좁혀버린 사내의 호흡이 내 허리띠를 붙잡을 것만 같았다. 나는 종희의 손을 잡고 있는 팔목에 있는 힘을 더하며 소리쳤다. 종희야, 이제 그만 좀 해. 핸드마이크를 잡은 그녀는 대열의 선두에 있었다. 갑충의 각질로 무장한 무리들의 총구가 바로 등 뒤에 있는데도 그녀에게는 머리카락 한 오라기의 흐트러짐도 없었다. 그녀의 관자놀이에 힘줄이 서고 목울대의 핏줄은 한꺼번에 터져 나왔다. 여자의 목소리가 저토록 크고 강하다는 것을 일찍이 느껴본 적이 없었다. 여자의 성대가 울리는 한계 너머의 것이었다. 그녀의 머리채를 휘감은 붉은 머리띠가 유난히 선명했다. 수포 한 방울도 없이 뽑혀 버린 여성스러움에 진한 갈증을 느끼며 나는 대열에 섞여 그녀를 지켜보고 있었다. 그때 뇌성 같은 폭음이 일대의 긴장을 덮어 버렸다. 때를 맞추어 희뿌연 최루연기가 천지를 장악했다.

나는 오관의 기능으로 조정할 수 없는 혼돈을 보듬고 흩어지는 사람들 속으로 뛰어들었다. 종희를 찾기 위해서였다. 혼비백산, 정황을 놓쳐버린 와중에서 사람을 찾는 것은 쉬운 일이 아니었다. 양떼를 몰듯 하얀 헬멧의 무리들이 방망이를 휘두르며 쫓아왔다. 마침내 손에 잡힌 그녀의 손목을 향해 컥컥 막혀오는 호흡을 절제의 바깥으로 밀어내며 소리쳤다. 이 손을 봐. 넌 어쩔 수 없는 여자야. 제발 그만 좀 하란 말야.

"여보쇼. 거기 좀 서 보랑께요."
사내의 외침이 뒷덜미까지 따라붙었다. 나는 아랫도리가 풀리고 말았다.
"왜 나를 피하요? 뭣 땜에 도망치는 거요?"
수염발 짙은 사내의 턱이 코앞으로 다가왔다. 목까지 차오른 숨을 눌러가며 대답을 찾았다. 그러나 낯선 사람을 경계해야 한다는 처지를 털어놓을 순 없었다.
"그러는 아저씬 왜 쫓아오는 겁니까?"
나는 뒷걸음치며 반문했다. 황당무계한 비약은 아니었는지. 형사라는 복장에 무슨 정표가 그려진 건 아니겠지만 그의 행색이 남루해서 일말의 안도가 숨통을 비집고 나왔다. 헐떡거리는 종희의 숨소리가 들렸다.
"뭣 좀 부탁해볼라고 했는디 다짜고짜 내빼븐게 말할 수가 있어야지라우?"
"아저씬 뭐하는 사람인데요?"
나는 그의 손에 들린 물건을 내려 보았다.

"아따 아저씨는 뭔 놈의 아저씨다요?"

그는 전신주 밑둥에 가래침을 뱉었다. 그리고 내 주시를 의식했는지 신문지 뭉치를 풀었다. 영문 모를 의혹이 꿈틀거리며 조바심을 키우고 있었다. 종희는 아직까지 버리지 못한 의심을 눈알에 매달아 굴리는 중이었다.

하찮은 그림 한 점, 신문지 포장을 헤치고 뼈마디 굵은 그의 손에 들려 나온 것은 동양화 한 점이었다. 우선 표구에서 오려낸 지 오래되어 보였다. 완만하게 굽어 흐르는 강물에 거룻배 한 척이 떠 있고 한적한 정자 하나와 솔숲이 뭉쳐진 산허리에 엷은 구름이 부유하고 있었다. 어이없게도 지나치게 평범한 그림이었다.

"이게 뭡니까?"

다짜고짜로 내밀어진 그림을 가리키며 물었다.

"서울 사람이라고 해서 따라온 거요. 혹시 그림 좀 볼 줄 아슈?"

"그림요? 글쎄요. 별로."

"이거 값 좀 나갈까요?"

그의 물음에 나는 새롭게 지면을 살폈다. 보관에 관심을 두지 않은 탓인지 심한 얼룩이 배어 있었고 지질은 누렇게 퇴색해 있었다. 그림이란 것도 경제 행위의 영역에 들어 있는 것일까. 매매의 가능 여부부터가 물음표를 달고 떠올랐다.

"얼마를 받든 상관 없어라우. 그냥 화랑에 가서 이런 것도 살 것인지 물아보기만 해줄라요?"

그는 단내가 물씬한 이빨을 드러냈다. 난감한 일이었다. 도무지 앞뒤를 분간할 수 없었기 때문에 선뜻 내키지가 않았다. 더욱

암행 235

이 내눈에 비쳐진 그림은 팔아서 값이 될 만한 것으로 보이지 않았다. 나는 사내와 종희를 번갈아 쳐다보았다.

"괜히 나서고 싶지 않은데요. 바쁜 몸이라서."

가능한 한 단호히 외면해 버릴 심산이었다. 그러나 그러한 나를 종희가 가로막고 나섰다. 바쁘긴 뭐가 바빠? 라는 눈짓을 내 편에 던져놓고 사내를 향했다.

"자초지종을 알아야지 도와드릴 거 아녜요?"

스멀거리며 온몸으로 기어오르는 호기심을 떨쳐버릴 수 없다는 듯 그녀는 손가락으로 입술을 문질렀다. 상심한 낯빛을 감추지 못하던 사내에게서 돌연 생기가 살아났다. 하지만 나는 고개를 떨어뜨렸다. 그것은 맹목적인 접근, 계층을 가릴 수 없이 약한 계층을 주목해야 하는 게 양심인의 책무가 아니겠냐는 그녀의 지론이 대입됐을 것이기 때문이었다.

공장 취업을 위해 그녀의 절친한 친구인 귀옥이가 부천에 내려가 있을 무렵이었다. 어떤 심로를 타고 내리는 눈물인지는 모르지만 그녀는 귀옥이의 편지를 읽으며 글썽였다. 이렇게 참혹할 수가. 그녀는 등나무 그늘에 책을 집어던졌다. 이까짓 마모된 지식이 무슨 소용이야. 책 가죽이 떨어져나가 등받이가 부서져 불구가 된 나무벤치 주변을 뒹굴었다. 그녀는 떼어져 나간 책갈피를 짓밟았다. 무슨 짓이야. 나는 그녀의 어깨를 잡아끌어 의자에 주저앉혔다. 왜들 그래? 구조화된 인식과 무력감에 떡칠한 감상으로 무장된 너희들은 뭔가 잘못됐어. 공장에서 몇 날 동안의 동참으로 얻는 건 고육의 인간승리가 아니라 훈장을 다는 듯한 쾌감의 변형일 것이야. 그들의 출생에서부터 현재까지의 고통을 백분의 일도 모르면서 너희들로 인하여 그들의 해방이 온다는 전사와 같은 결의를 보면 헛웃음이 나와. 그들이 자생력을 가지고 앙버티고 서야만 의미가 있어. 차라리 내버려 둬. 유복하게 성장하여 추위와 배고픔을 모르는 너희가 그들의 흉내를 낸다는 건 지나친 위선이야. 그들을 아는 체할 뿐이지 아무것도 모르는 게 사실 아냐? 너희들이 허리끈을 졸라맨다고 해서 그들의 허리끈과 똑같아지냐 이거야? 그들에 대한 모독이야. 이윽고 씩씩거리던 종희가 벌떡 일어섰다. 꺼져. 그따위 소릴 지껄이려거든 다신 내 곁에 나타나지마. 그녀는 내 얼굴에 침을 뱉듯 말했다.

"난 고물장사를 하는 사람이요."

직업의 귀천을 따지지 말자고 한 뒤였다. 고물행상을 처음부터 하게 된 것이 아니라는 부연으로 사내는 설명의 군더더기를 잘라냈다.

"근디 고물장사만 해갖고 처자식을 먹여 살릴 수 있다요? 이리저리 다님서 수도꼭지도 고쳐주고 무거운 화분도 옮겨주고 쓰레기 더미도 치워주고 다니믄. 거 뭣이요? 부수입이 생기더라 그 말이요. 힘든 일일수록 대가는 더 짭잘한 뱁인게."

그러던 어느 날 아침. 운이 좋았는지 이사하는 집을 만났단다. 사내는 이사하는 집을 살점이 덕지덕지 붙은 먹잇감이라고 생각했다. 허드렛일이라도 하고 나면 고물도 눈에 띄고 일 값도 별도로 계산될 수 있으니 일석이조가 아닐 수 없었다.

"쎄 빠지게 짐을 날랐지라우. 글다가 일도 끝나고 헌 책이나 신문지꾸러미를 챙기는 판인디 그 주인네가 일 값으로 이 그림을 주더란 말이요. 막걸리 값은 될 거라고."

고물중개상에다 다른 물건을 처분할 때 사람들에게 그림을 꺼내 보였더니, 값이 나갈지도 모른다고 했다는 것이다. 하지만 자신이 그걸 팔려고 나선다는 것은 주춤거리지 않을 수 없다고 했다.

"생각해보쇼. 행색이 이래가꼬 물어나 보겠소? 큰 돈 바라지는 않지만, 내가 가면 무시당할 것 같응게, 국밥집에서부텀 쭈욱 생각해서 부탁하요. 서울 사람들인디, 함부로 보진 않을 거 아뇨?"

그는 허리라도 껴안을 기세였다. 하지만 나는 당초부터 그림이 돈이 될 거라고 생각한 적은 없었다. 그의 얘기가 논리 정연한 것도 아니었고 자신이 생기는 일도 아니었다. 그러나 발을 빼기는 어려웠다. 종희 때문이었다.

"어디로 가야 하나요? 한번 해볼께요."

그녀는 앞장서 나갔다. 표구에서 오려낸 흔적이나 변색된 지질로 보아 어디를 가든 문전박대나 당하지 않을까 싶었지만 나도 또한 엉거주춤 걸음을 옮길 수밖에 없었다.

"요즘 시상은 학생들이 제일이여. 학생을 안 믿으면 누굴 믿어."

사내는 우리의 비위를 맞추려 너스레를 떨었다. 종희가 기분 좋게 그걸 받아 넘겼다. 모처럼 활달해진 그녀를 보고 적이 마음이 놓인 건 사실이었다. 사내로 상징된 남도의 시민들과 자신의 대비는 단연코 이단이 아니라는, 그리하여 비굴하게 여겨지는 도피를 위안하고 조금이나마 유익한 보람으로 연결 지으려는, 일종의 고리가 그녀의 깊숙한 심중에 걸렸을 것이기 때문이었다.

제법 번화한 시가지로 접어들었다. 형광의 휘장을 두른 야광들이 상호의 간판이 되어 번쩍거렸다. 어디만큼에서 그림을 처분하고 이 후안의 사내와 결별할 것인가, 나는 찐득거리는 갯냄새를 휘저으며 낯설기만 한 보도를 걸어 나갔다.

"오십만 원이믄 후한 거요. 딴 디를 가도 그 이상은 못받을 텐게."

숱이 적은 머리칼을 죄다 쓸어 넘긴 화랑 주인이 말했다. 남천(南泉) 그림은 인자 한물 갔는디. 그는 연신 확대경을 들어 그림의 이곳저곳에 가져다 댔다. 생각지도 못한 고액이었으므로 종희의 얼굴에 감출 수 없는 기쁨이 스쳐가는 게 보였다. 하지만 나는 숨이 막혔다. 갖가지 서화가 진열된 벽면이 무너져 내리는 느낌이었다.

"남천의 진품은 분명하고마. 어디서 생긴 거요?"

그림에서 눈을 뗀 주인이 나를 쳐다보았다. 그 눈길을 차마 마주 대할 수 없었다. 무엇인지 잘못되고 있다는 꺼림칙함 때문이었다. 고서화와 값을 매기는 기준이 무엇인지도 모르고 남천이라는 이름조차 생경한 나를 향해, 오십만 원이라는 터무니없는 고가는 선명한 의문부호 하나를 찍어 던졌다. 어느 우매한 자가 이삿짐을 운반해준 대가로 고액의 그림을 선뜻 내주었겠는가. 미심쩍은 가정이 껍질을 벗고 일어섰다. 그렇게 뒤엉켜버린 혼미한 머릿속에 딱히 떠오르는 대답이 없었다.

"서울 집에서요. 팔려고 가져온 거니까, 더 묻지 마시고 값이나 후하게 쳐주세요."

작위적이기를 지나쳐 놀랄 만큼 태연한 종희의 목소리였다. 좀체 거짓말을 못하는 그녀였기에 이 일에 대한 집착이 어느 정도인지 손바닥을 들여다보는 듯했다. 결국 그녀의 의욕을 꺾고 허술하기만 했던 사내의 얘기를 상기시켜 일을 망쳐버리고자 하는 시도는 할 수 없었다. 화랑 주인이 요구하는 약식의 양도계약서에 서명할 때도 마찬가지였다. 상호를 거듭 확인하는 임기응변의 여유마저 구사하는 그녀를 보고 넘치도록 매몰되어 있는 성취감을 무시하고픈 생각은 없었다.
　귀밑까지 찢어진 사내의 입은 다물어질 줄 몰랐다. 홍정 끝에 받아낸 오십오만 원을 그에게 건네주자 그의 손은 수전증 환자같이 떨었다. 의외의 액수라는 놀라움이 가로등 불빛 속에서도 또렷이 돋아났다. 그림의 출처를 캐볼 용의는 말끔히 녹아버렸다. 철 지난 의복에 절어 있는 궁색한 기운과 종희의 득의양양한 보람을 전도시키고 그의 구린 데를 파헤칠 필요가 없었다. 우연한 만남으로 우의를 다진 것과 같이 호기롭게 손을 흔들며 작별하면 그만인 것이다. 더구나 초면인 사내와 어울릴 수 없는 처지를 감안한다면 이제까지의 경우도 살얼음을 딛는 모험이었다. 그러나 내 형편을 내세울 수 없었다.
　"학생들 땜에 생긴 돈인디 그냥 헤어질 수 있다요? 바로 요 앞인게, 우리 집으로 갑시다. 마누라가 겁나게 좋아할 것이고만. 집이사 누추하지만 발 뻗고 소주 한잔 할 디는 될 것잉께."
　사내가 집요하게 권유했다. 사람들 사이의 허물이란 것은 벗을수록 부끄러워지는 법이라 강변하며 한사코 뿌리쳤다. 하지만 그것 역시 오래도록 버틸 성질은 못 되었다. 갈 곳이 없는 이방의 도시에서 한 사람의 갑작스런 지인이 드리우는 장막이 그토록 넓은 것인지 몰랐다. 그 안으로 빨려드는 발버둥을, 제어할 수 있는 기능은 도무지 생겨나지 않았다.

 희미한 어둠 속, 바람만이 깨어나 활개를 치는 산동네였다. 어둑한 고샅이 끝나는 편에 퀴퀴한 냄새들이 포진해 있었다. 짐승의 축사처럼 밀집되어 몇 세대인지 세기조차 민망한 가옥이었다. 바람이 드세어질 적마다 슬라브 지붕에 이어진 플라스틱 차양의 몸살앓는 소리가 방 안까지 들려왔다. 그것은 가난을 두드리는 건반 소리 같았다. 작은 개다리소반을 받아들고 잠들어 버린 두 아이들을 건넌방에 보낸 뒤에도 의식의 빈틈만 있으면 그 소리는 어김없이 귀청을 후벼 팠다.
 "승선할 때 그런 걸 다 조사하나요?"
 "그런당게, 신분증을 보여야 배를 태워준단 말여. 그런 처지라믄 객선을 타기가 힘들 것인디······."
 사내와 종희의 대화였다. 총장실, 방화 사건, 뉴스에 난 것 아시죠? 소주 몇 순배를 돌린 종희가 사내의 채근에 못 이겨 배를 타려하는 동기를 말했다. 단번에 전말을 알아낸 그는 검문의 우려부터 떠올렸다. 구취에 섞인 조언은 그의 입에서 계속됐다.
 "부두에서 전셋배가 있기는 한디······. 먼 바다가 아니고 안좌도쯤이라면 해경선의 검문이 없을 수도 있고 말여."
 매운탕을 저어가며 그가 말했다. 보은의 뜻으로 무엇이든지 자청해 돕겠다는 얘기도 덧붙였다. 검문이라니. 생각지도 못한 돌출이었다. 나는 소주잔을 끌어 당겨 목구멍에 들이붓고 나서

장정이 까마득한 앞일을 상정해 보았다. 피신이라는 처지가 안 겨주는 고단함은 언제까지 이어질 것인가. 예측할 수 없는 곤혹 감이 똬리를 틀고 있었다.

"담배도 피요? 인자 본께 여장부이시고만."

담배를 빼어 문 종희를 보고 사내가 너털웃음을 지었다. 나도 또한 멋쩍게 웃어버림으로 해서 어색함을 위장했다. 푸른 빛깔 띠를 두른 담뱃갑을 들고서, 담배에 먹히는 원가와 세금의 내역 에 관하여 설명하는 종희를 보고서야 그의 웃음은 그쳐 있었다.

술병이 몇 번 바뀌고 양조장의 수건처럼 취기에 젖을 때까지 많은 얘기가 오고 갔다. 혹독한 겨울의 추위와 연탄 값의 상승에 대하여, 노동과 임금의 키가 맞지 않는 불균형의 분배에 대하여, 서해안 시대의 개막을 부르짖는 후보와 농어민 부채 탕감을 공 약하는 후보에 대하여, 비 내리는 호남선과 목포의 눈물에 대하 여 서로의 의견이 목청을 돋우고 있었다. 핸드마이크를 잡지는 않았지만 그녀의 당찬 얘기들이 낮은 천정의 방을 후끈거리게 했다.

"우리 같은 사람들은 코가 맥히고 눈을 못 뜨것는디, 학생들 은 신기해라우. 맵도 않은 게벼. 죽을 목숨이라고 내놓은 사람맹 키로."

곁에 있던 사내의 아내가 한마디를 거들었다. 술상 위로 그녀 의 기침 소리가 토막토막 떨어졌다. 이미 발음이 흐트러진 종희 의 음성이 다시 고조되었다.

"이게 다, 한 번이라도 사람 흉내 내보고 싶어서지요."

종희는 눈물이라도 떨어뜨릴 듯이 말했다. 넌 지금 취했어.

취해도 더럽게 취했어. 나는 그녀의 겨드랑이를 양팔로 끼워 일으켜 세웠다. 이것 놔. 난 안 나갈 거야. 부축을 뿌리치는 그녀의 다리가 힘없이 풀어졌다. 그럴수록 나는 팔에 힘을 주었다. 그놈의 지긋지긋한 온정주의. 가야겠다는 나의 말을 묵살하고 사내는 건넌방에 잠들어 있던 아이들을 하나씩 안고 들어왔다.

"이부자리를 펴 놨어라우. 누추하지만 사람 사는 방이니 암말 말고 묵어가쇼. 딴디보단 나을 것인게."

그들 부부의 간청을 거절할 재간이 없었다. 흥건한 취기에 떨어진 종희를 데리고 갯바람이 득세하는 바깥으로 나갈 수는 없었다. 어정쩡한 숙박업소를 전전한다는 것은 처음부터 내키지 않은 일이기도 했다. 우연치고는 참으로 질기다고 생각했다. 미닫이문을 밀치고 유난히 좁아 보이는 방으로 건너갈 때 종희의 입에서는 콧노래마저 흘러나왔다. 선봉에 선 친구여. 너의 찬 손 내 가슴에 끊일 듯 끊이지 않는 너와 나 우리 지금…….

"우는 건 질색이야. 싸우는 것과 우는 걸 동시에 한다는 건 있을 수 없어. 울지를 말든지. 싸움을 중단하든지 양단간에 결정해야 해."

힘들게 누워 있는 종희를 내려 보며 나는 급속히 냉각되는 정신을 풀어헤쳤다. 엎드려 뒤척이던 그녀가 활처럼 등을 구부리며 일어나려 했다.

"이 싸움에서……. 눈물이 없을 수가 있어? 그렇게 생각해?"

그녀는 초점을 잃은 시선으로 나를 보았다. 그러는 너는? 비열하고 계산 빠른 개량주의자, 핵심에 서지 못하는 아웃사이더라고 생각할 터였다.

"싸움이란 낭만이 아니야. 철저하게 감상적이 되어버린 넌 이미 혼란에 빠져있어. 부인하려 하지 마. 목포까지 온 이유가 뭐야? 비겁한 도피가 아니라고 말할 수 있어? 너 같은 감상주의는 치명적이야. 적을 죽이지 못하면 자신이 죽는 게 싸움의 현장이야. 그리고 오늘 일은 또 뭐야? 저 사람들 아픈 데 찔러서 뭐하겠다는 거야? 제발 얌전히 굴어. 거들먹거리지 말란 말이야."

종희의 찡그린 표정 때문에 얘기를 그치고 말았다. 술기운이 오장육부를 말아먹고 다닐 것이어서 그녀의 고통은 다름없이 나에게 이어졌다. 사내와의 만남에서 감상과 연민이 끼어들지 않았던들 이러한 노정은 어림없었을 것이라 생각했다. 그때 눈꼬리를 세우고 있던 종희가 꿈틀거렸다. 무얼 위해서 한 일이냐고? 화색 덮인 그녀의 얼굴이 내 앞으로 다가왔다.

"그래, 이렇게 정성껏 달려든 이유가 뭐냔 말이야?"

그녀를 자리에 눕히며 거듭 물었다.

"먹통인 그 머리에서 이해할 리가 없지만…… 노학…… 연대야. 우리들 일상에서 쉽게…… 이룰 수 있는 노학연대라구. 이토록 뜨거운 기분, 첨이야. 알아들어?"

그녀는 손등에 얼굴을 묻었다. 노학연대? 탈색된 사방무늬 벽지가 빙글 돌았다. 벽을 타고 사내의 얘기가 넘어왔다. 오늘은 연탄 아끼지 말고 확 터 놔. 학생들 감기 들면 안 되제. 나는 양 손바닥을 뒷머리에 붙이고 벌렁 드러누웠다. 무너지는 낮은 천장, 남해로부터 불어닥치는 바람 앞에서 진저리를 치고 있는 플라스틱 차양 소리, 창졸간에 목돈을 쥐고서 주체하지 못하는 그들에게 우리들이 연대할 수 있는 것은 어디서부터 어디까지인지, 일렁이는 해무에 쌓인 섬을 보는 것같이 모호하기만 했다. 수배라는 사슬을 피하여 사이다 몇 모금으로 두근거리는 가슴을 적시며 열차에 실려 온 지 반나절도 되지 않았다.

찌부러진 베개에 얼굴을 묻고 종희는 가늘게 쿨럭였다. 낯선 땅만을 가려가며 쫓겨 다녀야 할 형편과 숱한 사람들과의 스쳐 감 속에서 한 사람의 지인을 알게 된 감동. 감질나게 콧날을 자극하는 사내의 수더분한 온정 중에서 그녀를 슬픔의 울안으로 집어 넣어버린 것은 어느 쪽인지, 가물거리는 취기를 털어내며 헤아려 보았으나 자신 있는 실마리는 어느 부분에도 없었다. 술 탓일 수도 있지. 나는 그녀의 어깨를 다독여 주었다.

혼몽 중의 소란 속에서 잠에서 깨어났을 때 맨 먼저 내 눈을 찌른 것은 플래시의 불빛이었다. 눈을 뜰 수 없을 만큼 강렬한 불빛이 망막을 쑤시고 들어왔다. 급작스런 정황이었으므로 날이 새면 또다시 어느 험로로 뛰어들어야 하는가 하는 근심은 달아나고 없었다.

"누구요?"

나는 황급히 몸을 일으켰다. 두런거리는 소리로 봐서 한 사람만이 아님을 알 수 있었다. 종희의 유무부터 확인해야 했다. 뻗어간 손끝 촉수에 그녀의 스웨터가 잡혔다. 이윽고 화들짝 밝혀진 형광불빛 아래 건장한 남자 두 명이 시야로 돌진해 왔다.

"뭡니까? 왜들 이러세요?"

나는 종희를 흔들어 깨웠다. 탄탄한 체구에 꼭 끼는 가죽잠바를 입은 사내가 허리춤에서 수갑을 빼내든 것으로 대답을 대신

했다.

"윤종희! 도망칠 생각 마!"

가죽잠바가 뱉어놓은 고함 소리에 종희가 기겁하며 일어났다. 수갑에서 교수대의 밧줄 같은 절망도 함께 매달려 흔들렸다. 짧은 순간이었지만 여러 생각이 스치고 지나갔다. 사내의 계략에 말렸구나, 하는 낭패감이 온몸의 돌기에서 곤두섰다. 고물행상만으로 생계유지가 어렵다더니. 그의 먹이사슬은 우리를 신고해야할 만큼 절박했을까. 움켜 쥔 주먹과 비례하여 치밀어 오르는 분노를 주체하지 못해 불끈 일어섰다.

"넌 뭐야? 니가 나까마야?"

가죽잠바가 가리키는 손끝이 내게로 향해 있었다. 그 순간 그의 어깨 너머에, 방문을 가로질러 사내의 모습이 보였다.

빗나간 내 추측이 목덜미를 후려쳤다. 사내도 또한, 울부짖는 처자를 마주대하지 못하고 수갑에 묶여진 손목을 떨어뜨렸다. 다만 내 쪽을 향한 시선에 불타는 적개심도 포함되어 이글거리고 있는 듯이 보였다면 잘못 본 것일까.

"윤종희! 학생 운동으로 수지가 안 맞는 건가? 그림이나 울궈내어 팔아먹는 나까마와 혼숙하는 걸 보니 말야. 죄목에 장물죄도 넣어야겠어."

가죽잠바가 떠밀어내는 바람에 팔짱은 풀어져 종희의 어깨가 벽에 부딪쳤다. 그녀의 손이라 믿을 수 없을 만큼의 완력도 팔에서 떨어져 나갔다.

맞아. 종희가 말하는 사내와의 연대가 싸늘한 수갑이라는 공통분모에서 시작되는 거냐고, 새삼 되물어 볼 겨를이 없었다. 종희야 힘을 내. 나는 황소의 뿔처럼 머리를 곧추세우고 가죽잠바에게 달려들었다.

－『광주일보』 1989년 1월 1일

| 해설 |

이야기꾼의 화법과 반전의 서사

최현주 문학평론가, 순천대 교수

> 잠재적인 것을 육화할 수 있는 것, 즉 그 고유한 의미에서 존재를 시간 속에서 사유할 수 있게 해주는 것은 오로지 예술이다.
> － 『들뢰즈의 잠재론』

1. 아상불라주, 해독의 고통

정강철의 소설들을 읽으면서 나는 힘겨웠고, 그 고통과 번민으로 고마웠다. 표층으로 읽히는 언표외적 의미보다 그 속에 숨어 있는 잠재태의 본질과 실체를 찾아내는 것이 무엇보다 힘들었다. 하지만 그러한 예술작품의 본질적 실체를 추적해내야만 하는 독자로서의 고통과 번민이 나의 삶과 존재를 실재의 시간으로 이끌어주어서 고마웠다. 진정한 예술작품의 향유에 대한 열망과 고통만이 나와 세계와의 관계와 의미에 대해 고민하고 사유하고 표상하게 하기 때문일 것이다. 그리하여 잠재태 속에 숨어 있는 의미의 총체화에 대해 고민하게 만든 정강철의 소설들은 어느덧 내게 이 시대의 진정한 예술작품으로 다가섰다.

그의 소설들은 내게 무한한 잠재태로만 읽혔다. 하나로 그 본질을 총체화하거나 몇 개의 층위로 계열화하여 의식의 층위로 표상해내기가 쉽지 않았다. 어떤 작품들은 현실에 비껴선 능란한 이야기꾼의 변죽과 수사로 읽히다가, 어떤 작품들은 치밀한 공부를 통해 용사(用事)에 철저한 지식인소설로 읽히기도 했으며, 날카로운 시대의식으로 무장한 어느 중견 작가의 작품으로 읽혔다. 그는 지금껏 장편소설만을 펴내었다. 이제 첫 단편집을 내는 작가의 시작과 끝은 어디일까? 아니 지금 잠재되어 있는 빙산의 실체는 어느 만큼일까라는 경외 내지는 호기심 때문에 그의 문장의 숲을 헤매고 또 헤매었을 뿐이다.

그러한 혼돈과 번민의 고통 후에 얻어진 깨달음의 도달점이 들뢰즈가 제시한 아상블라주assemblage이다. 들뢰즈는 말과 사유의 실재를 이루는 최소단위가 아상블라주이며, 이는 최소한 두 항 사이에서 일어나는 그 무엇인데, 구조화된 전체가 아니기 때문에 부분들이 하나의 동질적 조건에 묶이지 않는다. 정강철의 소설들은 이처럼 결코 구조화된 전체나 동질적 조건에 묶이지 않는 아상블라주인 셈이다. 때문에 진정한 예술작품이란 논리적인 변설이나 삶과 자연의 조건들에 의존하지 않는 미적 자율성을 갖고 있지 않던가.

변명은 여기까지만 하기로 하자. 그렇다고 그의 작품들에 대한 해독을 포기하는 것은 아니다. 나를 고통으로 이끌어 내 삶의 현재적 조건과 실체를 확인하게 한 정강철의 작품들을 하나하나 살펴보자.

2. 이야기꾼의 화법과 반전의 서사

정강철 소설의 대부분에서 주인공은 서사의 중심에 있지 않다. 갈등을 통해 서사가 전개되는 과정에서 주인공은 갈등의 당사자가 아니다. 주인공은 갈등하는 인물들 옆에서 갈등을 관찰하고 이를 서술해내는 화자의 역할로만 기능하고 있다. 하여 사건의 중심에 주인공이나 초점화자를 배치하지 않는 작가의 의도는 지극히 이야기꾼의 그것과 다르지 않다. 여기서 이야기꾼의 태도란 사건의 실체만을 전달하지 그것에 대해 평가하거나 개입하지 않는 것을 말한다.

「암행」에서 화자인 '나'는 시국사건에 관련되어 수배 중인 친구 '종희'의 도피를 돕는 조력자일 뿐이다. '나'는 '종희'가 가난한 '사내'의 동양화를 대신 팔아주는 과정에서도 적극적으로 나서지 못하고 방관만 하는 정도이다.

> "먹통인 그 머리에서 이해할 리가 없지만…… 노학…… 연대야. 우리들 일상에서 쉽게…… 이룰 수 있는 노학연대라구. 이토록 뜨거운 기분, 첨이야. 알아들어?"
>
> 그녀는 손등에 얼굴을 묻었다. 노학연대? 탈색된 사방무늬 벽지가 빙글 돌았다. 벽을 타고 사내의 얘기가 넘어왔다. 오늘

은 연탄 아끼지 말고 확 터 놔. 학생들 감기 들면 안 되제. 나
는 양손바닥을 뒷머리에 붙이고 벌렁 드러누웠다. 무너지는
낮은 천장, 남해로부터 불어닥치는 바람 앞에서 진저리를 치
고 있는 플라스틱 차양 소리, 창졸간에 목돈을 쥐고서 주체하
지 못하는 그들에게 우리들이 연대할 수 있는 것은 어디서부
터 어디까지인지, 일렁이는 해무에 쌓인 섬을 보는 것같이 모
호하기만 했다.

 도피의 급박한 와중에 '노학연대'라는 이유로 가난한 '사내'
의 그림 파는 것을 도와준 '종희'의 태도에 대해 주인공 '나'는
모호한 회의의 태도를 보인다. 80년대 후반 민주화를 위한 급박
한 정세에 기투(企投)하지 못하는 주인공의 고민이 드러나고 있
다. 행동하지 못하는 서사주체로서의 주인공 화자는 그저 타자
의 사건과 갈등을 있는 그대로 전달하는 이야기꾼에 한정될 수
밖에 없는 것이다.
 「수양산 그늘」에서도 '나'는 아버지인 남개 선생과 그의 친구
이자 예술적 경쟁자였던 우헌 선생의 갈등과 대립을 충실하게
전달해주는 관찰자 화자의 역할에 한정된다. 서법제일주의를 강
조하는 아버지 남개 선생과 '심정필정(心正筆正)'의 정신우위론
을 강조하는 우헌 선생의 서법을 둘러싼 대립과 갈등에 끼어들
거나 문제를 해결해내지도 못하는 존재인 것이다.
 결국 정강철의 소설 대부분의 주인공이나 화자가 사건을 전
달하는 역할에 한정되어 있다는 점에서 작가 또한 사건의 전개
나 가치 평가에 개입하지 않는 이야기꾼으로서 자기 역할을 한

정짓고 있는 것 같다. 좀 더 구체화시켜 말하면 작가는 자신이 서술해나가는 작품의 세계로부터 약간 비껴선 채로 자신의 체험이나 육성을 서사화하지 않고 있는 것이다. 대부분의 소설가들이 자신의 체험을 서사화하거나 체험의 한계를 극복해내지 못한다는 점에서 정강철의 소설작법은 남다른 데가 있다. 이처럼 이야기꾼으로서의 작가가 체험을 바탕으로 한 자신의 이야기를 제시하지 않고 작품과 거리두기를 할 경우 작가와 작중인물, 작가와 화자의 거리는 서로 멀어져 있다고 하일지는 그의 저서 『소설의 거리에 관한 이론』에서 밝힌 바 있다. 이러한 이야기꾼의 태도가 자신과 세계의 삶으로부터의 거리두기를 전제로 한 미적 자율성의 장치로 해석될 여지는 없을까? 하일지의 스승 로브그리예가 추구한 누보로망이란 소설 유형이 바로 자본주의 사회에 대한 새로운 저항이 아니었던가? 타락한 자본주의 사회의 사건이나 상황으로부터 거리를 둔 비판적 자세가 이러한 거리두기의 방식을 선택한 정강철이란 작가의 직관 혹은 의도의 소산일 것이다.

이러한 이야기꾼의 화법은 작품 제목의 패러디적 성격과 연결될 수 있다. 패러디란 작품 이전의 원전을 전제로 한 것인데, 이 소설집에 실린 작품들의 표제는 대체로 익숙한 어떤 작품의 제목이거나 그 원전과 관련된 모티프를 떠올리게 한다. 「운수 좋은 날」은 우리가 잘 아는 현진건의 소설 제목이고, 「와이키키 브라더스」, 「그들만의 리그」는 임순례 감독의 영화와 페니 마샬 감독의 영화 제목이다. 「암행」은 1950년대 풍자소설가 김성한의 「암야행」을, 「멀고 먼 이웃들」은 김영현의 소설 「멀고 먼 해후」

를 떠올리게 하고 「수양산 그늘」 또한 "수양산 그늘이 강동 팔십 리를 간다"는 속담과 관련이 있다.

  작품의 제목은 작품의 첫인상을 결정하는 핵심 요소이다. 많은 작가들이 작품에 표제를 정하는 데 공을 많이 기울이는 이유는 그것이 작품의 전반적인 내용, 혹은 주제와 깊은 관련이 있기 때문이다.

  이 소설집에서도 「와이키키 브라더스」는 김소진의 소설 「자전거도둑」이 비토리오 데 시카 감독의 네오리얼리즘 영화 「자전거도둑」을 패러디한 것처럼 임순례 감독의 동명의 영화를 패러디하고 있다. 과거 대학 시절 록 음악에 빠져서 베이스 기타를 쳤던 주인공은 다시 한 번 그때처럼 록 음악을 연주하는 클럽을 재결성하길 원한다. 드럼을 쳤던 친구 '명기'는 영화 속의 주인공처럼 나이트클럽에서 드럼을 연주하면서 힘겨운 일상을 지탱해나가고 있다. 소설과 영화가 서로 상동한 인물과 주제를 공유하고 있다.

    영화가 그랬어. 옛날 생각나기에 딱 좋은 장면들이었어. 가투가 끝나고 최루 연기를 뒤집어쓴 채 다들 대폿집으로 몰려가 '진짜 노동자'를 부를 때는 기타를 치던 지나간 시절이 부끄럽기까지 했으니. 엘피 디스크가 자취를 감추고 황홀한 시디 음악이 나오면서 언플러그 음악들이 추억의 장면으로 사라져간 것처럼, 세상은 변했고 사람도 변했으며 나도 확실히 변했어. 그랬는데 이 한 편의 영화가 지나간 필름들을 죄다 되돌려놓고 마는 거야.

이처럼 임순례 감독의 동명의 영화는 잠재되어 있던 주인공의 과거의 기억을 환기시켜내면서 지나간 날들에 대한 그리움의 정서를 촉발해내고 있다.
「운수 좋은 날」의 김천은 택시운전 기사인데 현진건의 동명 소설의 주인공인 인력거꾼 김첨지처럼 '운수 좋은 날'을 보내게 된다. 정오가 되는 시간까지 다른 날과 다르게 '짭짤한 수입'을 올리던 김천의 '운수 좋은 날'은 삼십 대 등산복 차림의 남자를 태우면서 꼬이게 된다. 비가 오는데도 산꼭대기로 가자는 손님과 다투다 파출소에 끌려가고, 파출소에서 나온 후에는 회사의 장부장과의 술자리에서 고달픈 파국을 맞는다. 그러면서 주인공 김천은 현진건의 소설 속의 김첨지처럼 "원수 같은 돈, 돈을 벌려면 별수 있나?" 하는 독백을 내뱉는다.
원전에 대한 패러디는 원전의 모방이 아닌 원전에 대한 새로운 비판적 통찰과 더불어 새로운 가치를 제시하고자 하는 작가의식의 소산이다. 이를 잘 보여주는 소설이 김소진의 「자전거도둑」일 것이다. 주인공 승호의 눈에 비친 아버지의 무력함이야말로 영화 『자전거도둑』에서 아들 부르노의 눈에 비친 안토니오의 무력함에 통하는 것이고, 그러한 아들들의 시선이야말로 근대를 맞이한 아들들의 아버지 세대에 대한 부정에 맞닿는 것이었다. 이러한 패러디를 정강철은 「운수 좋은 날」과 「와이키키 브라더스」에서 보여주고 있는 것이다. 현진건의 「운수 좋은 날」의 인력거꾼 김첨지와 정강철의 「운수 좋은 날」의 택시운전사 김천은 시대를 달리하지만 그럼에도 가난한 노동자의 궁핍한 일상과 상황을 상동하게 드러내놓고 있다. 1920년대 식민지 시대로부터

90여 년이 지난 지금 이 시대의 노동자의 열악한 삶이 전혀 다르지 않음을 작가는 패러디를 통해 철저히 해부해놓고 있다.

한편 이 소설집에 실린 작품들의 서사 전개의 핵심은 반전에 있다. 일정하게 진행되던 서사가 결말에서 독자의 의도와는 다른 반전을 맞게 된다. 「바다가 우는 시간」에서 주인공 '나'는 시나리오 각색자인데 어느 날 선배로부터 자서전 대필 의뢰를 받고 목포의 외딴집에 도착한다. 선배의 집이라던 이층집은 낙후된 빈민가 사이에 있는 집으로 아래층에는 정체를 알 수 없는 소리와 냄새를 피우는 여자가 혼자 산다. 그녀는 가정이 있는 남자를 사랑하는 타락한 여인으로 비쳐지지만 결국은 한 남자의 사랑을 떨쳐버리지 못하는 순정한 여자로 인식된다. 한편 '나'는 아래층 여자의 불륜을 의심하면서 인터넷 카페에서 '철의 여인'으로 불리는 아내가 '오옥철'이라는 남자 동창과 불륜 관계에 빠져 있다는 의심으로 절망한다. 하지만 소설의 결말에서 의심스럽던 아내가 정성을 다한 음식을 가져오면서 아내에 대한 의반감을 버리고 아래층 여자가 원하는 방식의 사랑을 나누게 된다. 의심하던 아내의 방문과 불륜으로 추정되던 아래층 여자의 순정이 확인되는 순간 작품의 서사는 반전과 더불어 결말을 맺게 된다.

이러한 결말의 반전은 「그들만의 리그」에서도 마찬가지다. 수상스러운 인터넷 페시티 카페의 모임에서 호모처럼 보이던 '강쇠'가 실은 카페의 운영자인 '디제이'를 쫓는 형사였음이 결말에서 밝혀진다.

이처럼 그의 소설에서는 독자의 예상을 뒤집는 반전을 통해

서사의 갈등구조를 다층화시키고 사건에 대한 해석의 지평을 열어 놓는다. 작품의 주된 갈등이나 핵심 서사의 흐름을 한순간에 전환시킴으로써 독자들에게 낯설음을 불러일으키고 이러한 낯설음의 인식이 동시에 대상에 대한 이중적 인식의 계기를 환기시켜 낸다.

결국 그는 서사의 반전을 통해 예측 불가능한 우리 시대의 실체를 보여주려고 했다. 한때 우리는 과거에서 현재로, 현재에서 미래로 이어지는 연속적 시간관에 의지한 인과율을 신뢰한 적이 있다. 오늘 비록 날이 흐리고 비가 오더라도 내일은 해가 뜬다는 믿음이야말로 고통스러운 오늘을 견디는 힘이 되었다. 오늘의 노력의 결과가 내일은 반드시 돌아오리라는 믿음, 하지만 21세기 우리는 내일을 기약할 수 없게 되었다. 니체의 지적처럼 우리는 오직 오늘만 살아가기 때문이다. 과거는 이미 지나가 버렸고 미래는 아직 오지 않은 채, 오직 지금 이 시간만이 우리의 실존적 시간이다. 때문에 오지 않는 미래를 기약한다는 것은 헛된 노력인지도 모른다. 현재 21세기 우리에게 주어진 환경 문제나 실업 문제, 경제 문제 등 어느 것도 예측하기 어렵게 되었다. 자고 나면 기대나 예측과 다른 사건들이 벌어지는 우리들의 세태를 정강철은 날카롭게 포착해내고 있는 것이다. 그러한 시대에 대한 예민한 포착이 그의 서사에서 반전의 기법으로 형상화되고 있다.

3. 비판적 지식인의 현실비판과 장인적 작가

이 소설집의 주인공들은 대부분 현실의 중심에 서 있는 인물들이 아니다. 현실에서 약간 벗어난 존재, 주변부적인 존재이자 소외된 존재들이다. 아내와 자식들로부터 외면당한 존재, 회사를 그만두거나 사업을 망하고 영락한 존재들이다. 「그들만의 리그」에서 주인공은 제대를 하고 난 뒤 다니던 다단계 회사를 집어치우고 치킨집 배달, 공사장 막일, 택시 운전을 하다가 인터넷 심부름 대행카페를 하면서 음란 커플 카페를 운영하고 있다. 「운수 좋은 날」의 주인공 '김천'과 삶의 여정이 유사한 것이다. 「바다가 우는 시간」에서도 주인공은 자서전 대필을 하는 인물이고, 「와이키키 브라더스」에서도 주인공은 하루에 고작해야 비디오 서너 개 정도만 대여하는 비디오점을 하는 인물이다. 「멀고 먼 이웃」에서도 주인공은 실직하고 인터넷 카페에 글을 올리는 걸로 하루하루를 보내는 룸펜에 가깝다. 현실의 중심으로부터 밀려난 인간들의 삶이야말로 자본주의 사회의 문제적 인물이며, 이러한 문제성의 포착이야말로 자본주의 시대의 서사시인 소설의 책무일 터이다.

이처럼 정강철은 속물화되어 가는 자본주의 사회의 문제점에 대해 통렬한 비판을 가한다. 「운수 좋은 날」에서 택시회사의 노조를 탄압하고 겁박하려는 장부장이야말로 물신화된 자본주의의 속물성을 전형적으로 보여주는 인물이다. 본질적 가치인 사용가치보다 비본질적인 교환가치가 우위에 놓임으로써 가치의 변질이 발생하는 자본주의의 물신화야말로 인간 군상의 타락을 촉발하는 기제가 될 것이다. 그런 점에서 장 부장은 노동자들의 이익을 착취하는 데 그치지 않고 경리 여직원을 노래방 도우미로 이용하는 파렴치함을 마다하지 않는 것이다.

이러한 자본주의 가치의 타락은 인간들의 도덕적 타락을 불러오는데, 「그들만의 리그」에서도 '마블링'이나 '디제이' 등 인터넷 혼음 카페의 모임에 참여한 인물들은 그러한 도덕적 타락에 무감각하다. 40대 고깃집 사장인 '마블링'은 돈을 주고 여자를 살망정 마음은 주지 않으려 한다. 그러면서도 인터넷 카페 등의 부도덕한 일들에 대해 환멸을 느끼지 않으면서 더한 자극을 원하는 인물이다. 카페의 운영자인 '디제이'는 치킨집 배달, 택시 기사 등을 하다 종국에는 변태적 사교 카페를 운영하면서 부도덕한 일을 일삼을 뿐만 아니라 인터넷 심부름 카페에서 청부 살인도 마다하지 않는 인물인 것이다. 작가는 이러한 인물 군상을 전면에 배치함으로써 육체와 영혼마저 타락해버린 자본주의 시대의 실상을 고발하고 있다.

작가의 자본주의 사회에 대한 비판은 익명성을 전제로 한 인터넷 매체에 대한 비판으로 이어진다. 「그들만의 리그」가 인터넷 카페의 타락상을 보여주는 것이라면 「멀고 먼 이웃」들에서 인터넷 문학 동호회 카페인 '동문선'의 모임 또한 그와 다르지 않음을 보여준다. '가까운 친지보다 더 친근한 이웃'이라고 생각했던 카페 사람들은 기실은 다들 익명성으로 위장된 허상들일 뿐이다. 남다른 뛰어난 논리를 가지고 있으며 변호사라던 '풀카운트'는 신림동 고시촌을 벗어나지 못한 늙은 고시생일 뿐이고, 군인이라던 '저격수'는 주인공에게 육체적으로 치근대는 호모에 지나지 않는다. 그리고 주인공과 40대 커피숍을 운영하는 '고모담'은 불륜의 행각을 서슴지 않는다. 익명성에 의지해 실체적 본질마저 잃어가는 인물 군상들이야말로 매트릭스(가상)의 세계에 매몰된 채 삶의 본질과 정체성을 상실한 자들과 결코 다르지 않은 셈이다.

때문에 정강철의 날카로운 자본주의 비판의 정신과 문학적 형상화는 최일남이나 송기숙의 비판적 지식인 소설을 떠올리게 만든다. 묵직한 주제의식과 더불어 군더더기 없는 문장의 호흡 또한 그들의 숨결이 느껴지는 이유이다.

그런데 무엇보다 그는 공부하는 작가인 듯하다. 「수양산 그늘」에서 그는 서예에 대한 다양한 지식을 풀어 놓는다. "형은 근례비顔勤禮碑 뿐만 아니라 다보탑비多寶塔碑와 마고선단비麻姑仙丹碑를 마쳤고, 구양순의 황보탄비皇甫誕碑와 구성궁예천명九成宮醴泉銘까지의 해서를 두루 섭렵하여"라는 구절에서도 알 수 있는 것처럼 그는 다양한 서체에 대해 깊이 있는 공부를 충분히 한 것 같다. 뿐만 아니라 그는 소설의 배경이 되었던 조선 후기의 시대상과 서예가들의 필법에 대해서도 충분한 공부가 있었던 것으로 보인다.

> 세상의 모든 것들이 실사구시와 이용후생의 새바람을 맞은 시기에, 상공업의 부흥으로 경제 유통이 활성화되었고, 광작이라는 농사 혁명, 판소리계 소설이 유행할 정도의 의식 개혁, 단원과 혜원의 풍속화와 속화에서 드러난 사실주의 기법, 사설이 늘어난 시조의 가락 등은 대변혁기의 좋은 예들이었다.

따지고 보면 이는 자연스럽고도 세계적인 추세였다. 더욱이 다행스럽고 자랑스러운 것은 훗날 실시된 갑오개혁과 같은 외풍에 의한 강제 개혁이 아니라, 모든 것이 조선 내부에서 비롯된 자생적 몸부림이었다는 것이다. 궁중까지도 한글로 내간을 지은 마당에 우리식 서법의 발현은 당연하다 못해 차라리 시대의 강력한 요구이기도 했다. 원교가 우리식 서법을 주장한 것은 강대국이 내려준 파급이 아니라 주체의식에 눈뜬 선각이라는 것이다. 그럼에도 추사는 공들여 기운을 차린 개화의 싹을 꺾고 선대의 중국 글씨로 되돌아가야 한다는 고집을 내세웠다. 예술적 감각은 물론이려니와 사조에 눈뜨지 못하고 오히려 역행해 버린 셈이라 했다.

위의 문면과 같이 작가는 조선 후기에 상공업이 부흥하고 경제 유통이 활성화되어 자족적 경제구조를 이루어냈고 그 영향으로 자생적 성장이 가능하였다는 주체적 역사의식을 보여준다. 외부로부터 이루어진 갑오개혁의 문제점과 여전히 사대적인 서법에서 벗어나지 못하는 서단의 문제점에 대한 통찰도 대단하다. 이처럼 작가는 놀랄 만한 식견을 보여주고 있는데 이는 그가 작품을 쓰기 위해 엄청난 독서와 공부를 해냈음을 보여주고 있다.

「와이키키 브라더스」에서도 작가는 전통 록 음악에 대한 공부가 튼실했음을 보여준다. 레드 제플린, 야즈버드, 이안 페이스, 에이프릴 와인, 퀸의 드러머 로저 테일러 등의 음악에 대한 지식의 축적이 작품 창작의 원동력이 되었을 것이다. 뿐만 아니라 「멀고 먼 이웃들」에서 작가는 들뢰즈와 가타리의 욕망하는 기계와 욕망하는 생산, 프랑스의 영화이론, 롤랑 바르트의 신화론을 언급한다. 그가 자신이 창작하고자 하는 작품의 소재에 대한 철저한 취재와 공부를 해낸 후에 창작했음을 추론할 수 있다. 하여 그가 과작인 이유는 창작 이전의 이와 같은 엄청난 공부를 전제로 했기에 많은 작품을 쓸 여력이 없었기 때문이었던 것 같다. 어쩌면 그는 이 시대 철저한 탐구정신을 갖춘 소설 장인의 마지막 세대쯤으로 인식될 수 있을 것이다.

4. 현실에 비껴 서서 아름다운, 지극히

이 소설집의 화자와 주인공들은 사건의 본질에서 약간 비껴서 있는 존재들이다. 「바다가 우는 시간」에서 주인공보다 문제적 인물이자 초점화된 인물은 '아래층 여자'이며, 「그들만의 리그」에서도 사건의 핵심은 '디제이'라는 카페 운영자이며, 「수양산 그늘」에서도 주인공은 갈등의 외부에 위치해 있다. 「멀고 먼 이웃들」이나 「암행」, 「와이키키 브라더스」에서도 비슷한 형국이다. 왜 작가는 주인공들을 갈등의 당사자나 사건의 주동인물로 형상화하지 않았을까? 어쩌면 이는 작가의 현실에 대한 태도보다도 소설작품 그 자체의 존재론적 위치에 대한 남다른 통찰 때문인 것으로 인식된다.

소설은 혹은 예술작품은 자본주의 시대에 대한 비판과 저항의 거점이어야 한다. 이 작품집에서도 볼 수 있듯이 익명화되고 물신화되어 가는 자본주의 사회의 논리에 대한 비판은 그 대상과의 거리설정으로부터 발생할 수 있다. 대상과의 거리를 유지하지 못했을 때 대상의 비판은 대상의 논리에 포획될 수밖에 없다. 하여 아도르노는 이를 미학적 자율성이라고 부르지 않았던가 예술작품은 항상 자본주의 사회 저 너머에서 무관심한 듯 그러면서도 날카로운 통찰을 이루어내야 한다고 아도르노는 강조한 바 있다. 그런 연장선상에서 들뢰즈 또한 소수문학을 강조하면서 문학이 국가-형식이나 자본주의 이데올로기로부터 포섭되거나 사로잡히지 않아야 한다고 설파하지 않았던가.

그렇다면 정강철 소설의 위치는 아도르노나 들뢰즈가 강조한 현실논리에 포획되어 있지 않는 그 대척점에 있다고 할 것이다. 하여 그의 문학은, 그의 소설들은 철저히 이 시대에 대한 비판과 저항의 거점을 마련하고 있는 것이다. 그런 점에서 정강철 소설의 독특한 주인공과 초점화자의 위치설정은 문제적이며, 더욱 깊이 있는 천착이 필요할 것 같다. 그리고 그의 묵직한 비판정신과 정확한 문장이, 대상을 철저히 탐구하는 장인정신이 그의 소설의 자장을 더욱 심화시키고 확대해나갈 것이라 믿는다. 그의 크고 무한한 잠재태가 더욱 현재화되어 많은 독자들을 작품의 해독에 대한 고통과 번민에 휩싸이도록, 그로 인해 그들이 지금 바로 이 순간 실존하고 있음을 실감하게 되기를 기대한다.

| 작가의 말 |

동녘이 붉어진 사연

 문예반에 들어오겠다는 아이들에게 묻곤 한다. 태어나서 지금까지 받아온 상처는 무엇이냐? 조실부모나 신체장애까지는 아니더라도 잦은 이사나 아버지의 실직 같은, 가슴 쓰라린 이력들을 듣고 싶었다. 형제나 오누이의 아픔이 전이될 수도 있고 아파트촌이라도 좋으니 눈물겨운 고향의 모습이랍시고 간직할 기억은 있는지, 학교 때려치우고 입산해 버리고 싶었던 적은? 상처와 결핍을 운명처럼 떠안고 자라온 아이라면 대환영이었을 테지만, 글쎄 그런 적격자를 만났던 기억은 별로 없다. 부족함 없이 자라온 요즘 아이들은 뜨악한 표정으로 고개를 저었다. 나는 그들에게 말했을 것이다. 폼 나는 일이라면 다른 것도 많지 않니? 두말 할 나위 없이, 아침의 동녘 하늘은 힘차고 아름답다. 나의 동녘에는 과연 밑불이란 게 있기나 했을까.

 어머니는 연달아 딸만 셋을 낳으셨다. 네 번째 아이가 또 딸이라면, 시댁에서 쫓겨나기 전에 스스로 방죽에 몸을 던질 심산이었다. 그렇게 태어난 형은 어머니에게 생명의 은인이었다. 나는 다섯째로, 또 딸이었어도 상관없었을 그런 집안의 막내였다. 광주시내 오래된 초등학교 관사에서 살았다. 운동장이 마당이었고 교정이 정원이었다. 농촌의 정서는 익히지 못했을지라도 도회의 복판이거나 주택가 골목집이 아니었던 것이 그나마 다행이었다. 학교는 어린 나에게 많은 것들을 보여주었다. 철따라 풍경이 달라졌으며 꽃들이 피고 졌다. 플라타너스 나무가 그늘을 만들면 나는 그 안에서 먼지 일렁이는 운동장을 바라보았다. 쐐기가 떨어지는 것도 몰라 목덜미가 벌겋게 부어올랐지만 풍금 소리와 함께 들려온 노래를 찾기 위해 누나들의 음악책을 뒤적여 그걸 따라 불렀다. 천체의 움직임을 관찰하는 관상대를 쓸어버리더니 강원도에서 무장간첩들에게 살해당했다는 어린이의 동상이 세워졌다. 국민교육헌장을 외워 일찌감치 하교했는데 해가 질 때까지 집에 돌아가지 못한 친구도 있었다. 집이 없어서 학교 관사에서 얹혀사는 처지가 부모님으로서는 고통이었겠지만 나는 불행하지 않았다. 긴 복도를 가로질러 아무때나 도서실에 드나들 수 있었고 밤이 되면 교무실에서 당직 선생님과 텔레비전을 봤다. 강소천 아동문학독본은 여러 권이었는데 하도 많이 읽어서 외우다시피 할 정도였다. 『꿈을 찍는 사진관』을 읽으며 사진관에서 찍을 수 있는 것이 사람의 얼굴만이 아니라는 사실을 알았고 이주홍의 『못나도 울엄마』를 읽고서는 나 같은 얼빠진 녀석이 책속에도 똑같이 살고 있다는 것도 알게 되었다. 이원수나 마해송도 좋았지만 책이 귀했던 시대에 도서관에서 흔하게 널려있던 책은 『박정희 위인전』이었다.

　아버지의 전근 때문에 이사를 했다. 아버지는 어머니와 함께 목포에서 오랜 시간 배를 타고 가야 한다는 영광 낙월도로 떠나 버렸다. 부모님은 한 달에 한 번씩 오셨지만 편지는 한 달에 두 번씩 왔다. 아버지의 편지를 실질적인 소녀 가장이 되어버린 큰누나가 동생들을 앞혀놓고 소리 내어 읽었다. 편지를 읽다가 울기 시작하는 큰누나를 필두로 스스로 가엾어진 남매들은 차례로 울음을 터뜨렸다. 막내인 나는 가장 길게 울었다. 이윽고 남매들은 옹기종기 모여앉아 부모님께 편지를 썼다. 곁눈질로 훔쳐본 누나들의 편지는 사뭇 다른 것이었다. 입 밖으로 솟구치는 말이라고 해서 그대로 쓰는 게 아니었다. 말로 표현할 수 없는 그리움을 어떻게든 언어로 표현해 내야 한다는 무게감이 어린 가슴팍을 내리눌렀다. 지금 돌이켜 봐도, 남매들에 비해 글 쓰는 재주로 치면 턱없이 모자랐던 내가 소설가가 됐다는 게 민망하기만 하다. 크고 작은 백일장에 나가기만 하면 반드시 상을 받아왔던 누나들 어깨너머로, 일기장이나 노트 따위를 훔쳐보며 그걸 흉내냈다. 내게 만일 소설 쓰는 능력이 터럭 끝만큼이라도 주어졌다면, 온전히 부모님께서 물려주신 것이며 가족들이 가꾸어준 영향이리라.

　충장로 동해물약국 2층의 강은서예원을 다니다가 중학교 때는 당시 남동성당에 있던 학정서실로 문하를 옮겼다. 먹을 갈고 서안을 마주하고 있으면 심신이 편안했다. 글씨를 쓴다는 행위가 차분해지지 않으면 불가능한 것이었으므로 몇 시간이고 한 자리에 앉아 있어야 했다. 한 글자나 심지어는 한 획을 가지고 며칠 동안 되풀이해서 써야 했던 그걸, 군대를 다녀와서까지 했다. 글씨 쓰기에 몰입할 즈음에는 흰 종이에 씌어져 있던 점획결구가 꿈속에서까지 나타나 나를 쓰러뜨렸다. 「수양산 그늘」은 그 무렵의 경험이다. 백일장에 나가서 입상하는 것보다 미술대회에 나가서 상을 받은 횟수가 많았던 나로서는 '글'을 써야 할 것인지 '글씨'를 써야 할 것인지를 고민해야 했다. 지금에 와서는 둘 다 제대로 하지도 못하는 꼴이 되고 말았지만.

딱 하루의 기억이 난다. 고등학교 2학년 봄 독일어 시간이었는데, 노트에 끼적거려놓은 시를 선생님께서 소리 내어 읽어주시고 칭찬도 해주셨다. 아주 짧은 시간이었을 텐데 세상은 전혀 다른 모양과 빛깔로 다가왔다. 그해 가을에 처음으로 소설을 써보았다. 학창시절로 돌아갈 수 있다면, 그리하여 아직도 나를 규정하는 생활기록부가 있다면, '사고가 어지러우며 일탈성이 강함'이라고 적혀보고 싶다. 한번쯤은 낮술에 취해 보도블록에 처박혀 보기도 하고, 귀걸이를 달거나 염색도 해보고 싶다. 개근상장을 쥐어주며 그게 최고인 양 추켜세우는 교사에게 엿 먹어라 손주먹도 날려보고, 착실하다며 머리를 쓰다듬는 어른들의 발밑에 침이라도 뱉어줄 수 있으련만.

소설 쓰는 건 재미있어요? 아이들의 눈이 반짝인다. 나는 소설가 지망생을 모집하러 다니는 영업사원이 아니므로 사실 그대로 대답한다. 지인들과 거리를 두고 자신을 고립된 상태로 가두어야 한다. 행복한 자는 결코 소설을 쓰지 못하기 때문에 늘 우울하고 괴로워야 한다. 사교성은 쓰레기통에나 처박아 버려라. 그랬지만 문득 부끄러워진다. 질서나 조화보다는 혼란, 단체나 조직이 아니라 개인, 긍정과 타협보다는 싸움을 선택해야 하는 삶을 살아야 하는데, 소설 쓰는 시간을 만들기 위해서 취미생활도 거두고 술도 마시지 말아야 했는데, 과연 나는 그렇게 살아왔나?

창작집을 낸다. 비울 준비가 되어 있지 않아서였는지 못난 작품을 버리는 게 힘들었다. 당시에는 날밤을 새며 끙끙대며 썼을 텐데, 이제 와서 읽어보니 형편없다. 결국 일곱 편만 남았다. 버림 받은 미아가 되어 내 곁을 떠난 활자들에게 안녕을 고한다. 그래봤자 별반 달라진 것도 없겠지만 앞으로가 문제다. 더 나은 소설을 쓰고 싶은 욕망과 똑같은 부피로 따라다니는 회의와 무기력. 나의 내부에서 숙성되고 육화될 때까지 기다릴 수밖에 없다. 소설 쓰기를 그만둘 수 없는 이유도 여기에 있다. 가장 무겁게 고민해온 일이므로 군소리 없이 해야 한다면, 앞으로도 줄곧 써야 하지 않겠는가.

2012년 초겨울
금당산 자락에서
정 강 철

정강철

전남 영광에서 태어났다. 1987년 '오월문학상'에 소설 「타히티의 신앙」이 당선되었고 1989년 광주일보신춘문예에 「암행」, 1993년 『문학사상』 신인상에 소설 「거인의 반쪽 귀」가 당선되어 문단에 나왔다. 밀도 있는 취재와 생생한 체험을 바탕으로 줄곧 사회성 짙은 소설을 써왔는데, 1998년에 국내 최초로 중국 조선족 현장을 배경으로 한 장편소설 『신·열하일기』를 발표했고 2000년에는 전남일보에 저예산 독립영화인들의 애환을 담아낸 소설 『외등은 작고 외롭다』를 연재했다. 2008년도에 한국문화예술위원회 3천만원 창작지원금 공모에 당선되어 우리의 교육현실을 리얼하게 그린 장편소설 『블라인드 스쿨』을 세상에 내놓았으며 2011년에는 '목포문학상' 공모에 「바다가 우는 시간」이 당선되었다. 현재 광덕고등학교에서 24년째 국어를 가르치고 있다.

수양산 그늘 정강철 소설집

초판1쇄 찍은 날 | 2012년 11월 30일
초판1쇄 펴낸 날 | 2012년 12월 7일

지은이 | 정강철
펴낸이 | 송광룡
펴낸곳 | 문학들
등록 | 2005년 8월 24일 제2005 1-2호
주소 | 501-841 광주광역시 동구 학동 81-29번지 2층
전화 | 062-651-6968
팩스 | 062-651-9690
전자우편 | munhakdle@hanmail.net
값 12,000원

ISBN 978-89-92680-66-0 03810

· 잘못된 책은 바꿔드립니다.
· 이 책 내용의 전부 또는 일부를 재사용하려면
  반드시 저작권자와 문학들의 동의를 받아야 합니다.
· 책값은 뒤표지에 표시되어 있습니다.
· 이 책은 한국문화예술위원회, 광주광역시, 광주문화재단의
  문예진흥기금 일부를 지원받아 발간되었습니다.